George Tabori

Das Opfer

Die Personen dieses Buches sind erfunden;
jede Ähnlichkeit mit lebenden Personen wäre rein zufällig.

George Tabori

Das Opfer

Herausgegeben und mit einem Nachwort von
Wend Kässens

Aus dem Englischen von
Ursula Grützmacher-Tabori

Steidl

Titel der englischen Originalausgabe: »Beneath the Stone the Scorpion«,
zuerst erschienen 1944 bei der T. V. Bordman & Company,
London/New York

1. Auflage September 1996

Umschlaggestaltung: Klaus Detjen
Gesetzt aus der Baskerville der H. Berthold AG, Berlin
Herstellung: Steidl, Düstere Straße 4, D-37073 Göttingen
Printed in Germany
ISBN 3-88243-390-6

Unter jedem Stein schläft ein Skorpion

»Und wir sind übrig,
wie Skorpione vom Feuer umringt.
Was können wir tun, als uns zu Tode zu stechen?«

aus »Cenci« von Percy Bysshe Shelley

Die Festnahme

Der Engländer sah elend aus, als ich in den Wachraum kam. Er saß, in eine graue Felddecke gehüllt, zitternd am Ofen. Er war bleich, seine Nase rot, die Augen waren zwei graue Knöpfe. Er sah mich an. Ich bemerkte sofort, daß er Zivil trug: zwei knochige Beine in Flanellhosen lugten unter der Decke vor; er trug Wildlederschuhe.

»Der Gefangene«, sagte Schwalke und salutierte.

Ich grüßte knapp zurück und blieb kurz auf der Schwelle stehen. Der Engländer konnte mich kaum erkennen; in der Hütte herrschte Dämmerlicht. Sein Gesicht war ein weißes Oval mit gräulichem Schimmer. Vielleicht war er immer bleich; vielleicht war nur jetzt das Blut aus seinem Gesicht gewichen und hatte eine spitze, sehr rote Nase in dem blutleeren Gesicht zurückgelassen.

Ich trat näher, um ihn mustern zu können. Er machte keine Anstalten aufzustehen, sein Blick wanderte zu Schwalke und dem Ofen hinüber. Es war still jetzt, und er fuhr sich mit dem Handrücken über die Nase. Er war groß, aber nicht kräftig: der hagere Typ mit langen Gliedmaßen. Sein Schädel war seltsam geformt, zu groß über einem kleinen, spitzen Gesicht. Er hatte einen Schnurrbart, rötlich im Halbdunkel und nicht sehr militärisch. Ich sah hinunter auf seine Wildlederschuhe.

»Guten Abend«, sagte ich auf englisch. »Ich bin Major Borst.«

»Guten Abend«, erwiderte er.

Eine Pause; ich sah ihm scharf ins Gesicht; er drehte den Kopf weg. Ich fühlte mich schon besser.

»Ich höre, Sie haben sich den Knöchel gebrochen«, sagte ich, steckte die Hände in die Taschen meines Militärmantels und beugte mich vor.

»Ja«, sagte er verlegen und sah hinunter auf seine Schuhe.

»Tut es sehr weh?« fragte ich.

»Ach, nicht so schlimm, nur ein bißchen.«

»Ist das bei der Landung passiert?« fragte ich.

»Ja«, sagte er ausdruckslos. Er sah immer noch auf seine Schuhe.

»Unser Arzt wird sich um Sie kümmern.«

»Danke.«

Zum ersten Mal sah er direkt zu mir auf, in mein Gesicht und dann, merkwürdigerweise, auf meine Ohren. Er schien weder ängstlich noch besonders aufgeregt zu sein. Er starrte meine Ohren an, was mich irritierte.

Ich begann, auf dem mit Sägemehl bedeckten Holzboden auf und ab zu gehen. Es war jetzt noch stiller in der Hütte; außer dem Klopfen meiner Stiefel war kein Laut zu hören. Ich wußte, daß der Engländer mich beobachtete, und trat fester auf. Schwalke stand steif neben dem Tisch am anderen Ende der Hütte, dem kleinen Kohleofen gegenüber, der rot und böse glühte. In der Hütte herrschte ein strenger, übelkeitserregender Geruch: vielleicht nach Hasso, der vor drei Wochen angefahren worden war, seitdem um den Ofen herumkroch und sich erbrach, vielleicht war es auch nur Schwalke. Schwalke schwitzte ständig, selbst an kühlen Tagen, und während er steif dastand, waberten Schwaden von ihm herüber, Schwaden von Salz und alten Hemden, die an einem fetten Leib kleben, und von einer Kasernenpritsche, die nie gelüftet wird.

Klopf-klopf machten meine Stiefel; ich war froh, daß sie nicht knarrten. Als ich kehrtmachte, sah ich den Engländer an und erwischte ihn dabei, wie er den Kopf schnell abwandte. Er beobachtete mich, das war klar. Er musterte meinen Militärmantel, meine Stiefel und meine Mütze. Bestimmt dachte er darüber nach, wie er sich verhalten solle. Aber er sah weg, als ich mich umdrehte, wurde leicht rot, bückte sich und betastete seinen linken Knöchel. Dann richtete er sich wieder auf.

Ich blieb am Tisch stehen und nahm seine Papiere auf. Nichts von Belang natürlich: eine kleine, nicht sehr exakte Landkarte vom Balkan ohne besondere Markierungen und ein kleines Notizbuch, fleckig und billig wie das eines Schuljungen. Ich blätterte darin, es war leer. Auch ein Foto war dabei. Ich trat näher zur Lampe und betrachtete es. Es zeigte eine junge Frau, blond, schmal und ernst.

»Wer ist die Dame?« fragte ich und drehte mich langsam um.

Pause.

»Meine Frau«, sagte er. Die Frage gefiel ihm nicht.

»Engländerin?«

»Ja«, sagte er. »Warum?«

»Ich stelle die Fragen«, sagte ich. »Ganz reizend. Sie sieht sehr intelligent aus.«

Ich wußte, das nahm er mir übel, und das war angenehm.

»Ist das alles, was Sie bei sich haben?« fragte ich.

»Das ist alles.«

Ich sah Schwalke an; er nickte. Seine Schweißschwaden erreichten mich wieder, obwohl er unbeweglich am Ofen stand.

»Schwalke«, fragte ich, »hat jemand im Dorf den Gefangenen gesehen?«

»Nein, Herr Major. Wir sind auf direktem Weg im Auto hergekommen. Niemand hat ihn gesehen.«

»Gehen Sie raus«, sagte ich. »Und sehen Sie nach, ob jemand draußen herumlungert.«

»Ja, Herr Major.« Schwalke salutierte und ging hinaus.

Ich ließ mich auf dem Hocker hinter dem Tisch nieder. Der Engländer betastete seinen Knöchel.

»Also, Captain Fowler, ich habe dem Hauptquartier Ihre Ankunft gemeldet. Haben Sie der Aussage, die Sie vor Leutnant Schwalke gemacht haben, irgend etwas hinzuzufügen?«

»Nein«, sagte er und sah zum Ofen.

»Ich habe Anweisung«, sagte ich und machte eine kleine Pause, »Sie bis auf weiteres hierzubehalten.«

Er schwieg.

»Sie genießen nicht den Status eines Kriegsgefangenen«, fuhr ich fort.

»Ich weiß«, sagte er langsam.

»Was Ihre Behandlung betrifft, sind wir an nichts gebunden«, sagte ich. »Ich möchte Sie keinesfalls drängen. Aber es könnte von Vorteil für Sie sein, wenn Sie uns etwas mehr sagen würden.«

»Es gibt nichts, was ich Ihnen sagen könnte«, sagte er und starrte den Ofen an. »Nichts von Interesse.«

Ich stand auf.

»Warum sind Sie hier abgesprungen?« fragte ich plötzlich. »Warum gerade hier?«

»Ein Versehen. Ich hätte nicht hier abspringen sollen.«

»Wo sonst?«

Er hob eine Hand und beschrieb einen unbestimmten Kreis. »Ach, irgendwo anders.«

Ich lächelte.

»Scheint so«, sagte ich. »Leider sind Sie nicht sehr kooperativ.«

»Es war ein Versehen«, wiederholte er.

»Also gut«, seufzte ich. »Wie Sie wollen. Ich werde Sie nicht drängen. In etwa drei Stunden erwarte ich einen Kurier mit Anweisungen.«

»In drei Stunden«, sagte er geistesabwesend.

»Eine lange Zeit. Unterdessen werden Sie mit mir in meinem Haus zu Abend essen.«

Er sah auf.

»Hoffe ich«, fügte ich hinzu.

»Gewiß«, sagte er schnell. »Danke.«

Sein sonst bleiches Gesicht reflektierte den Lichtschein, es war jetzt rot, als sei er aufgeregt. Er sah wieder auf; unsere Blicke trafen sich. Seine Augen waren wie zwei graue Knöpfe.

Draußen kam ein Lastwagen. Das Dröhnen des Motors wurde stärker, als er näher kam, und die Hütte bebte, als er vorbeifuhr. Eine Stille blieb zurück.

»Danke«, sagte er. »Leider ist mir Ihr Name entgangen.«

»Borst«, sagte ich. »Major Helmuth von Borst.«

»Sie sind sehr freundlich, Major von Borst«, wiederholte er und lächelte zum ersten Mal. Dann erhob er sich zögernd. Er war nicht größer als ich.

Wir fuhren durch den Wald zurück ins Dorf. Ich und Fowler saßen im Fond des Wagens, Schwalke am Steuer. Nachdem Fowler eingestiegen war, zog er sich demonstrativ in seine Ecke zurück und schwieg. Vermutlich schmerzte ihn sein Knöchel, aber er ließ sich nichts anmerken. Ich befahl Schwalke, zur Nordkaserne zu fahren, zu Doktor Mühle, der über unser Kommen bereits informiert war.

Es regnete stark; der Wald war vom Geprassel des Regens erfüllt. Die Bäume waren kahl; der Regen peitschte ihre nackten Äste, und die Nacht war voller heftiger Klopfgeräusche. Die Scheinwerfer fraßen den glänzenden Asphalt. Es war eine gute Straße; wir hatten sie in kaum drei Monaten gebaut, und selbst die starken Herbstregenfälle hatten ihr nichts anhaben können.

Ich sah den Engländer an, aber sein Gesicht lag im Dunkeln. Er saß still und starrte auf Schwalkes Nacken mit seinen Fettwülsten. Nadja hatte einmal gesagt, Schwalke müßte eigentlich im Schaufenster eines Metzgers liegen, mit einer Zitrone im Mund. Ich wunderte mich, daß Fowler gar nicht erst versuchte, aus dem Fenster zu sehen, um auszukundschaften, wo er sich befand. Die Stille lastete schwer zwischen uns. Natürlich zog auch ich mich in meine Ecke zurück. Mir war nicht danach, eine Unterhaltung zu beginnen; sein Schweigen auf meine Einladung war etwas enttäuschend;

schließlich hatte ich das Eis zwischen uns gebrochen und eine lockere Atmosphäre hergestellt. Jetzt war ich mir nicht sicher, ob ich mich nicht lächerlich gemacht hatte. Ich starrte aus dem Fenster. Heute wirkte der hügelige Wald wie tot. Ich verabscheute diese Hügel, obwohl es hier, in diesem Teil des Landes, ruhig war. Vorigen Monat hatte es einen dummen Vorstoß gegeben, bei dem einer unserer Leute verwundet wurde. Aber seitdem wir auf den nördlichen Hügeln die beiden Bunker aus Beton gebaut hatten, war alles friedlich; trotzdem haßte ich die Hügel. Sie waren wie verbitterte alte Frauen. Das Tal war warm, voller Menschen und Vieh; die Kornfelder erglänzten um das Haus des alten Mirkowitsch mit seinem rotem Ziegeldach und den grünen Fensterläden, hinter denen wir wohnten. Die Dorfbewohner waren eigentlich nicht unangenehm; zwar träge, ungewaschen und tumb wie alle Bauern hier, aber gewiß besser als die Hügel. Ich haßte die Hügel.

Ich sah wieder zu Fowler hinüber, und dann hörte ich, wie er die Luft einsog. Wahrscheinlich hatte er Schmerzen; ich lächelte und fühlte mit ihm. Ich dachte daran, wie ich mir in Königsberg das Bein gebrochen hatte. Es hatte weh getan, und jetzt tat ihm der Knöchel weh, und ich fand, es sei dumm von mir, in meiner Ecke zu schmollen und steif und förmlich zu sein. Ich wußte, wie die Engländer auf Steifheit reagieren, und wollte Fowlers Vorurteil über den typischen preußischen Offizier nicht entsprechen.

»In sieben Minuten«, sagte ich, nachdem ich mich geräuspert hatte, »werden wir bei Doktor Mühle sein. Er wird Ihren Knöchel behandeln.«

»Gut«, sagte er nur und sog die Luft ein.

Ich wußte nicht recht, sollte ich ihm eine Zigarette anbieten? Ich hatte es in der Hütte unterlassen, absichtlich, aber jetzt kam es mir albern vor, so unhöflich zu sein. Schließlich sollte er mit uns zu Abend essen und sich wohl fühlen. Aber ihm jetzt eine Zigarette anzubieten mochte wie eine plötzliche Sympathiebekundung wirken, die ihn ärgern konnte. Ich suchte nach den richtigen Worten, und dann fiel mir etwas ein.

»Nehmen Sie einen Glimmstengel«, sagte ich und hielt ihm meine Silberdose hin.

»Danke.« Er nahm eine Zigarette. »Vielen Dank.«

Das Feuerzeug klickte, und als er sich vorbeugte, sah ich wieder sein Gesicht, diesmal im Profil. Als er die Zigarette zwischen die Lippen steckte, wurden sie weich und kindlich. Ich fragte mich, wie alt er wohl sei. Der Schnurrbart täuschte: bis dreißig war alles möglich, aber älter bestimmt nicht. Ich betrachtete auch seine Hände: große, weiche Hände, die Hände eines sehr jungen Mannes.

Die Stille wurde wieder unangenehm und irritierte mich. Es gelang mir nicht, zu dem leichten Umgangston zurückzufinden. Ich sah ihn an, und er blickte verlegen weg. Es herrschte eine nervöse Stille. Aus keinem ersichtlichen Grund dachte ich an die Taxifahrt mit Nadja im Grunewald, ein paar Wochen nachdem wir uns kennengelernt hatten. Ich hatte sie mit zu Freunden genommen, und als wir nach dem Essen im Taxi nach Hause fuhren, saßen wir genau wie jetzt mit dieser dummen Distanz zwischen uns, und ich schwankte, ob ich sie küssen sollte oder nicht. Es ärgerte mich, daß ich an diese Nacht mit Nadja im Grunewald denken mußte.

»Scheußlicher Regen, was?« fragte ich.

»Ja, ziemlich.«

»Vorige Woche hatten wir ein paar schöne sonnige Tage.«

»Wir auch«, antwortete er. »Auch wir hatten ein paar sonnige Tage. Ich wünschte, der Winter wäre vorbei.«

»In Ägypten ist doch kaum Winter.«

»Ich war lange nicht in Ägypten«, sagte er. »Jedenfalls nicht in letzter Zeit.«

»Wie ist es denn heute so in Kairo?« fragte ich leichthin. Mir gefiel der Ton, in dem ich das sagte. Er sollte nicht merken, daß ich auf Informationen brannte.

»Ziemlich scheußlich«, antwortete er. »Voller Menschen, die aus der Wüste kommen und sich amüsieren wollen.«

»Kairo war nie meine Stadt«, sagte ich.

»Kann ich Ihnen nicht verdenken.«

Aber er war nicht interessiert. Er fragte nicht, wann und wie ich nach Kairo gekommen war. Ich kam mir wieder einfältig vor. Er wollte nicht diskret sein; er war ganz einfach nicht interessiert.

»Schneller, Schwalke«, sagte ich.

Warum wollte ich eigentlich, daß er nachfragt? Warum wollte ich, daß er etwas weiß? Er hatte Schmerzen, nun gut, aber trotzdem hätte er etwas sagen können, um sich zu erkennen zu geben, um seine Einstellung mir und dem Abendessen und den kommenden

Stunden gegenüber deutlich zu machen. Natürlich war der springende Punkt nicht seine, sondern meine Einstellung, und das irritierte mich. Irgendwo ist da ein Haken, dachte ich, wahrscheinlich die ungewohnte Situation. Damit muß ich klarkommen, sagte ich mir; ich muß vorsichtig und beherrscht sein, bis ich zu meiner Lockerheit zurückgefunden habe, zu meinen lässigen Gesten und meinem selbstbewußten Ton.

Das war etwas Neues, diese Autofahrt mit ihm durch den Wald zurück ins Dorf. Seit Calais, und das war Monate her, war ich keinem Engländer mehr begegnet. Aber diese Monate kamen mir wie Jahre vor. Calais war zwar die reine Schinderei gewesen, aber doch beruhigend. Ich hatte einen ihrer verwundeten Majore ins Feldlazarett gebracht. Er schrie wie eine verletzte Katze, packte meinen Arm und preßte ihn; er wurde von einem Krampf geschüttelt und schrie ununterbrochen: »Ogottogott!« Ihm wurde übel, und er wimmerte wie ein schmerzgepeinigtes Kind. Er war ein großer, stämmiger Bursche mit rotem Gesicht: ein Schotte. Wir saßen im Lastwagen, der nur so glitschte von Blut, und als ich ihm den Kopf hielt, sah ich plötzlich seinen Nakken, der noch kindlicher war als sein Wimmern, kindlich und weich, bedeckt mit weichem, rötlichem Flaum.

Dieser weiche Nacken war mir in all den Monaten seit Calais nicht aus dem Sinn gegangen; er blitzte durch die Kommuniqués und Bulletins und rief Erinnerungen in mir wach. Oxford natürlich und meine späteren Besuche dort. Aber hier in diesem Tal war es schwer, sich zu erinnern. Hier in diesem Tal – und natürlich in Nadjas Anwesenheit – war das Leben zu konkret, voll von warmem Atem und Gerüchen, und Dinge wie Calais waren vergessen. Aber deshalb schließlich hatte mich der Marschall hergeschickt: um auszuruhen, und Ausruhen hieß zu allererst Vergessen.

Calais, triumphierte ich: Calais, rötlichblonde Haare; ich sah den Engländer an. Seine Zigarette glomm im Dunkeln; der kleine, rote Kreis wurde größer und schrumpfte wieder. Offenbar zog Fowler nervös an seiner Zigarette. Er mußte Schmerzen haben. Er saß dort mit Schmerzen und war unser Gefangener. Mein Gefangener; irgendwie lag sein Leben in meiner Hand.

Nein, alles war in Ordnung. Es war nur, daß er neu für mich war. So war es schon früher gewesen: mit Buchanan und Oxford und auch später – immer das Neue. Aber alles war in bester Ordnung; es gab keinen Anlaß, nervös oder mißtrauisch zu sein. Sie hatten nichts Überlegenes; man mußte sich nur in Geduld fassen und an sie gewöhnen.

Wie ich schon dem Baron erklärt hatte, als er mich vor seiner Reise nach London im Jahre '38 befragte. Genau wie ich ihm damals erklärt hatte, gab es keinen Grund zu Befürchtungen. Sie hatten nichts Übermenschliches, ganz und gar nichts. Das alles war ein Mythos, noch dazu ein lächerlicher, und es war sehr bedauerlich, daß so viele – die besseren – unseres Volkes ihm anhingen. In Wirklichkeit waren die Engländer eher bemitleidenswert. Einmal hatte mich Buchanan in London während einer hitzigen Diskussion zurechtgewiesen: »Ach, das versteht ihr Ausländer eben nicht.« Ich antwortete ihm nicht. Ich war zu jung und schüchtern, und Buchanan hatte einen ätzenden Witz. Seine Argumente waren aber gar nicht stichhaltig; er trug sein Anliegen emotional mit weitausladenden Gesten vor und schnitt einem das Wort ab, brüllte sogar. Aber später, als ich das erste Mal zurückkehrte und wir uns wiedersahen, sagte ich ihm, wie schon dem Baron, daß die Engländer erbärmliche Kreaturen seien, die einem leid tun können. Für sie war jeder ein Ausländer, dabei waren in Wirklichkeit sie die einzigen Ausländer auf der Welt. Sie reisten mit leichtem Gepäck und angesehenem Paß durch die Welt, Nebelfetzen und frostige Kühle hinter sich herziehend, und fühlten sich überall zu Hause. »Es ist sehr angenehm«, sagte ich zu Buchanan, »wirklich sehr angenehm, ständig und überall der distinguierte Ausländer zu sein. Distanziert und wenig interessiert, eine Spezies von Touristen auf einer Gesellschaftsreise durch die Geschichte. Die Welt zu betrachten wie ein Museum, eine Kunstgalerie oder das *Ritz,* ausgezeichneten Service zu erwarten und zum Schluß generöse Trinkgelder zu verteilen. Aber das ist der reine Snobismus, und eines Tages werden es die Gastgeber satt haben und euch aus allen Hotels, Botschaften und Palästen verbannen. Die Welt wird sich nicht mehr wie ein französischer Oberkellner behandeln lassen. Und das ist nicht alles«, fuhr ich fort. »In Wahrheit seid ihr nirgends zu Hause, nicht mal in euren eigenen Domizilen. Eure Schlösser, diese feuchten, schlecht geheizten viktorianischen Scheußlichkeiten, sind in Wirklichkeit nichts als Hotels und Gasthäuser. Dies hier« – wir gingen in Bayswater spazieren, und ich machte eine ausholende Geste – »dies hier soll ein Zuhause sein? Hier kann sich doch kein Mensch zu Hause fühlen, selbst wenn er das idiotische Bedürfnis hat, sich hinter Fenstern zu verschanzen. Sieh dir diese Menschen an!« sagte ich. »Sieh nur! Sie laufen hier mit dem gleichen distanzierten, idiotischen Lächeln herum wie in Kalkutta oder in München. Diese Häuser bedeuten den Menschen, die darin leben, kaum etwas; erzähl mir nichts. Diese häßlichen, tristen Fassaden, dieses scheußliche Mobiliar, dieser Mangel an Komfort. Ihr seid die letzten europäischen Nomaden. Ihr seid gemacht vom Meer und diesem gigantischen Empire, das die Meerfahrer geschaffen haben. Ich verachte sie; sie sind launisch und unheimlich wie das Meer selbst; sie kennen keine Heimat, nur Häfen. Welche andere Nation könnte an Orten wie Uganda oder dem Irak leben und sich auch noch wohl fühlen? Nur deine, Buchanan, weil ihr distanziert, launisch und gleichgültig seid; ihr interessiert euch nicht für die Realität, nur für Geld und Gedichte und Bier.«

Das hatte ich auch dem Marschall gesagt, als die Bombenangriffe auf London begannen: »Rechnen Sie nicht mit ihrer Kapitulation. Ihre Häuser werden ausbrennen, ihre Kirchen und ihre wenigen schönen Gebäude einstürzen, aber sie werden sich nicht ergeben.« Nicht, daß sie so ungeheuer zäh oder tapfer oder eigensinnig wären. Seit dem Geländemarsch, als wir uns bei Oxford verirrten, war der Mythos vom starken britischen Mann Vergangenheit für mich. Buchanan bekam eine Blase am großen Zeh, und ein rosiger Klotz von Kerl aus Ulster hatte einen Herzanfall und mußte nach Hause getragen werden. Ich gehörte zu denen, die ihn trugen; seitdem habe ich die Nase voll von diesen Bulldoggen. Ich sagte zum Marschall: »Die können Sie bis zum Jüngsten Tag mit Bomben eindekken, nur wird das nichts bringen, das sind Nomaden. Morgens werden sie aus ihren Deckungen kriechen, die Aschenhaufen und die Leichen besichtigen und grinsen. Aber das imponiert mir nicht, denn es hat nichts Übermenschliches; wenn überhaupt, hat es etwas Untermenschliches, diese grinsende Distanz, etwas Untermenschliches und Obszönes.« Und ich mußte an den Septemberangriff auf London denken. Der Marschall ließ mich einen Aufklärer fliegen. Wir kreisten über der Stadt; ich sah den Rauch, genau wie über Warschau und Rotterdam. In diesem Rauch war kein Fäusteschütteln, kein Entsetzen. Ich sah hinunter und dachte, ich sähe Bayswater und Buchanan und mich selbst dort entlanggehen. Und ich wußte, daß sie dort unten aus ihren Höhlen gekrochen waren, sich umsahen und zueinander sagten: »Kühl heute morgen, nicht wahr?«

Plötzlich hörte ich den Engländer reden: »Das ist verdammt anständig von Ihnen, Major«, sagte er. »Verdammt anständig.«

Das ließ hoffen. Ich wandte mich ihm zu.

»Nun«, sagte ich mit einer kleinen Handbewegung, »was haben Sie denn gedacht? Wir sind nicht so schlimm, wie ihr Engländer uns machen wollt.«

»Nein«, sagte er und starrte auf Schwalkes Fettwülste. »Eigentlich sind Sie gar nicht so schlimm.«

»Ihre Zeitungsartikel«, sagte ich, »sind ziemlich amüsant. Über die vielen Massaker und Vergewaltigungen bei uns. Das ist sehr amüsant, wissen Sie, und gibt einem ein gutes Gefühl. Wir wußten nicht, wie gut wir sind, bis ihr anfingt, uns so schlecht zu machen.«

Er war immer noch steif, aber ich merkte, wie er langsam auftaute.

»Es ist verdammt anständig von Ihnen«, wiederholte er ziemlich feierlich. »Was geht Sie schließlich mein Knöchel an?«

»Aber mein lieber Captain Fowler«, sagte ich – das klang gut und lässig, dieses ›mein lieber Captain‹ – »Sie sind heute abend mein Gast, und mit einem schmerzenden Knöchel wären Sie ein schlechter Gesellschafter. Sehen Sie«, fügte ich vertraulich hinzu, »wir haben nur sehr wenig Geselligkeit hier. Meine Frau und ich langweilen uns.«

»Dieses Tal wirkt irgendwie friedlich«, sagte er.

»Es ist ein friedliches Tal«, erwiderte ich schnell, »trotz der *Times,* die neulich berichtete, wir seien bombardiert worden.«

»Im Frühling muß es wunderbar hier sein«, sagte er.

»Ja, das ist es. Kennen Sie diesen Teil des Landes?«

Pause. Er war auf der Hut.

»Nein«, sagte er.

»Es ist schön hier in diesem Tal. Etwas zu ruhig, aber um sich zu erholen, gerade richtig. Deshalb hat man mich hergeschickt. Ich war in Norwegen, Holland und Flandern. Zwei Jahre ohne Urlaub.«

»Ich war auch in Norwegen«, sagte er langsam. »Und in Flandern.«

»Dünkirchen?« fragte ich.

»Ja. Dünkirchen.«

»Sie hatten Glück in Dünkirchen.«

»Glück«? fragte er. »Ja, da haben Sie wohl recht.«

»Wäre der Wind von Norden gekommen«, fuhr ich fort, »wäre es ausgewesen mit Ihrer Armee.«

»Ja«, sagte er. »Wird wohl so sein, daß wir Glück hatten. Ich ging am letzten Tag weg von dort. Sechsunddreißig Männer unseres Regiments hatten auch Glück. Der Rest nicht. Sie blieben.«

»Sie hätten nie nach Frankreich gehen sollen«, sagte ich. »Das war ein Fehler.«

Er schwieg.

Die ganze Zeit achtete ich auf seinen Akzent. In seiner Aussage vor Schwalke hatte er seinen Geburtsort unterschlagen. Es war kein besonders feiner Akzent; ich konnte ihn nicht ganz einordnen. Früher konnte ich das. Fast auf Anhieb. Midland oder Cockney vielleicht. Aber sicher war ich mir nicht.

»Sind Sie aus dem Norden?« fragte ich.

»Nein«, sagte er zögernd. »Ich bin aus London.«

Dann also Cockney.

»Fowler«, überlegte ich laut. »Warten Sie. Der Name kommt mir bekannt vor. Ach ja. Da gibt es ein Wörterbuch, verfaßt von einem gewissen Fowler.«

»Hm«, sagte er. »Das bin ich nicht.«

»Ein Verwandter von Ihnen?«

»Nein. Nichts damit zu tun.«

»Ich glaube«, sagte ich, »ich habe den Mann mal in Oxford kennengelernt.« Das stimmte natürlich nicht.

Pause.

»Sie waren in Oxford?« fragte er.

»Ja. Ein Jahr. Das ist lange her.«

»Aber natürlich«, sagte er. »Das hätte ich mir denken können. Ihre Aussprache ist sehr gut.«

»Danke.«

»Wirklich sehr gut«, fügte er hinzu.

»Waren Sie in Oxford?«

»Nein«, sagte er. »Kenne Oxford gar nicht.«

»Nehmen Sie noch eine.«

»Danke«, sagte er. »Sehr gut, Ihre Zigaretten. Fast wie Gold Flake.«

»Das sind Gold Flake. Die haben wir in Griechenland entdeckt.«

»Gold Flake, die sind immer gut«, sagte er.

UM ACHT WAREN WIR IM DORF ANGELANGT. Alles war dunkel und still. Kein Licht in den kleinen Häusern. Die Fensterläden waren geschlossen; die Häuser wirkten unbewohnt. Es war kein richtiges Dorf, eher ein großes Gehöft mit zwei Reihen weißgetünchter Katen entlang einer morastigen Landstraße, die von Akazienbäumen gesäumt war. Ein Wäldchen und einen Bach gab es auch, aber vor allem war da der Schlamm, dunkel und zäh zwischen den Häusern. Hier stieg die Straße an und verschwand dann in einer Kurve zwischen Bäumen, die den Nordhang der Hügel sprenkelten. Dort lag das Anwesen des alten Mirkowitsch. Ihm gehörten die Felder, die Kühe, die kleine Mühle, die Brennerei und die Leute. Er nannte sein Haus Schloß, aber es war nur ein komfortables Landhaus. Dahinter hatten wir drei Kasernen errichtet, die über das Tal blickten. Das Mirkowitsch-Schloß war von einem hohen Eisengitter umgeben; es hatte einen großen Park mit Tennisplätzen, zwei große gepflegte Rasenflächen und zwei Eichen, an denen einige von Mirkowitschs Ahnen von den Türken aufgeknüpft worden waren.

Die Nordkasernen standen dicht hinter dem Schloß, drei niedrige Holzhütten mit Wellblechdach. Dort waren hundert Mann, ein Sender und ein Lazarett stationiert, das Doktor Mühle leitete. Der Rest der Männer wohnte in Kasernen am Süd- und Westhang, einige – die Kriegsversehrten – wohnten im Dorf.

Doktor Mühle erwartete uns; er stand, als wir vorfuhren, auf der Hausschwelle. Er war ein alter Mann, fast kahl, was durch buschige Augenbrauen und einen dikken, gekräuselten Schnauzbart, der wie eine Trauerweide über seinem Kinn hing, kompensiert wurde. Die Truppe machte ständig bissige Bemerkungen über ihn. Er war groß und breit und hatte ein mechanisches Lächeln, das er gleichzeitig mit dem Hochziehen einer Augenbraue anknipste. Er liebte es, den altmodischen, gutherzigen Hausarzt zu spielen. Er machte viel Aufhebens, lächelte, redete mit altgedienten Offizieren in Babysprache und nannte alle »mein liebes Kindchen«. Aber er war ein seltsamer Vogel, und es gab Gerüchte, die ich allerdings nie bestätigt fand. Einmal hatte er ein Furunkel, das sich bei Halle, dem Funker, gebildet hatte, aufgeschnitten. Es war nichts Ernstes, aber doch schmerzhaft, und Halle war charakterschwach. Ich ging also hin, um nach dem Rechten zu sehen, und da war der Doktor über Halles Furunkel gebeugt, schnitt es mit schnellen Bewegungen auf, hatte sein Lächeln angeknipst und sagte: »Sehen wir uns doch mal das Beulchen-Keulchen an, es wird nicht lange dauern, mein liebes Kindchen«, und Halle gurgelte vor Schmerzen und erzählte mir später, daß Mühle sich geweigert hatte, ihm eine örtliche Betäubung zu geben, und mehr als eine Stunde an ihm herumgeschnippelt habe.

Mühle stand auf der Schwelle in einem schäbigen weißen, weit offenen Kittel, der eine sackartige Uniform mit auf beiden Seiten ausgebeulten Taschen freigab. Seine Taschen waren immer ausgebeult. In einigen bewahrte er Süßigkeiten auf, in anderen Präservative, die er seinen »lieben Kindchen« in Momenten der Zuneigung mit ein paar freundlichen Ratschlägen überreichte.

»Guten Abend, Doktor«, begrüßte ich ihn. »Hier ist der Patient.«

Mühle verbeugte sich, nickte und sah zu, wie Fowler aus dem Auto stieg und über die Holzstufen zu ihm hinaufkam. Er ging mühsam und stand dann im Zimmer, jetzt ein Operationssaal, benommen vom grellen Licht und Mühles mechanischem Lächeln. Er sah sich um; das Lazarett war recht gut ausgestattet, und der Anblick der vielen Skalpelle, Scheren und Zangen versetzte ihn in trübe Stimmung.

»Doktor Mühle«, sagte ich steif, »das ist Captain Fowler. Er ist unser Gefangener. Offenbar hat er sich den Knöchel gebrochen.«

Der Doktor sah ihn nachdenklich an, und ich fragte mich, wie er es fertigbrachte, so lange die Augenbraue hochgezogen zu halten. Er lächelte noch immer.

»Ah, ein Engländer«, sagte er und nickte. »Zit down on zis table«, fügte er in miserablem Englisch hinzu.

»Danke«, sagte Fowler und setzte sich auf den Tisch, der mit einem nicht gerade blütenweißen Leinentuch abgedeckt war.

Der Doktor ging zum Waschtisch und schrubbte sich mit einer Bürste die großen Hände.

»Wie ist das passiert?« fragte er mich auf deutsch.

»Er ist mit dem Fallschirm abgesprungen«, erwiderte ich. »Auf den Feldern beim Kiefernwald.«

»Aha«, sagte Mühle. Er lächelte noch immer. »It hurtz?« wandte er sich an Fowler.

»Nicht schlimm«, sagte Fowler und legte die Hände auf die Knie. Er war wieder bleich; das Operationsbesteck schien ihn zu beunruhigen.

»Doktor«, sagte ich, »geben Sie ihm etwas, das ihm so schnell wie möglich die Schmerzen nimmt.«

»Wir werden sehen«, sagte Mühle. »Wir werden sehen. Lie down, pliz«, fügte er, zu Fowler gewandt, hinzu.

Ich stand neben dem Doktor; er beugte sich hinunter.

»Vich iz it?« fragte er Fowler.

»Der linke.«

Mühle hob Fowlers Fuß, zog das Hosenbein hoch und knüpfte die Schnürsenkel auf. Er trug Wildlederschuhe, ziemlich neue. Ich trat näher. Der Knöchel war etwas geschwollen. Als Mühle Schuh und Socke auszog, sah ich, daß er rötlichblau angelaufen war.

»Sie hätten keine Wildlederschuhe tragen sollen«, sagte ich.

»Hm«, sagte Mühle. »Wir werden sehen. Der kleine Knöchel-Pöchel macht weh-weh, armer kleiner Knöchel.« Seine große, weiße Hand drückte schnell und kräftig auf dem Knöchel herum.

»Vorsicht«, sagte ich. »Sie tun ihm weh.«

Der Doktor sah auf. Die Falten um seine müden Augen waren tief, aber er lächelte noch immer.

»Kein Grund zur Sorge. Kleiner Knöchel tut nicht sehr weh.«

»Geben Sie ihm eine Spritze«, sagte ich. »Er soll keine Schmerzen haben.«

Der Doktor zuckte die Achseln.

»Ich muß ihn doch untersuchen«, sagte er gekränkt. »Ich muß sehen, was mit diesem Knöchelchen los ist.«

Ich sah Fowler an. Er legte sich zurück und verschränkte die Hände hinter dem Kopf. Sein Gesicht war unbewegt und bleich; er starrte an die Decke. Ich wußte, er hatte starke Schmerzen.

»Tut es weh?« fragte ich ihn.

Er sah mich nicht an.

»Halb so schlimm. Danke.«

Doktor Mühle sagte: »Er ist nicht gebrochen, nur verstaucht, armer kleiner Knöchel.« Zu Fowler gewandt, fügte er hinzu: »It iz all right, Captain. It hurtz?«

»Nein.« Fowler war jetzt sehr bleich.

»Was werden Sie tun?« fragte ich Mühle.

»Nichts«, sagte er. »Da ist nichts zu tun. Er muß ihn ruhigstellen und in Alkohol baden. In ein paar Tagen ist Ihr Mann wieder auf dem Damm.«

»Gut. Ich werde mich drum kümmern. Und jetzt nehmen Sie ihm die Schmerzen.«

Der Doktor drückte noch immer auf dem Knöchel herum.

»Tut das weh?« fragte ich.

»Kaum«, erwiderte der Doktor. »Ich muß auf Nummer Sicher gehen. Röntgen kann ich nicht, wir haben kaum noch Filme.«

»Geben Sie ihm etwas für die Nacht«, sagte ich. »Morphium, irgendwas.«

»Morphium ist zu stark«, erwiderte Mühle. Endlich hörte er auf zu lächeln. Er hatte beide Hände um den Knöchel gelegt, drückte und preßte. »Schließlich ist er Soldat.«

»Ich will nicht, daß er heute abend Schmerzen hat«, sagte ich.

Mühle zuckte die Achseln.

»Ich könnte ihm eine Spritze geben«, sagte er. »Die wird ihn allerdings ein bißchen umhauen.«

»Dann nicht. Er muß wach sein.«

»Wir werden sehen«, sagte Mühle. Jetzt massierte er den Knöchel mit seinen kräftigen, weißen Fingern. Ich sah Fowler an. Er starrte noch immer an die Decke, biß sich auf die Unterlippe; ich konnte seine Zähne sehen.

»Er ist nicht gebrochen«, sagte ich. »Nur verstaucht. Doktor Mühle wird Ihnen etwas gegen die Schmerzen geben.«

»Gut«, sagte Fowler und zuckte dann zusammen. »Es wäre schön, er würde den Fuß nicht so quetschen«, fügte er hinzu.

»Er muß ihn gründlich untersuchen«, sagte ich. »Tut es weh?«

Er schluckte hart und sah mich dann an. »Angenehm ist es nicht«, sagte er. Sein Adamsapfel hüpfte, als er wieder schluckte.

»Es ist gleich vorbei«, sagte ich. »Kopf hoch.«

Er antwortete nicht.

»Am besten kommt er morgen wieder«, sagte Doktor Mühle und ließ zögernd Fowlers Fuß los. Er richtete sich enttäuscht auf. »In ein paar Tagen ist alles wieder gut.«

»Ja«, sagte ich. »In ein paar Tagen ist alles wieder gut.«

Besonders gut hatte er sich nicht gehalten. Als ich mir damals in Königsberg das Bein gebrochen hatte und es gerichtet werden mußte, hatte ich keine Betäubung bekommen und trotzdem nicht mit der Wimper gezuckt.

Mühle gab ihm ein paar Tabletten; dann gingen wir. Fowler humpelte stark und war bleich, brachte es aber fertig, den Doktor anzulächeln und »Danke sehr, Herr Doktor« in einem scheußlichen Akzent zu sagen, woraufhin Mühle sagte: »Zank you« und hinzusetzen wollte ›Mein liebes Kindchen‹, aber noch rechtzeitig seinen Irrtum bemerkte und »Zank you, Captain« sagte. Seine Hand verschwand in einer seiner ausgebeulten Taschen. Aber ich gab ihm einen Wink, und so unterließ er es, Fowler mit einer seiner dubiosen Gaben zu bedenken. Dann schob ich meine Hand unter Fowlers Arm und half ihm ins Auto. Er lächelte mich kurz, aber freundlich an. Sein Arm lag schlaff in meiner Hand.

Er sank in seiner Ecke zusammen und schloß die Augen. Als wir losfuhren, bemerkte ich gegenüber den Kasernen, wo die Straße hinunter ins Dorf führt, eine Gruppe Menschen. »Wer sind die Leute, Schwalke?« fragte ich.

»Das sind unsere Jungs«, antwortete er. »Auf einem Sprung ins Wirtshaus.«

»Gut«, sagte ich und machte es mir in meiner Ecke bequem. »Die Tablette wird bald wirken«, sagte ich zu Fowler. »Starkes Kaliber. Gleich wird es Ihnen bessergehen.«

»Sie sind sehr nett zu mir«, erwiderte er ruhig. Ich konnte sein Gesicht nicht erkennen, aber mir war, als hätte er die Augen noch geschlossen.

Wir fuhren zum Mirkowitsch-Anwesen. Der Weg war morastig; das Auto holperte. Der Regen hatte nicht aufgehört, auf die Bäume zu prasseln. Das Auto roch feucht, und die Luft war ohne Süße. Zwei Wachen standen am Tor; sie öffneten es, und wir fuhren hinein, über den Kiesweg bis zur Arkadeneinfahrt. Ich sah hinauf zu Nadjas Fenster. Dahinter glomm ein schwaches Licht.

»Besser, Sie denken jetzt nicht mehr an den Knöchel«, sagte ich. »Und anderen Ärger. Ich möchte, daß Sie den Abend genießen.«

»Danke«, sagte er. »Das ist sehr nett von Ihnen.«

»Ich hoffe, Sie finden mein Haus nicht zu primitiv. Es ist ein altes Landhaus, nicht sehr modern. Eigentlich gehört es meinem Schwiegervater, dem Botschafter Mirkowitsch.«

Eine Pause, und das Auto hielt.

»Sagt Ihnen der Name etwas?« fragte ich.

»Mirkowitsch«, sagte er. »Ja doch. Kommt mir bekannt vor.«

Ich sah ihn an. Jetzt konnte ich sein Gesicht erkennen und fragte mich, was er von dem alten Mann hielt. Vermutlich mochte er ihn nicht, wenn er etwas von ihm wußte. Der alte Mirkowitsch wurde von ihnen mit allen möglichen wenig schmeichelhaften Namen bedacht: ›Verräter‹ und ›Kollaborateur‹ und was sonst nicht alles. Sie kannten Mirkowitsch nicht. Er konnte gar kein Verräter sein; es gab nichts, was er hätte verraten können, da er an nichts glaubte und nirgends hingehörte. Was er wollte, war Luxus: alte Weine, milde Zigarren und Hirsche schießen; und das wollte er mit solcher Inbrunst, daß es fast selbstlos war, als wolle er es zum Wohl der Weine und der Zigarren und der Hirsche. Sie kannten Mirkowitsch nicht.

»Wir sind da«, sagte ich. »Steigen wir aus.«

Es war kalt draußen.

Ich stieg als erster aus und wartete auf Fowler. Die Tür ging auf; Slawko stand in der Halle. Ein gelber Lichtschein fiel auf die Treppe. Ich ließ Fowler zuerst eintreten.

Slawko sagte etwas in seiner slawischen Sprache, das wie üblich nach einem Fluch klang, und trat beiseite. Ich konnte ihn nicht dazu bewegen, mich auf deutsch zu begrüßen, obwohl er ein paar Brocken sprach. Er war ein mürrischer Mensch mit gelblichem Gesicht, verschrumpelt wie ein alter Apfel. Ich mochte ihn nicht; er hatte böse Augen und schielte leicht, was ihm den Anschein gab, als beobachte er uns aus den Augenwinkeln, als wittere er Unheil. Wenn man ihn ansah, kniff er die Augen zusammen und gab den Blick nicht zurück, sondern schielte an seiner Nase herunter. Ich hätte ihn schon längst an die Luft gesetzt, aber Nadja wollte ihn unbedingt behalten: Slawko war im Dorf geboren und schon sehr lange im Dienst der Familie. Irgendwie gehörte er, wie alles andere auch, zum alten Mirkowitsch. Ein guter Diener war er nicht.

Als wir eintraten, sah ich ihn scharf an, neugierig, wie er auf Fowlers Anblick reagieren würde. Er stand an der Tür, schielte und hatte wie ein argwöhnischer Vogel, der wartend ausspäht, den Kopf ein wenig zur Seite gelegt. Er wiegte ihn ein paarmal und murmelte etwas, das obszön klang. Er trug einen schwarzen Anzug, ein weißes Hemd, eine weiße Krawatte und sogar Handschuhe. Er blickte Fowler nicht direkt an.

»Kommen Sie, genehmigen wir uns einen«, sagte ich laut auf englisch zu Fowler, damit Slawko uns hören konnte. Dann zu Slawko auf deutsch: »Brennt der Kamin im Arbeitszimmer?«

Er zögerte, bevor er sagte: »Ja, Herr.«

Wir gingen durch die Halle in die Bibliothek. Eigentlich war es keine richtige Bibliothek, mehr ein kombinierter Salon, den Mirkowitsch ›Arbeitszimmer‹ nannte, obwohl er in seinem Leben keinen Handschlag getan hatte. Es war ein großer Raum, der gemütlichste im ganzen Haus, grün und hellbraun mit schönen Vorhängen und bequemen Sesseln, mit einem Schreibtisch aus Mahagoni, einem großen, silbernen Tintenfaß und Bücherregalen, die auf beiden Seiten des Kaminsimses eingebaut waren. Mirkowitschs Großvater, ein Schweinehändler aus Nisch, blickte in seiner bäuerlichen Tracht finster aus einem Rahmen an der Wand über dem Scheibtisch herunter.

Ich geleitete Fowler zum Kamin und zog zwei Sessel heran. Es war schön warm; er seufzte auf, als er das Feuer sah, und stellte sich vor den roten Lichtschein, der sein Gesicht erhellte. Er rieb die Hände aneinander, drehte sich um, um seinen Rücken zu wärmen, streckte die Arme aus und drehte sich wieder um.

»Warten Sie«, sagte ich, »leider ist mein Vorrat an Alkoholika sehr begrenzt. Ich kann Ihnen nur Sliwowitz anbieten oder türkischen Wodka.«

»Gern einen Wodka, danke«, sagte er, wobei er die großen, weichen Hände aneinanderrieb. »Ein sehr angenehmes Getränk, finde ich.«

»Durchaus«, sagte ich und ging zu dem Tischchen, wo die Flaschen standen, »aber es geht nichts über einen guten Hennessy, einen guten, milden Dreisterne-Cognac.« Und ich fuhr mir mit der Zunge über die Lippen und lächelte.

Da standen die Flaschen wie sonst, drei Sliwowitz, zwei türkische Wodka und Mineralwasser, dazu geschälte Nüsse und Oliven. Auf dem Tisch lag ein sauberes, weißes Tuch; in einer kleinen, grünen Vase waren Blumen. Dann sah ich die Whiskey-Flasche, eine große, nicht angebrochene Flasche John Haig. Ich hatte nur noch zwei davon und Nadja ausdrücklich gesagt, daß ich sie nach Berlin mitnehmen wolle, eine für Onkel Heinrich, die andere für den Marschall. Ich drehte mich um und sah Slawko in der halboffenen Tür stehen.

»Slawko«, sagte ich scharf, »wo kommt das her?«

»Was?« fragte er und schielte an seiner Nase herunter.

»Der Whiskey«, sagte ich. Fowler drehte sich um, wärmte seinen Rücken am Feuer und sah verständnisvoll aus. Ich hatte das Gefühl, mich lächerlich gemacht zu haben.

»Raus mit dir«, sagte ich zu Slawko.

Ich nahm die Flasche und betrachtete sie. »Ach ja«, sagte ich. »Verzeihen Sie, die hatte ich ganz vergessen.« Ich schlug einen strengeren Ton an als nötig. »Wir haben ja noch Whiskey. Wissen Sie, wir haben einen ziemlich großen Vorrat entdeckt, als wir Belgrad, Skopje und Sarajevo einnahmen.« Ich stellte die Flasche mit einem dumpfen Geräusch wieder hin. »Dieser hier könnte aus Saloniki oder Athen oder Kreta sein. Ich weiß es nicht.«

Es klopfte. Schwalke kam mit Fotoapparat herein.

»Es läßt sich leider nicht vermeiden«, sagte ich zu Fowler. »Der Leutnant wird ein Foto von Ihnen machen müssen. Hoffentlich sind Sie einverstanden. Es tut nicht weh.«

Er sah erstaunt aus, schüttelte den Kopf, lächelte, öffnete dann die Hände in einer Gebärde der Ratlosigkeit.

»Nur zu«, sagte er.

»Würden Sie sich bitte unter die Lampe setzen«, sagte ich. »Es geht schnell.«

Er setzte sich unter die große Lampe in der Ecke. Schwalke machte sich mit offizieller Miene am Fotoapparat zu schaffen. Er stank noch immer und verzog das Gesicht entschuldigend. Dann knipste er vier oder fünf

Fotos von Fowler. Fowler machte das typische Paßfoto-Gesicht: ausdruckslos und angespannt starrte er auf einen Punkt in der Ferne.

»Schicken Sie sie sofort mit reitendem Boten los«, sagte ich zu Schwalke. »Sie müssen bis spätestens neun Uhr da sein.«

»Ja, Herr Major«, sagte Schwalke, salutierte, machte eine zackige Kehrtwendung und verließ den Raum.

Ich ging zurück zum Kamin. Fowler saß mit dem Whiskeyglas in der Hand im Sessel und rauchte. Seine Nase war immer noch rot, seine Ohren ebenfalls, und er sah jetzt sehr jung aus: ein kleiner Junge, der erhitzt und glücklich vom Schlittschuhlaufen nach Hause kommt.

Er starrte ins Feuer; er sah aus, als wäre er sich meiner Gegenwart nicht bewußt. Seine Gesichtszüge waren entspannt, seine Unterlippe hing schlaff herunter.

»Sind wir uns womöglich schon mal begegnet?« fragte ich.

Er wandte den Kopf, und es war klar, daß er mich nicht gehört hatte. Er sah töricht aus, als sei er aus einem tiefen, totenähnlichen Schlaf plötzlich hochgeschreckt. Seine Augen waren leer und ängstlich.

»Entschuldigen Sie«, sagte er und lächelte. »Haben Sie etwas gesagt?«

Ich setzte mich in den anderen Sessel und zündete eine Zigarette an.

»Ich frage mich, ob wir uns schon mal begegnet sind. Aber ich glaube nicht. Vielleicht erinnern Sie mich an jemanden, den ich mal in England kannte.«

»Ich glaube nicht, daß wir uns schon mal begegnet sind«, sagte er. »Ich glaube nicht.«

»Kennen Sie zufällig einen Mann namens Buchanan, John Farnsworth Buchanan?«

»Buchanan«, wiederholte er. »Nein, ich glaube nicht.«

»Er war mit mir in Oxford«, fuhr ich fort. »Netter Kerl. Wir waren dicke Freunde. Später wurde es dann schwieriger. Sie verstehen. Er war etwas merkwürdig, dieser Buchanan. Wie die meisten Iren.«

»Hm«, sagte er.

»Sie sind kein Ire?« fragte ich schnell.

»Nein.«

Ich lachte.

»Gut«, sagte ich. »Ich habe vor Iren nämlich ein bißchen Angst. Ein verrücktes Volk. Aber etwas an Ihnen erinnert mich tatsächlich an Buchanan.«

Er nippte langsam und bedächtig an seinem Whiskey. Dann stellte er das Glas auf dem Teppich ab.

»Was macht Ihr Knöchel?« fragte ich.

»Alles in Ordnung.«

»Tut er weh?«

»Nicht mehr«, erwiderte er.

Während er sprach, wanderte sein Blick durch den Raum, als suche er nach etwas. Offensichtlich war er verlegen und fühlte sich nicht wohl in seiner Haut. Er wußte nicht recht, wie er sich verhalten sollte und was auf ihn zukam. In seinen Augen lag Argwohn, fand ich; er inspizierte den Raum und die Nacht und mich, als wäre alles fremd und gefährlich. Wahrscheinlich dachte er, daß hinter meiner Freundlichkeit und der Einladung ein Trick stecke. Er wußte nicht, was er davon halten sollte. Ich beobachtete, wie er sich umsah. Dann blieb sein Blick auf einem Gemälde über dem Kamin hängen.

»Hübsches Bild«, sagte er.

»Ja. Ein Matisse.«

»Ja«, sagte er spröde, als hätte er einen obszönen Witz gehört. Unverkennbar hatte er keine Ahnung, wer Matisse war.

»Ein großer französischer Maler«, erklärte ich gönnerhaft. »Sehr modern, wissen Sie.«

»Leider kenne ich mich nicht aus in der Kunst«, sagte er. »Liegt nicht auf meiner Linie. Wie war der Name noch mal?«

»Matisse. Henri Matisse.«

»Aha. Den habe ich bestimmt schon mal gehört.«

Ich konnte es mir nicht verkneifen, »Wirklich?« zu sagen, was mir sofort leid tat, denn er errötete und sah schnell weg.

»Schön haben Sie es hier«, sagte er verwirrt. »Schön gemütlich. Erinnert mich an ein englisches Landhaus.«

»Wirklich?« fragte ich. »Das überrascht mich. Ich finde diesen Raum eher kontinental. Zu hell und zu feminin, wenn Sie wissen, was ich meine.«

»Ich finde ihn sehr schön«, sagte er widerspenstig, als beharre er auf einem revolutionären Standpunkt.

»Schön, daß er Ihnen gefällt«, sagte ich.

Ich verschränkte die Arme und sah hinunter auf meine schmucken, glänzenden Stiefel, auf denen sich der Feuerschein spiegelte. Es waren meine Lieblingsreitstiefel. Ich hatte sie mir vor zehn, zwölf Jahren in

Wien anfertigen lassen. Leicht wie eine Feder und weich, behielten sie stets ihren Glanz.

»Entschuldigen Sie, Major«, sagte der Engländer, »aber könnte ich mich vielleicht frischmachen?«

Ich begleitete ihn hinaus und wartete im Korridor auf ihn. Aus dem hinteren Haus drangen starke, würzige Küchendüfte.

Slawko kam in die Halle.

»Ist Madame oben?« fragte ich ihn.

»Ja, Herr. Sie ruht sich aus.«

Er schielte an seiner Nase herunter, legte den Kopf schief, und für einen Augenblick schien er mißtrauischer und scheeläugiger denn je.

»Geh hinauf, und sag ihr, daß der Gast eingetroffen ist und ob sie nicht herunterkommen möchte.«

»Ja, Herr.«

Er machte kehrt; fast hätte ich erwartet, daß er mit flatternden Armen nach oben fliegt, ein alter, schielender Slawko. Aber er stieg langsam die Treppe hinauf; ehe er auf dem Treppenabsatz ankam, drehte er sich um, sah mich kurz an und verschwand.

Ja, er erinnerte mich an Buchanan. Das war vielleicht das einzige, was mir am heutigen Abend mißfiel. Ich wußte nicht genau, was es war: seine Nase, sein Kinn oder sein Gang. Vielleicht sein Lächeln, obwohl es manchmal frech war, frech und jungenhaft und ganz ohne die ironische Durchtriebenheit von Buchanan. Aber ich wußte es nicht genau, und es interessierte mich brennend, nicht so sehr wegen der Ähnlichkeit, sondern wegen der Saite, die nach so vielen Jahren in mir anklang. Ich hatte lange nicht an Buchanan gedacht. Er war keiner, an den man sich gern erinnert; eher war es fast schlechter Ton, sich an ihn zu erinnern. Wenn es doch geschah, wandte sich etwas in mir ab, so als begegne man jemandem auf der Straße, dem man nicht begegnen will.

Buchanan. Jener Abend in Oxford, als wir nach dem Kricketmatch im Hof herumstanden. Alle kamen mir gratulieren, und es war sehr lustig. Nur Buchanan stand außerhalb des Grüppchens, das mir die Hände schüttelte und auf die Schultern klopfte; nur er stand abseits, das schwarze Haar bis über die Augenbrauen, grinsend, dunkel und überlegen. Ich ging zu ihm und fragte, was mit ihm los sei. »Das machst du sehr gut, Helmuth«, spöttelte er. »Wie ein kleiner Engländer, was?« Ich starrte ihn an, er grinste, und ich fragte: »Wie meinst du das?« Er zuckte die Achseln, ließ mich stehen, und ich fühlte mich mies. Am Abend ging ich in sein Zimmer, wo er mit Morley (oder war es Melville?) zusammensaß. Ich erinnere mich nicht. Das Zimmer war vollgequalmt, und sie tranken Ale. »L'homme du jour!« rief Buchanan. »Komm herein, Herr von Borst, komm und trink ein Bier mit uns.« Es klang nicht freundlich. Ich sagte, ich wolle kein Bier, ich wolle mir nur ein Buch von ihm borgen. Er stand auf. Er war angetrunken, und sein langes, schwarzes Haar ließ ihn richtig verderbt aussehen. »Aber selbstverständlich«, sagte er. »Herr von Borst wünscht ein Buch, selbstverständlich. Was darf es denn sein?« Ich stand da und wartete, daß er mir einen Platz anbietet oder mich Morley –

oder war es Melville? – vorstellt. Ich kam mir wie ein Idiot vor, und Morley oder wie er hieß, ein plumper, sehr blonder und rosiger Junge mit kleinen, blauen Augen, grinste. Ich mochte ihn auf Anhieb nicht. »Blake vielleicht, dachte ich«, stammelte ich verwirrt, als wäre Blake eine Krankheit oder eine Frau. Buchanan wurde plötzlich ganz ernst, wechselte Blicke mit dem rosigen Jungen und trat auf mich zu.

»Aber Helmuth«, sagte er mit besorgter Miene, als wäre ich krank, »das meinst du doch nicht im Ernst! Blake ist nichts für dich, Helmuth. Oder?« fügte er zu Morley oder Melville gewandt hinzu, und der rosige, plumpe Junge gluckste. »Du solltest Conan Doyle lesen, Helmuth«, sagte er. »Oder Fenimore Cooper.« Ich wollte auf dem Absatz kehrtmachen und gehen und fühlte, wie mir die Tränen kamen, aber Buchanan packte mich am Arm und hielt mich zurück. »Helmuth, du Dummkopf«, sagte er, noch immer ernst, was die Sache verschlimmerte, »du brichst mir das Herz. Blake! Dafür hat dein Papa dich nicht hergeschickt, Helmuth. Du bist sehr ehrgeizig, Helmuth, und du solltest dich nicht an Kricket und Blake verausgaben.« Ich spürte, wie mir das Blut ins Gesicht stieg. Es war schrecklich, weil er so danebenlag und mir nichts einfiel, es zurechtzurücken. Ich wurde rot, und mir war danach, den Kopf des grinsenden kleinen, rosigen Jungen mit einem Golfschläger zu zertrümmern. Buchanan grinste, ließ meinen Arm los und sagte: »Komm, Helmuth, trink ein Bier mit uns. Das ist das einzige, was uns verbindet. Komm schon, Helmuth.« Meine Knie waren ganz weich, und ich hatte Angst, etwas

Dummes zu tun. »Nein, danke«, sagte ich stolz. »Mit dir und deinem Freund trinke ich kein Bier.« Sehr aufrecht ging ich hinaus, und als ich die Tür schloß, hörte ich sein Lachen; es verfolgte mich den Korridor entlang. Eigentlich verfolgte es mich sogar bis Königsberg.

Ich stand auf und drehte mich plötzlich zu Fowler um, der wieder im Zimmer war. Er hatte inzwischen seinen Whiskey fast ausgetrunken.

»Noch einen?« fragte ich.

»Sehr gern.«

Ich ging hinüber zum Tisch und goß zwei Drinks ein. Ich hatte ihm den Rücken zugewandt, als ich fragte:

»Mögen Sie Blake, Captain Fowler?«

Seine Stimme kam von weit her.

»Wie bitte?« fragte er.

Ich drehte mich mit den beiden Gläsern in den Händen um. Sie waren kühl. Ich nahm sie mit hinüber zum Kamin.

»Ich habe gefragt, ob Sie William Blake mögen.« Meine Stimme war scharf.

»Oh, Blake.« Er nahm seinen Drink. »Nun, ich habe ihn in der Schule gelesen. Das ist schon lange her. Warum?«

Ich sah ihn an; mein Blick klebte an ihm wie Leim.

»Blake ist einer Ihrer größten Dichter«, sagte ich.

Er verzog erstaunt das Gesicht und zuckte die Achseln.

»Ja«, sagte er. »Allerdings etwas altmodisch.«

»Das ist nicht der Punkt.« Meine Stimme wurde barsch, aber ich konnte nicht anders. »Er ist ein großer Dichter. Große Dichter werden nicht altmodisch.

Also«, sagte ich, und das Wort stand abgehackt und häßlich sekundenlang allein im Raum, »wen mögen Sie denn?«

Er starrte in seinen Drink. Ich beugte mich etwas vor, um zu sehen, ob er lächelte. Er lächelte nicht.

»Kipling«, sagte er langsam. »Ich mag Rudyard Kipling.«

»Oh«, sagte ich. »Ein eher zweitklassiger Dichter.«

Er schüttelte langsam den Kopf.

»Schon möglich. Trotzdem mag ich ihn.«

»Finden Sie nicht«, fragte ich, »daß Keats oder Shelley oder Burns oder Yeats besser waren?«

»Ja, mag sein«, sagte er eigensinnig und starrte in seinen Drink. »Aber ich mag Kipling.«

Einen Moment lang hatte ich wieder den Eindruck, daß er lachte. Ich trat näher und setzte mich, um sein Gesicht zu sehen. Aber er lachte nicht. Es mußte das Feuer sein, das Schatten in den Raum warf. Er schien ziemlich ernst zu sein. Er mochte Kipling, und ich fühlte mich viel besser.

»Zigarette?« fragte ich und hielt ihm meine Zigarettendose hin. Seine ungeschickten Finger griffen danach.

Ich musterte sein graublaues Harris-Tweed-Jackett. Es war nicht sehr gut geschnitten. Er mußte es in einem billigen Laden gekauft oder in Kairo angefertigt haben lassen. Es war viel zu lang, und die Schultern waren zu stark gepolstert.

Als Buchanan und ich uns wieder versöhnten, nachdem ich fast zwei Wochen nicht mit ihm gesprochen hatte, lud er mich aufs Wochenende nach Devon ein und sagte, ich solle Flanellhosen mitbringen. »Auf keinen Fall diese karierte Jacke, bitte, Helmuth«, sagte er. »Die Kühe würden sich zu Tode erschrecken.« – »Jetzt hör mal, John«, erwiderte ich, »dieses Jackett ist von Poole geschneidert, und ich wüßte nicht, was dagegen einzuwenden ist.« Er sagte nichts weiter, aber ich ließ es trotzdem zu Hause.

Er war zu mir gekommen und hatte gesagt, daß es ihm leid tue, daß er sich dumm benommen habe und daß ich seinen Blake haben könne, und überhaupt sei er blau gewesen und ob ich ihm verzeihe? Ich sagte, das müsse ich mir noch überlegen und gäbe ihm in ein, zwei Tagen Bescheid. Er seufzte und nickte, vielleicht war er amüsiert, aber er sollte wissen, daß er mich nicht erst kränken und dann auf schnelle Vergebung zählen konnte.

Wir fuhren in meinem Auto nach Devon. Es war ein herrlicher Tag, und Buchanan sagte: »Na, was sagst du zu unserem Klima, Helmuth?« Die Sonne strahlte, diese seltene, weibliche, englische Sonne, die plötzlich wie ein Geschenk hervorkam und alles in Ferienstimmung verwandelte. Die Landschaft badete in ihrem Licht; die Felder waren feucht und lebendig. Buchanan war in einigermaßen ziviler Stimmung; er musterte mich von oben bis unten, lobte meinen dunkelgrauen Anzug, nur die Krawatte gefiel ihm nicht. Er pfiff anerkennend, und dann redeten und lachten wir viel, obwohl seine Witze wie immer zu lang und obszön waren für meinen Geschmack.

Ich hatte mit vielen Gästen gerechnet. Es war mein erstes Wochenende auf dem Land, und ich hatte gewisse Vorstellungen: eine dunkelbraune Halle mit einem großen, offenen Kamin und ein Grüppchen sehr sportlicher Leute in Tweed und Flanell, die mit Drink und Pfeife und Country Life und Rufen wie ›Trinken Sie einen mit, alter Knabe!‹ und ›Was macht der Markt, alter Knabe?‹ herumstanden. Man würde steif konversieren, innerhalb der Grenzen etablierter, ungefährlicher Themen: das Wetter und Pferde und Geld und vielleicht der König; Themen, die jedwede Vertraulichkeit ausschließen, als wäre jeder ein Diplomat, der hochwichtige Staatsangelegenheiten im Kopf hat, die er auf keinen Fall preisgeben darf. Devon hatte mir etwas auf dem Magen gelegen. Zugegeben, Buchanan war während der Fahrt in harmloser Stimmung gewesen, aber er konnte jederzeit in eine seiner unangenehmen Launen verfallen und mich bloßstellen. Meines Wissens hatte ich keinen Verbündeten dort, und ich sah mich schon beim Dinner, eingepfercht zwischen rosafarbene, hagere Männer und Frauen, während Buchanan meine Unterwäsche beschrieb, die er immer sehr deutsch und komisch gefunden hatte.

Ich war angenehm überrascht, niemanden anzutreffen außer Sue, Buchanans Cousine, ein großes, gutgebautes Mädchen mit langem, blondem Haar, das zur Molligkeit neigte. Irgendwo im oberen Stockwerk gab es eine Großmutter, aber dies merkte man nur an einigen vagen Andeutungen und einem Butler, der mit Milch, Medizin und der *Times* nach oben verschwand. Ich hatte Sue in Oxford kennengelernt, als sie zu

Besuch war. Sie war ein stilles Mädchen mit reichlich Humor der gutmütigen Art. Sie schien sich mit der Welt im reinen zu befinden. Sie sagte stets das Richtige und füllte immer einen Sessel oder einen Abend, still und bescheiden. Immer, wenn Buchanan sein Spielchen mit mir trieb, kam sie mir zu Hilfe. Nicht, daß sie mich besonders gern hatte, aber sie gehörte zu denen, die mütterlich werden, auch ohne Kinder zu haben.

Sie war molliger als beim letzten Mal. Sie trug einen Jersey-Pullover, der sich an einigen Stellen beulte, was Buchanan zu ein paar Bemerkungen veranlaßte. Sie errötete nicht, kicherte statt dessen und sah stolz und wissend auf ihre Brüste hinunter, als hüte sie ein Geheimnis.

Das Abendessen ließ sich gut an; wir tranken eine Menge roten Frascati und hörten danach Sues Klavierspiel zu. Sie spielte nicht besonders gut, aber mit viel Gefühl und bezaubernder Unschuld, vor allem Mozart. Buchanan nickte immer wieder ein, bis er schließlich aufstand, gähnte und verkündete, daß er müde sei und zu Bett gehe.

Das Haus war sehr viel stiller, nachdem er nach oben gegangen war, und mir war leichter. Ich zog meinen Stuhl ans Klavier. Sue spielte nun schottische Lieder, summte dazu mit dünner Kinderstimme und lächelte mich hin und wieder an. Wir tranken ziemlich viel; die Welt wurde herrlich vernebelt und milderte den üblichen Schmerz des Am-Leben-Seins.

Dann hörte sie auf zu spielen und setzte sich auf meine Armlehne. Sie war wie eine junge, weiche, begehrenswerte Mutter. Schließlich sagte sie: »Armer

Helmuth«, aber ich wußte nicht, was sie meinte. Es ärgerte mich, und ich zog sie herunter; sie glitt so leicht auf meinen Schoß, als gehöre sie von Natur aus dorthin.

Schließlich gingen wir untergehakt und leicht schwankend nach oben. Sue legte den Kopf an meine Schulter und ich meine Hand um ihre weiche Taille. Ich war voller Vorfreude; das Haus roch nach trockenem Rotwein, und irgendwie hallten die Liedchen, die sie gespielt hatte, noch nach. Bevor wir oben ankamen, setzte eine Stille ein, die abseits von uns zu stehen schien wie ein großer Vogel mit ausgebreiteten Schwingen – die Art Stille, wenn der Körper schaut und man die Schläfen pochen und schwache Atemzüge hören kann. Sie seufzte und war sichtlich verlegen, als wir vor ihrer Tür ankamen. Ich nahm ihre Hände und sah ihr, wie es in Groschenromanen heißt, tief in die Augen. Ich fand, es sei besser, sich korrekt zu verhalten und ihr die Angst zu nehmen; also drückte ich ihre Hände und versuchte nicht, sie ein zweites Mal zu küssen, sondern flüsterte dramatisch: »Ich erwarte dich«, fügte dann in einem Ton, von dem ich hoffte, er sei eine attraktive Mischung aus jugendlichem Verlangen und reifer Würde, hinzu: »Bitte.« Sie lächelte, sah weg, und ich ließ sie gehen.

Ich ging in mein Schlafzimmer, das direkt neben ihrem lag, gegenüber dem der unsichtbaren Großmutter, die wahrscheinlich schon schlief, umgeben von Fläschchen, Pillen und Porzellankätzchen. Ich knipste die Nachttischlampe an; durch den rosafarbenen Seidenschirm drang trübes Licht. Dann zog ich mir schnell einen Schlafanzug und einen ziemlich smarten Morgenmantel an, deckte diskret das Bett auf, das weiß glänzte und zu dem einlud, was Onkel Heinrich die einzig natürliche Stellung eines Menschen – nämlich die horizontale – nannte. Ich putzte mir die Zähne mit klarem, heißem Wasser (meine Zahnpasta hatte einen etwas strengen Pfefferminzgeschmack), kämmte mir das Haar und tupfte mir etwas Eau de Cologne auf die Brust. Ich zündete mir eine Zigarette an, starrte in den Spiegel, hob ziemlich verwegen eine Augenbraue, sagte »Schuft« zu mir und war mit mir zufrieden. Dann ging ich durchs Zimmer zu den Fenstern, öffnete sie weit, um Nacht und Sterne, die Silhouetten der Baumkronen und Grillenmusik einzulassen. Ich fand es gut, am Fenster zu stehen und in die Nacht hinauszuschauen, wenn sie kam – mit dem Rücken zur Tür, als sei dies alles keine große Sache. Es klopfte, das Geräusch drang schnell zu mir durch, und auf Armen und Beinen sproß eine Gänsehaut. Ich hob wieder die linke Augenbraue und sagte: »Herein.« Die Tür ging auf, und eine lange Stille, dieser wunderbare Moment, der der Erfüllung vorausgeht, breitete sich aus; dieser Moment, der selbst fetten, abgetakelten Huren eine Art Glanz verleiht. Dann hielt ich es nicht mehr aus, drehte mich um und sagte heiser: »Liebling.« Auf der Schwelle stand, hellwach, gestriegelt und gebürstet, die Zigarette zwischen den grinsenden Lippen, Buchanan. »Aber, aber«, sagte er und schüttelte mit väterlicher Mißbilligung den Kopf.

Es war an der Zeit, wie geplant meine kleine Rede zu halten.

»Captain Fowler, ich hoffe, Sie fühlen sich wohl, und Ihrem Knöchel geht es besser. Wenn Sie noch einen Drink wollen, bedienen Sie sich bitte. Ich möchte, daß Sie sich wie zu Hause fühlen, auch wenn Ihnen das merkwürdig vorkommt. Ich möchte, daß Sie versuchen zu vergessen – Sie wissen, was ich meine. Ja, vergessen Sie für heute abend. Ich glaube, ich kann Ihre Gedanken lesen: Machen wir uns nichts vor, Sie sind mißtrauisch, Captain Fowler. Und das kann ich Ihnen nicht verdenken. Schließlich sind Sie nur ein Mensch. Ein Mensch unter dem Einfluß Ihrer Journaille und Ihres Rundfunks; die Empörung ist sicherlich enorm, und keiner kann ihr entkommen. Vielleicht haben Sie uns nie richtig kennengelernt und haben sich von den Klischees, die Schulen und Zeitungen über Ausländer verbreiten, infizieren lassen. Sie glauben, Sie könnten, wenn Sie mich so betrachten, etwas über mich in Erfahrung bringen: wie Sie mich taxiert haben, mein Aussehen, meine Stiefel, meine Uniform, meinen Haarschnitt. Aha, haben Sie sich gesagt, ein preußischer Offizier. Ein Junker. In Friedenszeiten vielleicht ein anständiger Kerl, aber im Krieg gefährlich. Und was es sonst noch so gibt an Vorstellungen, das ein Wort wie ›Junker‹ in simplen Gemütern hervorruft. Es ist unglaublich, was eine bestimmte Haartracht aus dem Menschen machen kann; auch Sprache und Gestik. Vielleicht würden Sie gern herausfinden, welcher dieser beschränkten Typen ich sein könnte: einer, der die herrschende Clique verachtet, oder einer, den Abenteuerlust und eine lange, rigide Tradition zum Fanatiker gemacht haben. Mir scheint, Sie waren doch etwas beeindruckt. Seien wir offen, Captain Fowler. In Zeiten wie unseren ist Offenheit eine Wohltat. Ich werde offen sein, vorbehaltlos offen.

Sie haben mich taxiert, Captain, für ein paar Sekunden womöglich annehmbar gefunden. Ich glaube, ich weiß, was in Ihrem Kopf vorgeht. Ihre Augen sind auf eine unsichtbare Inschrift irgendwo hinter mir an der Wand gerichtet. Und da lesen Sie, wie die meisten es tun würden, den üblichen Sermon. Ich kann es Ihnen nicht verdenken. Sie lesen Begriffe wie ›Militarismus‹, ›Rohe Gewalt‹ und ›Terror‹. Sie denken an die Schlachtfelder im Westen und in Polen und an die Städte, die wir in Schutt und Asche gelegt haben. Sie denken an Ihre eigenen Städte, und Sie sagen: ›Gut, daß wir Feinde sind.‹ Und Sie sehen die Idee hinter uns: das Gesetz des Dschungels und die Herrschaft über die Welt und andere Parolen, die Ihre Machthaber erfunden haben, weil die Beute, derer sie sich sicher wähnten, in Gefahr war. Wir haben den gierigen kleinen Bourgeois heraufkommen und unsere Ordnung zerstören sehen. Die Herrschaft des Bourgeois hat, vergleicht man sie mit der unseren, nicht lange gedauert. Aber ich schweife ab. Rohe Gewalt, denken Sie, rohe Gewalt und was es sonst noch so gibt an Klischees. Und mich sehen Sie nicht.

Sie sind heute aus einem ganz bestimmten Grund in dieser Gegend abgesprungen. Sie sagen, es sei ein Versehen gewesen. Entschuldigen Sie, Captain, aber das glaube ich nicht. Sie wissen, warum Sie hier abgesprungen sind, und ich weiß es auch; ich habe meine Informationen vom Hauptquartier. Wir wissen es beide, Captain. Dieses Tal war bisher friedlich; es hat kaum Ärger gegeben. Die Bauern waren lammfromm, wie Bauern sein sollten. Die Banditen – die Sie Patrioten oder Partisanen oder sonstwie nennen – haben uns nie belästigt. Dieses Tal ist abgelegen, aber wir wissen beide, Captain, daß es wegen der Kriegsvorräte, die in der Nähe lagern, von einiger Bedeutung ist. Ich weiß nicht, wie Ihre Leute sie entdeckt haben, aber offenbar ist es ihnen gelungen, sonst hätte man Sie nicht gerade in dieses friedliche Tal geschickt. Ich will ganz offen sein: Das Hauptquartier ist verärgert und hat mir befohlen, keinerlei Risiko einzugehen.

Ich werde keinerlei Risiko eingehen, Captain. Wir werden die Kriegsvorräte gegen Sie und jeden anderen verteidigen. Sie sind ihretwegen hier, das wissen wir. Sie sind allein gekommen, in einem Harris-Tweed-Jakkett und mit Wildlederschuhen, unbewaffnet. Und deshalb müssen Sie hier oder ganz in der Nähe Helfershelfer haben. Es muß für Ihre Auftraggeber mit großem Aufwand verbunden gewesen sein, Sie herzuschicken. Ich weiß, sie machen Fehler, Ihre Auftraggeber, Captain. Aber Idioten sind sie nicht.

Ich werde keinerlei Risiko eingehen, Captain. Sie sind zum Abendessen eingeladen. In mein Haus, von meiner Frau und mir, und Sie werden unsere Gastfreundschaft genießen, wie es die Art derer von Borst ist. Und denken Sie nicht, dies sei nur ein Trick und ich würde im Austausch für ein gutes Essen eine Gegenleistung erwarten. Das würde mich sehr kränken. Ich war Student in Oxford; meine Familie hat eine lange militärische Tradition. Sie waren gute Kämpfer, die von Borsts, ihrem König treu ergeben und hochherzig dem Feind gegenüber.

Ein gewisser Hermann von Borst hat in Waterloo mit Wellington gekämpft; er dachte gern an diese Schlacht zurück. Ich selbst habe, wie Sie wissen, einige Zeit in Ihrem Land verbracht. Es gab Menschen, die freundlich zu mir waren, auch wenn sie eine Art amüsierten Argwohns im Blick hatten – aber so ist es nun mal, Ihr Volk. Es kennt die Welt nicht. Es versteckt sich hinter einer Mauer von Untertreibungen. Ich habe ihm seine Torheit und dümmliche Reserviertheit verziehen und bin immer noch dankbar für seine, wenn auch unausgesprochene Gastfreundschaft. In Oxford hatte ich die gleichen Chancen wie alle anderen und spielte in der Kricketmannschaft. Man respektierte mich, auch wenn Neid mitschwang. Einmal, ich glaube, es war in Devon, geriet ich in eine etwas mißliche Lage. Nichts von Bedeutung, aber seitdem zweifele ich am guten Geschmack Ihrer Oberschicht.

Aber wir werden gemeinsam zu Abend essen, Captain. Ich habe nämlich keine Vorurteile. Ich mag die Briten. Wir, die Borsts, haben sie immer gemocht. Ihr seid kein glückliches Volk. Ihr wißt nicht, wie man lebt, und ihr wißt nicht, was ihr mit all dem, was ihr besitzt, anfangen sollt. Wir hätten eure einzigen Freunde sein können, aber ihr zogt es vor, euch um eine Stadt im Norden Polens mit uns zu streiten, und zu Freunden nahmt ihr euch die Franzosen und den Pöbel im Osten. Das war ein Fehler. Vielleicht wußtet ihr nicht, was ihr tatet, schwanktet wie immer zwischen Träumen und

Eigennutz, ohne daß beides miteinander in Einklang zu bringen war.

Ihr zogt die degenerierten Franzosen und den Pöbel im Osten uns vor und hofftet auf den Beistand der Barbaren in der Neuen Welt. Eine traurige Hoffnung. Ich habe oft Ihren Rundfunk gehört, Captain, und manchmal sogar die *Times* gelesen, obwohl sich auch dieses Blatt ziemlich verrannt hat. Oft amüsiere ich mich über euch, und gleichzeitig tut ihr mir leid. Hinter euren ganzen Anstrengungen steckt in Wirklichkeit nichts, weder konstruktive Ideen noch Kühnheit. Eines Tages werdet ihr erkennen, daß ihr betrogen wurdet, und dann werdet ihr eine dieser dummen Revolutionen anzetteln. Ihr habt immer noch die Unverfrorenheit, von Freiheit, Demokratie und Anstand zu reden, was sich anhört, als hättet ihr die letzten hundert Jahre verschlafen. Ihr kämpft gegen uns, um eure Haut zu retten. Ihr fürchtet uns und seid neidisch auf uns. Und doch hätten wir eure Freunde sein können, aber ihr wolltet uns nicht. Und ob ihr den Österreicher nun mögt oder nicht, so müßt ihr doch zugeben, daß er eine gewaltige Vision und die richtige Zukunftsperspektive hat und daß wir es mit ihm geschafft haben, das System gegenseitiger Loyalität wiederherzustellen, natürlich der Zeit entsprechend. Ihr wolltet uns nicht, obwohl wir Vettern sind. Ihr habt uns dieser Verwandtschaft wegen gehaßt; ihr habt uns gehaßt, wie Ketzer das Dogma hassen oder konvertierte Juden das Ghetto. Das war ein Fehler.

Sie mißtrauen mir, Captain. Ich sehe es Ihren Augen an. Sie denken an Polen. Aber was ist mit Polen? Richtig, wir haben seine Armeen vernichtet, seine Städte und Kriegswege zerbombt. Aber so ist der Krieg, Captain; das ist keine Bootsregatta. Wir haben ein paar Menschen getötet, das ließ sich nicht vermeiden. Ihr wart empört, weil ihr neidisch wart. Und ihr denkt an Rotterdam. Wir haben es in einer Woche in Schutt und Asche gelegt. Ihr zerbombt ja auch unsere Städte, wo ist der Unterschied? Der Tod ist immer gleich, ob in Köln oder in Rotterdam.

Ihr seht nicht mich, sondern nur dumme Begriffe wie Herrenvolk und Lebensraum. Ihr sagt ›God's Own Englishman‹, die Franzosen berauschen sich am ›La Gloire‹, und die Amis schwatzen vom ›American Dream‹. Selbst die dreckigen Bauern dieses Landes haben ihren Nationalstolz. Was ist gegen Lebensraum einzuwenden? Von uns aus könnt ihr alle Meere dieser Welt beherrschen; was wir brauchen, ist Land. Unser Volk hat nicht weniger gearbeitet, es war nicht weniger tüchtig oder intelligent; und doch hat es jahrhundertelang Hunger gelitten.

Bitte verzeihen Sie mir meine Tirade. Später können Sie mir, wenn Sie wollen, vielleicht erzählen, wer Ihre Freunde im Tal oder in der Nähe sind. Ich kenne Ihr Pflichtgefühl und Ihren Anstand. Aber mein Befehl lautet: Wenn Sie mir Namen nennen, werden wir uns der Leute annehmen. Wenn nicht, sagt das Hauptquartier, wird das ganze Dorf erschossen. Und Sie dazu. Wir gehen keinerlei Risiko ein.«

Er war sichtlich beeindruckt. Anfangs hatte er in das Feuer gestarrt. Ein- oder zweimal hatte er den Kopf gehoben; sein Blick war über meine Stiefel gewandert, dann langsam hinauf zu meinem Gesicht. Unsere Blicke hatten sich getroffen: meiner war kühl und, wie ich meinte, gelassen, seiner besorgt. Ein paarmal hatte er genickt oder mit den Achseln gezuckt, als stimme er mir zu.

Während der ganzen Zeit schien er verwirrt gewesen zu sein, und wenn ich mich nur etwas in der menschlichen Psyche auskenne, dann wußte er nicht, wie er, wenn überhaupt, reagieren sollte. Meine Worte hatten ihn wie Sturmtruppen überrollt. Als ich fertig war, waren seine Ohren feuerrot. Schade, daß die Flammen Schatten auf sein Gesicht warfen, so daß ich es nicht immer deutlich erkennen konnte.

Ich sprach den letzten Satz ohne besonderen Ausdruck, um durch den Kontrast Wirkung zu erzielen. Und tatsächlich, er zeigte Wirkung! Er sah auf, schnell und hilflos, und sein Mund öffnete sich halb, als wolle er sagen, bitte nicht. Ich war sehr zufrieden.

»Und jetzt«, sagte ich im Plauderton, »und jetzt, alter Junge, lassen Sie uns von Angenehmerem reden. Ich bin wirklich ein miserabler Gastgeber. Wie sollen Sie sich wohl fühlen, wenn ich Ihnen alle diese schrecklichen Dinge an den Kopf werfe?! Ich entschuldige mich. Aber ich mußte es mir von der Seele reden. Ich hoffe, Sie verstehen das.«

Das war gut, sehr gut. Das richtige Maß an Untertreibung, das ihm bestimmt vertraut vorkam, nicht ganz unbritisch. Sosehr ich dieses Instrument der Selbstverteidigung verabscheue, mußte ich doch zugeben, daß es in schwierigen diplomatischen Situationen von großem Nutzen ist. Als ich England verließ, war ich durchaus stolz, diese Kunst erlernt zu haben. Ich dachte an mein erstes Abendessen mit dem Stab in Potsdam nach meiner Rückkehr. Ich erzählte in ätzenden, plastischen Worten von England, und sie amüsierten sich köstlich, besonders als ich – nur um ein Beispiel zu nennen – erzählte, wie eine Londoner Zeitung den Tod des Papstes unter die normalen Todesanzeigen gemischt hatte.

Natürlich waren solche Untertreibungen ein zweischneidiges Schwert. Früher hatten sie mich beeindruckt und gleichzeitig geärgert. Das war in Oxford. Ich hatte ein paar Freunden von Onkel Jürgen erzählt, der im Jahre 1865 in Afrika aus dem Hinterhalt überfallen und bei lebendigem Leib verspeist wurde. Diese Geschichte kam immer sehr gut an, zumal spätere Generationen sie großzügig ausschmückten. Als sie bei mir angelangt war, war sie zu einem phantastischen Märchen geworden. Und doch hörten sie mir kalt zu, damals in Oxford, als prahlte ich oder als sei es das Natürlichste der Welt, daß waghalsige Onkel im Jahre 1865 bei lebendigem Leibe aufgefressen wurden. Als ich fertig war, sagte einer: »Wie überaus interessant.« Natürlich ärgerte mich das Understatement, machte aber auch Eindruck auf mich, und erst sehr viel später wurde mir klar, daß diese Waffe obsolet geworden war. Untertreibungen sind überholt. Sie waren am Platz gewesen, solange sie mit dem Glanz und dem Erfolg und der Errichtung dieses Weltreichs einhergingen. Angesichts ihrer Flotte, die Spanier, Holländer, Franzosen und Portugiesen von den sieben Weltmeeren fegte, konnten sie es sich leisten, die Bescheidenen und Zurückhaltenden zu geben. Aber jetzt?

Fowler sagte: »Reden wir von etwas anderem. Aber zuerst«, fügte er langsam hinzu, »möchte ich Sie warnen.«

»Mich warnen?« fragte ich amüsiert.

»Ja. Ich sagte Ihnen doch, es war ein Versehen. Das müssen Sie mir glauben.«

»Können Sie das irgendwie beweisen?«

Ich merkte sofort, daß ich mich vergriffen hatte. Ich hatte ihn nicht vor den Kopf stoßen wollen. Schnell fügte ich hinzu: »Ich meine, ich persönlich glaube alles, was Sie sagen. Aber Hauptquartiere sind nun mal von Natur aus skeptisch.«

»Beweisen kann ich gar nichts«, sagte er. »Es war ein Versehen, und es macht mir nichts aus, erschossen zu werden. Aber verschonen Sie die Dorfbewohner.«

»Das ist sehr edel und selbstlos, Captain Fowler. Aber meinen Sie, diese Art Argument hat irgendwelchen Wert für das Hauptquartier?«

»Nein«, antwortete er. »Aber Sie dürfen diese Menschen nicht erschießen. Sie haben nichts getan.«

»Sind Sie sicher, Captain?«

»Sie nicht?« parierte er.

»Darum geht es nicht. Wir dürfen keinerlei Risiko eingehen. Darum geht es. Besser, es kommen hundert Unschuldige um, als daß ein Schuldiger entkommt. Darum geht es.«

»Das ist Mord«, sagte er mit plötzlicher Heftigkeit.

Endlich kommt er aus seinem Schneckenhaus, dachte ich.

»Ja«, sagte ich. »Ja, Captain Fowler, wenn Sie es so vulgär ausdrücken wollen, das ist Mord. Wenn Ihr jemanden rüberschickt, der sich mit Banditen verbündet, die nachts hinter unseren Häusern herumschleichen und im Hinterhalt lauern, bis jemand herauskommt, und diesen dann erschießen, dann nennt ihr das Widerstand der tapferen Bergbewohner, die heldenhaft ihre Freiheit und was weiß ich verteidigen.«

»Diese Menschen«, sagte er, »haben mit dem Krieg nichts zu tun. Es sind Bauern.«

»Wirklich?« fragte ich. »Aber Captain Fowler. In diesem Krieg gibt es keine Bauern, keine Schornsteinfeger und keine Frauen, Kinder oder Großmütter. Es gibt nur Freunde oder Feinde und militärische Ziele. Jeder ist Soldat. So kämpfen wir, bei Tageslicht, und wenn wir kämpfen, tragen wir weder Harris Tweed noch Wildlederschuhe.«

Ich hatte ihn da, wo ich ihn haben wollte. Er machte eine schwache Geste, als wolle er etwas sagen, aber ich fuhr freundlich, fast väterlich fort:

»Ich wünschte, ihr würdet aufhören, euch wie sentimentale Deppen aufzuführen«, sagte ich. »Was habt ihr mit diesen Bauern zu schaffen? Es sind Wilde, die nach Knoblauch stinken und so plötzlich ausspucken, daß es einer öffentlichen Gefährdung gleichkommt. Man kann nicht mal reden mit ihnen. Sie sind stumpf und dreckig und wissen nicht, ob Demokratie eine Geschlechtskrankheit oder ein Getränk ist. Zu Verbündeten taugen sie nicht. Sie bringen so viele Verräter und Kollaborateure hervor – um euer eigenes Wort zu benutzen –, daß wir schon fertig mit ihnen waren, bevor wir dieses verdammte Land besetzten. Ihre Staatsmänner sind nichts als sauber geschrubbte und manikürte Bauernsöhne, ihre Vorstellung vom Soldatentum kommt mir vor wie die Balkanversion eines Tarzan-Films. Was habt ihr von denen zu erwarten? Die vorgeben, eure Freunde zu sein, tun das nur, weil wir sie nicht wollen oder weil sie ganz einfach zu dumm sind, die Realitäten dieses Krieges zu begreifen.«

Er seufzte.

»Ich streite mich nicht mit Ihnen«, sagte er leise.

Ja, ich hatte ihn, wo ich ihn haben wollte.

Ich stand auf und lehnte mich an den Kaminsims. Er trank langsam, und ich sah einen Moment seinen Kehlkopf: weiß und rosig und sehr jungenhaft. Er war bestimmt nicht älter als sechsundzwanzig, dachte ich. Und so einen hatten sie auf mich angesetzt!

»Wirklich, Captain«, murmelte ich. »Ich weiß auch nicht. Lassen Sie uns nicht streiten – es ist sinnlos, unzivilisiert und schlecht für die Verdauung. Hier ist ein Bändchen Blake. Lesen Sie mir doch ein paar Verse vor. Es ist lange her, daß mir ein Engländer Blake vorgelesen hat.«

Ich war so glücklich, daß ich hätte herausplatzen können.

Wortlos nahm er das Buch und öffnete es langsam.

Ich beobachtete ihn. Es schien, als zitterten seine Hände leicht, aber ich war mir nicht sicher.

»Blake«, sagte er ausdruckslos. »Wo haben Sie den her, Major?«

»Ein Geschenk«, erwiderte ich, »von jemandem in England, den ich früher mal kannte. Ich mochte Blake. Seit ich von England fort bin, habe ich ihn nicht mehr gelesen. Ich weiß nicht, wie er hergekommen ist, wahrscheinlich irrtümlich mit dem Rest meiner Bücher.«

»Ja«, sagte er, »irrtümlich.«

»Was meinen Sie damit?« fragte ich.

»Nichts«, sagte er und blätterte planlos in dem Buch.

»Wollen Sie andeuten, Blake sei nicht der richtige Dichter für mich?« fragte ich und trat näher zu ihm.

»Aber nein«, sagte er. »Das habe ich nicht gemeint.«

»Also«, sagte ich, »dann lesen Sie doch.«

Er warf mir einen Blick zu, und zum zweiten Mal heute abend hatte ich den Eindruck, daß in seinen Augen ein Lächeln stand. Aber es war wohl das Feuer. Die Flammen flackerten und zauberten Grimassen auf sein Gesicht, das ich kaum erkennen konnte oder nur zum Teil. Er lachte wohl doch nicht. Warum auch? Er war besiegt, und das wußte er. Er fühlte sich wohl und war dankbar, daß ich ihm geholfen hatte. Aber er hatte auch Angst, weil er wußte, daß er besiegt war.

Er warf mir einen weiteren Blick zu und beugte sich dann über das Buch. Er blätterte langsam, aufs Geratewohl, blieb dann wie erschöpft an einer Stelle stehen.

»Albion's coast is sick, silent«, las er. »The American meadows faint. Shadows of Prophecy shiver along by the lakes and the rivers, and mutter across the ocean. France, rend down thy dungeon! Golden Spain, burst the barriers of old Rome! Cast thy keys, O Rome! into the deep, down falling, even to eternity down falling.«

Er hielt kurz inne und sah ins Feuer. »And weep«, fügte er hinzu.

Seine Stimme hatte nur ein schwaches Timbre. Offensichtlich wußte er nicht, wie man Gedichte vorträgt. Er las zerstreut und monoton. Blake schien ihm nichts zu sagen. Ich lauschte seiner Stimme, die den Wörtern ihre Bedeutung nahm. Ich hörte nur seine Stimme.

»Ja?« sagte ich, wartete und begann dann, vor ihm auf und ab zu gehen, bis zum Bücherschrank neben der Tür, wo ich scharf kehrtmachte und zurück zum Tisch mit den Drinks ging. Und wieder zurück. Er saß zusammengesunken mit übereinandergeschlagenen Beinen. Nein, er lachte nicht.

Er räusperte sich, und als er wieder zu sprechen anfing, war seine Stimme heiser.

»In her trembling hands she took the new-born terror, howling. On those infinite mountains of light, now barr'd out by the Atlantic sea, the new-born fire stood before the starry king.«

Er räusperte sich wieder und las hastig weiter. Ich hörte nur seine Stimme.

»The speary hand burned aloft, unbuckled was the shield; forth went the hand of Jealousy among the flaming hair, and hurl'd the new-born wonder thro' the starry night.«

Er hob die Stimme. Es half nicht viel.

»The fire, the fire is falling!«

Es klang ausgesprochen albern. Er hatte keine Ahnung, wie man rezitiert. Wieder auf und ab, von Wand zu Wand.

»Look up! Look up! O citizen of London, enlarge thy countenance! O Jew, leave counting gold! Return to thy oil and wine. O African! black African! go, winged thought, widen his foreheard!«

Ich mußte unwillkürlich lächeln; er brach ab, schloß das Buch, ließ aber den Daumen in der Seite. Er stand auf.

»Hören Sie«, sagte er, »das ist absurd.«

»Das ist Blake«, sagte ich, noch immer lächelnd. »Ein großer Dichter. Ich höre Ihnen gern zu.«

»Das Ganze ist lächerlich«, sagte er verwirrt. »Ich danke Ihnen, aber ich bleibe lieber nicht zum Abendessen.«

Ich blieb stehen.

»Aber warum denn nicht?« fragte ich. »Ich habe Sie doch nicht gekränkt?«

»Nein, das ist es nicht. Aber ich gehe lieber.«

»Sagen Sie, wenn ich Sie gekränkt habe. Ich entschuldige mich.«

»Nein, nein. Das ist es nicht. Nur gehe ich besser, das ist alles.«

»Aber Captain, warum denn? Ich möchte, daß Sie bleiben. Wirklich. Ich möchte, daß Sie Ihr Essen genießen, hier in meinem Haus.«

»Das ist sehr freundlich von Ihnen. Aber ich glaube wirklich, ich gehe besser. Vielleicht können Sie mich in irgendeiner Baracke unterbringen.«

»Unsinn«, sagte ich und berührte seinen Arm. Er zog ihn nicht weg. »Lassen Sie den Kopf nicht hängen, Captain. Alles mag sich noch zum Guten wenden.«

»Ja, vielleicht«, sagte er. »Aber ich gehe besser. Ich wäre gern allein, wenn es Ihnen nichts ausmacht.«

»Hören Sie«, sagte ich, »vielleicht war ich zu grob. Es tut mir leid. Sie wissen, wie wir Preußen sind. Aber ich wollte Sie gewiß nicht kränken. Ich will Ihnen helfen. Vielleicht gelingt es mir.«

»Ich weiß«, sagte er. »Sehr gütig von Ihnen. Aber es hat keinen Zweck. Ich kann Ihnen nicht mehr sagen. Ich kann Ihnen keine Informationen liefern. Absolut keine.«

So leicht kommst du mir nicht davon, dachte ich.

»Schon gut«, sagte ich. »Vergessen wir den Krieg. Wir werden zu Abend essen und in Ruhe miteinander reden. Schließlich könnte es für längere Zeit Ihr letztes anständiges Essen sein.«

»Es hat keinen Zweck«, sagte er. »Können Sie mich nicht in eine Zelle stecken? Es würde uns beiden die Sache erleichtern.«

Ja, vielleicht. Aber wer wollte sie ihm erleichtern?

»Sie wollen doch meine Frau nicht beleidigen?« fragte ich.

»Nein, aber...«

»Seien Sie vernünftig«, sagte ich. »Ernsthaft. Können Sie den topographischen Umstand, der uns zu Feinden macht, nicht mal vergessen? Ich bin nicht Ihr Feind, wirklich nicht. Ich will Ihnen helfen.«

»Ich glaube nicht, daß Sie das können«, sagte er.

»Ich bin der einzige, der das kann.«

»Ich gehe besser«, sagte er.

Es war zum Rasendwerden.

»Captain Fowler«, sagte ich, »wir hätten Sie nach Ihrer Festnahme auf der Stelle erschießen können. Statt dessen habe ich Sie medizinisch versorgen lassen und zum Abendessen in mein Haus eingeladen. Ich finde, Sie verhalten sich sehr kindisch.«

Er schwieg.

»Ich müßte Sie sonst für undankbar halten.«

»Es tut mir leid«, sagte er. »Aber es hat keinen Zweck.«

»Das ist«, sagte ich scharf, »allein meine Sache. Nehmen Sie noch einen Whiskey?«

»Danke«, sagte er. »Ich glaube, ja.«

»Mit oder ohne?« fragte ich, noch immer in barschem Ton.

»Mit«, sagte er und setzte sich.

»Was ist mit Blake?« fragte ich und reichte ihm den Drink.

»Ja«, sagte er. »Blake.« Er klappte das Buch wieder auf.

Ich ging zum Tisch zurück, um ein paar Nüsse zu holen, als er wieder zu lesen begann. Ich hielt ihm die kleine Porzellanschale hin, er nahm eine Handvoll und las weiter. Ich ging zurück zum Tisch und dann wieder auf und ab. Er schien jetzt ganz gefügig zu sein. Ich dachte nicht daran, ihn so leicht davonkommen zu lassen; ich dachte gar nicht daran.

»When confusion rages, when the field is in a flame.«

Ich dachte gar nicht daran. Er las mit tonloser Stimme. Vielleicht hatte er Angst, daß ich ihm Gift ins Essen tue. »When the cries of blood tear horror from heav'n, and yelling death runs up and down the ranks.« Er war nur ein Junge, konfus, scheu und unerfahren. Und so einen hatten sie auf mich angesetzt. Seine Stimme kam in gleichmäßigen Wellen und hob sich jetzt, aber ich hörte nur die Wellen. »Let Liberty, the charter'd right of Englishmen, won by our fathers in many a glorious field, enerve my soldiers; let Liberty blaze in each countenance, and fire the battle. The enemy fights in chains, invisible chains, but heavy; their minds are fetter'd, then how can they be free? While, like the mounting flame, we spring to battle o'er the floods of death! And these fair youths...«

Und so einen hatten sie auf mich angesetzt. Was für ein unverbesserliches Volk! Dann merkte ich, daß er aufgehört hatte zu lesen. Ich blieb stehen und sah ihn an. Einen Moment lang dachte ich, er hätte die Augen geschlossen. Seine Wangen waren gerötet, und das Buch war zugeklappt. Hatte er aus dem Gedächtnis rezitiert? Aber wiederum mochte es das Feuer sein, das Schatten auf sein Gesicht warf.

Nadja kam herein, ruhig und rasch. Ich hörte sie erst, als sie im Raum war. Das Rascheln ihres Kleides ließ mich aufsehen.

»Hallo«, sagte sie.

Sie trug ein weißes Abendkleid mit sehr tiefem Ausschnitt; Rücken, Arme und Schultern waren nackt. Ich empfand sofort Abneigung. Für diese Gelegenheit war das Kleid viel zu hochgestochen; für einen Ball in Berlin das richtige, aber hier und heute war es frivol und provozierend. Ich hatte sie zu Vorsicht und Diskretion angehalten. Ich hatte es ihr eingeschärft, und nun hatte sie dieses weiße Kleid angezogen.

Wir hatten es 1938 in Paris gekauft. Wenn ich mich recht erinnere, auf dem Rückweg von Italien. Ich hatte es nie gemocht. Es wirkte aggressiv auf ihrer matten, gelben Haut und ihren runden, abfallenden Schultern und den langen, gelblichen Armen. Ihre Arme waren immer viel zu auffällig; sie wanden sich an ihr herunter wie lange, gelbe Schlangen, waren in ständiger Bewegung, immer attackierend.

Sie stand sekundenlang bewegungslos. Sie sah erst mich an und dann Fowler, und dann lächelte sie. Ich kannte dieses Lächeln. Es war ein Lächeln, als wisse sie etwas, das sie nicht preisgeben wolle. Sie mochte dieses Lächeln, sie spielte damit wie mit einem Lieblingsspielzeug. Oft, wenn ich in ihr Zimmer kam und sie vor dem Spiegel saß, umgeben von Flakons, Fläschchen und Tiegeln, war das erste, was ich im Spiegel sah, dieses wissende Lächeln.

Sie legte den Kopf leicht zur Seite, und ihr langes, blauschwarzes Haar fiel mit Schwung auf ihre Schulter und wippte. Es war nie in Ruhe, ihr Haar. Es bewegte sich ständig in schnellen, glatten Wogen, fiel leicht und locker wie ein Umhang auf ihre Schulter.

»Captain Fowler«, machte ich bekannt, »meine Frau.«

Er stand am Kamin, leicht verlegen, und hatte das Buch an die Brust gepreßt. Er sagte: »Ich freue mich«, aber das war kaum zu hören, da Nadja gleichzeitig sagte: »Es tut mir leid, meine Herren, daß ich so spät komme« und lachte.

Ich konnte mich nicht erinnern, sie je Englisch sprechen gehört zu haben. Ich wußte aber, daß sie es ganz gut konnte. Sie war auf einem amerikanischen College in Istanbul gewesen. Ihr Akzent war seltsam: amerikanisch mit slawischem Einschlag. Sie quetschte die Wörter hinter geschlossenen Zähnen hervor und lehnte sich wie hilfesuchend auf jede Silbe, als sie ›Es tuut miir leeiid‹ sagte und die letzte Silbe langzog.

Sie ging schnell durchs Zimmer und streckte Fowler die Hand entgegen. Etwas zu schnell. Sie war aggressiv, diese langfingrige, gelbliche Hand, die vor ihr in der Luft stand wie ein Schießeisen.

Sie war hübsch. Abends sah sie nie älter aus als zwanzig, und heute abend wirkte sie besonders jung. Ihr Profil war weich von einem heißen Bad und feinem Puder. Sie hatte nie harte Konturen gehabt. Oft versuchte ich beispielsweise, ihre Nase zu ergründen. Sie änderte sich ständig. Ihr Gesicht war immer in Bewegung, voller Überraschungen. Sie sah immer wieder anders aus, auch jetzt noch, nach fünf Jahren Ehe. Ihr Gesicht fing jeden Lichtschein ein, absorbierte jede kleine Lichtnuance, und winzige Schatten zuckten gierig darüber hinweg und veränderten es. Manchmal fand ich ihre Nase etwas zu breit und slawisch, aber heute abend war sie schmal, adlerartig, und etwas in der Linie neben ihren Nasenflügeln verlieh ihr einen frechen, knabenhaften Ausdruck. Und ich wußte eigentlich nie, ob ihr Mund dünn und böse oder voll und süß war. Auch veränderte er sich mit dem Licht und ihrer Stimmung, und sie wußte das, vielleicht forcierte sie es sogar. Sie hatte die Lippen leicht geöffnet. Ich fand ihren Lippenstift zu dunkel: Er loderte in dem gelblichen Gesicht und betonte besonders ihre Augen, die unglaublich groß und feucht waren, als sei sie von der Welt und den Männern darin gerührt. Und über diesem Mund, dem schönsten Teil ihres Gesichts, war, kaum sichtbar, aber immer vorhanden, der Anflug eines Bärtchens. So war

Nadja – gewissermaßen eine Visitenkarte. Ich sah diesen Anflug über ihrem Mund, und wie immer rührte er an meine Erinnerung, und ich mußte an das Schlafzimmer in München denken mit den geschlossenen Fenstern und ihrem bösartigen, aufreizenden Kichern.

Sie reichten sich die Hände, und Fowler lächelte. Sie stand da, den Kopf noch immer zur Seite gelegt, die Lippen noch immer leicht geöffnet. Dann schloß sie sie langsam, öffnete sie wieder, und ich sah, wie ihre Zungenspitze schnell über ihre Unterlippe gitt. Nadja vollführte eine halbe Pirouette in Richtung Kamin. Der Raum war vom Rascheln ihres Kleides erfüllt, und ich hörte das Lachen von München. Dann sah sie mir süß, gekünstelt fragend, ins Gesicht.

Irgendwie wollte ich ihr zu verstehen geben, daß es ein Fehler war, dieses Kleid anzuziehen, aber wenn sie es nun schon mal trug, mußte sie seinem Image nicht unbedingt entsprechen. Ich wollte ihr klarmachen, wie sie sich zu verhalten hatte.

»Einen Drink?« fragte ich schroff und machte eine Pause, um deutlich zu machen, daß ich absichtlich das übliche ›Meine Liebe‹ oder ›Nadja‹ weggelassen hatte.

»Ja, bitteee.« Ihr ›bitte‹ war viel zu lang. Sie wandte sich an Fowler. »Nehmen Sie auch einen, bittee?« Wieder.

»Danke«, sagte er und sah mich wie um Erlaubnis bittend an.

»Wie eben?« fragte ich.

»Ja, bitte.«

Ich ging zum Tisch, wandte ihnen den Rücken zu.

»Wir haben etwas Whiskey«, sagte ich, und nach einer Pause: »Liebes.«

»Ach ja?« Sie zog das ›Ja‹ mit dem folgenden ›Wunderbar‹ in die Länge.

Ich spürte den Drang, mich schnell umzudrehen. Ich hatte das Gefühl, daß hinter meinem Rücken etwas vorging. Vage war mir, als hätte sie schnell seine Hand gedrückt oder ein Zeichen mit ihm ausgetauscht. Das war natürlich lächerlich. Sie standen weit auseinander, er mit dem Gesicht zum Fenster, sie zum Kamin. Ich ärgerte mich über mich.

»Das Feuer ist so schö-ön«, schnurrte sie, rieb sich die Hände und wirbelte auf der Ferse herum. »Ach, so schö-ön.«

»Sehr schön, wirklich«, sagte er höflich.

»Es ist so-o-o-o kalt, furchtbar kalt«, fuhr sie fort und zog die gelben Schultern zusammen. »Brrrr, der kälteste Winter, seit ich denken kann. Dieses Haus ist seeehr seeehr kalt, wissen Sie. Im Winter kommen wir nie her. Wir fahren immer nach Südfrankreich oder Italien. Aber dieses Jahr war es nicht mööglich.«

»Ja«, sagte er. »Ein sehr kalter Winter dieses Jahr.«

»Der kälteste Winter seit vielen, vielen Jahren«, sagte sie. »Helmuth, wie lange ist es her, daß wir einen solchen Winter hatten? Du hast es mir neulich gesagt.«

Ich ging zu ihnen und reichte ihnen die Drinks.

»Hundertundvierzig Jahre«, erwiderte ich. »Der kälteste Winter seit hundertundvierzig Jahren.«

»Nicht hundertfünfzig?« fragte sie.

Das war typisch.

»Nein«, sagte ich. »Es sind genau hundertundvierzig.«

Ihre langen, beweglichen Finger umschlangen das Glas; sie hob es hoch und blickte durch die gelbliche Flüssigkeit, führte es dann an ihre Lippen und schnupperte daran wie eine Katze. »Wir waren ein paar Tage von der Außenwelt abgeschnitten«, sagte ich zu Fowler. »Die Straßen waren zugeschneit.«

»Ich liebe Schnee«, sagte Nadja und legte wieder den Kopf schräg. »Er ist so weiß und sauber. Mögen Sie Schnee?«

Fowler sah in sein Glas. »Ja, doch«, sagte er. »In England gibt es nicht viel davon.« »Gar keinen?« fragte sie, und ihre großen Augen funkelten, als hätte sie gefragt, ›Lieben Sie mich denn gar nicht?‹

Und dabei hatte ich sie ermahnt, sich zu benehmen. Klar und eindeutig. Und jetzt dieses weiße Kleid und der schräge Kopf und die Art, wie sie sprach. Voller Geheimnisse und Anspielungen. Ihr Haar kam nie zur Ruhe. Ich spürte den Drang, es mit einem spitzzinkigen Kamm zu glätten.

»Nicht viel«, antwortete er.

»Oh, ich liebe Schnee«, sagte sie begeistert. »Vor diesem abscheulichen Krieg fuhren wir mit Schlitten in die Berge. Aber jetzt ist es zu unsicher, wegen dieser entsetzlichen Kommunisten.«

Ich schaltete mich schnell ein. Die Chance konnte ich mir nicht entgehen lassen. Diese Haare ärgerten mich.

»Es sind deine Landsleute, Liebes«, sagte ich.

»Ach, Helmuth!« rief sie betrübt, und ihr Haar schwang üppig wie ein Samtumhang, als sie sich umdrehte. »Ach, Helmuth, wie kannst du so etwas sagen? Das sind sie nicht, wirklich nicht.« Sie wandte sich wieder ab. Rote Flecke erschienen auf Wangen und Hals. Das war immer so, wenn sie verärgert oder aufgeregt war, kleine, hektische, rote Flecke auf gelber Haut. Ihre Finger schlängelten sich auf den Kaminsims und ergriffen die Zigarettendose. Sie hielt Fowler die Dose hin. »Zigarette?« fragte sie. »Kennen Sie Belgrad?«

Er zögerte. Nur eine Sekunde, aber ich bemerkte es.

»Nur aus Erzählungen.«

»Ach, Belgrad ist eine wunderschöne Stadt«, rief Nadja entzückt, als stünden wir auf einem Hügel und überblickten es von oben. Sie war glücklich, wenn sie von Belgrad sprach. »Ach, Sie würden es lieben, über alles lieben.«

»Bestimmt.«

»Das Leben war gu-ut, so glück-lich«, sie dehnte jedes Attribut. »Herrliche Restaurants und Geschäfte. Und so viele schö-öne Mädchen.«

Er lachte kurz und verlegen.

»Vielleicht die schönsten Frauen in Europa«, sagte sie. »Das haben alle unsere ausländischen Freunde bestätigt. Alle sagen, Belgrad ist eine wunderschöne Stadt.« »War«, fügte er hinzu.

»Ja, oh, ja-a«, fuhr sie träumerisch fort, »es war eine wunderschöne Stadt. Jetzt ist es se-ehr langweilig«, sagte sie klagend. »So viele Soldaten und praktisch keine Geschäfte. Ich war vorigen Monat da, aber es gab nichts zu kaufen. Mein Mann mußte nach Strümpfen und Nagellack schicken, nicht wahr?«

»Ja, Liebes«, sagte ich.

»Mögen Sie Paris?« fragte sie plötzlich.

»Ja, sehr«, sagte er.

»Ach, wir haben so eine schöne Zeit in Paris verbracht«, sagte sie. »Vorigen September. Paris ist die schönste Stadt in Europa. Nach Belgrad. Was für herrliche Restaurants und Geschäfte. Die Frauen sind nicht so schö-ön wie in Belgrad, aber sehr chic. Sehr gut gekleidet, die Pariser Frauen, non?«

»Ich denke schon«, sagte er. »Es werden wohl nicht viele schöne Restaurants und Geschäfte übriggeblieben sein.«

»Tja«, sagte sie. »Der Krieg ist bestimmt bald zu Ende. Meinst du nicht auch, Helmuth?«

»Bald«, sagte ich.

In mir schüttelte sich etwas sacht, aber anhaltend, so wie Kinder einen Apfelbaum schütteln. Einmal hatte mich die Schauspielerin Elsa gefragt: »Liebst du mich, Schatz?«, und ich hatte »Ja« gesagt, und der Apfelbaum hatte sich in mir geschüttelt und alle die fragenden Pünktchen, die meinem ›Ja‹ folgten, zu einem Ende gebracht. Es wäre schrecklich, sich alle die unvollendeten kleinen privaten Symphonien, die vagen ›Jas‹ und ›Mache ich‹ zu betrachten und die vagen Antworten oder Anmerkungen zu ihrem logischen Ende zu führen. So furchtlos konnte niemand sein. Und es gab viele Wege, die man nicht zu Ende zu gehen wagte. Der Gedanke an den kleinen Peter aus meiner Schulzeit zum Beispiel endete für gewöhnlich in genau dem Moment, als ich ihn auf den Kopf schlug; einmal, es war beängstigend, wagte ich (oder besser gesagt, konnte ich nicht anders als) weiterzudenken und sah Peters hervorquellende Augen. So viele Wege, in der Tat. Der Tod natürlich rief das große Schütteln hervor, der Tod, eine Krankheit oder irgendein noch unbekannter Schmerz, und gewissermaßen auch die Liebe, die mit verstohlener Selbstbefriedigung in einem Badezimmer oder einem Wald begann. Und natürlich dieser Krieg.

Nadja fragte mich oft, wann der Krieg zu Ende sei. Nadja und andere: Freunde, Kameraden und auch die Truppe. Ich sagte immer: Bald. Mehr nicht und diesmal, als Nadja wieder fragte, ganz beiläufig, im Plauderton, als sei der Krieg das Wetter oder ein neuer Hut, wurde mir klar, daß dies eine der vertrauten Fragen war, die jeder an mich richtete, nur ich nicht. Für gewöhnlich antwortete ich ›bald‹; und etwas rüttelte in mir, und ich brachte den Satz nicht zu Ende.

»Wann essen wir?« fragte ich sie.

»Ach ja, das Essen ist gleich fertig«, sagte sie.

»Entschuldigen Sie«, wandte sie sich an Fowler, »aber es ist nichts Besonderes.« »Bestimmt ist es ausgezeichnet«, sagte er. »Madame«, fügte er hinzu, wobei er sich leicht verbeugte.

Diese letzte Bemerkung gefiel mir nicht. Zu seicht und glatt; irgendwie paßte sie nicht zu seinem fragwürdigen Akzent, seinen unsauberen Fingernägeln und seinem Mangel an Kultur. Er hatte sich elegant und ungezwungen verbeugt und dabei eine anmutige Geste vollführt. Gar nicht mehr der müde kleine Schuljunge. Es gefiel mir ganz und gar nicht. Endlich setzte sich

Nadja, drapierte sorgältig ihren weiten, weichen Rock um sich. Offensichtlich war ihr bewußt, wie dekorativ sie sich auf dem Sofa ausnahm. Ihre langen, aggressiven Finger jonglierten in der Luft wie kleine Fallen. Sie schlug die Beine übereinander, und ihre langen, runden Gliedmaßen schimmerten durch den weißen Stoff. Sie war ganz Gastgeberin, was zu einer großen Gesellschaft gepaßt hätte, aber hier fehl am Platz war.

Ich beobachtete ihn. Es war mir wichtig, wie er auf Nadja reagierte. Schließlich ließ sich aus seiner Reaktion eine Art Plan ableiten. Sie hatte nichts Ungewöhnliches oder Verräterisches. Nadja schien ihn nicht besonders zu beeindrucken. Vielleicht hielt er sie für ein dummes Ding, und die elegante Verbeugung eben war ironisch gewesen.

Aber ich wollte, daß er beeindruckt war.

Diese Verbeugung machte mich nachdenklich. Natürlich konnte sie Zufall gewesen sein, oder er mochte sie sich irgendwo abgeguckt haben. Schließlich hat niemand so gute Manieren wie ein Oberkellner. Aber vielleicht war er das, wofür ich ihn hielt: ein müder, unbeholfener Bursche. Wenn dem so war, hätte er von ihrem Gesicht, ihrer Figur und ihrem Kleid beeindruckt sein müssen. Und verlegen angesichts ihrer nackten Arme und Schultern und ihrer gezielten rhythmischen Bewegungen.

Wäre sie doch nur nicht so impulsiv und kindisch. Oft benahm sie sich geradezu unmöglich. Merkwürdigerweise mochten manche Leute das. Es machte ihnen Spaß, und sie fanden sie sehr amüsant: der Marschall zum Beispiel – er verschluckte sich vor Lachen, wenn

Nadja ihm ihre Bauernwitze erzählte, obwohl ihr Deutsch noch schlechter war als ihr Englisch. Doch kam sie in gewisser Weise gut an, auch wenn mancher höhere Offizier mich mitleidig ansah. Sie war gänzlich unmilitärisch, fernab jeder Tradition.

Ja, sie kam sehr gut an. Als ich sie das erste Mal sah, bei einer Parade, saß sie in einer Diplomatenloge, umringt von mindestens fünf Männern: dem jungen Grafen Bernsdorff, drei Burschen aus der Wilhelmstraße und dem jungen Bulgaren, den ich später kennenlernte und nicht ausstehen konnte. Ich beobachtete sie etwa zehn Minuten aus der Distanz. Und als das Spektakel begann und ich die erste Hürde genommen hatte, wußte ich an jenem Tag, daß ich für sie ritt. Dann folgte die Jagdpartie bei Balduschek in Ostpreußen. Nadja war der absolute Mittelpunkt. Sie erschien mit dem alten Mirkowitsch, der bald darauf mit dem jungen Balduschek verschwand, Pläne ausheckte, trank und sich die weltberühmte Pornographiesammlung des alten Balduschek ansah. Graf Bernsdorff, die drei Burschen aus der Wilhelmstraße und der junge Bulgare, den ich nicht mochte, waren auch da. Der Bulgare war ein schlaksiger junger Mann mit wildem, schwarzem Lokkenschopf, einer breiten, gewölbten Stirn, sogenannten feurigen, schwarzen Augen, die ständig funkelten, als wolle er auf der Stelle die Barrikaden erstürmen, und einer stolz gebogenen, leicht semitischen Nase. Seine langfingrigen Hände schwebten irgendwie obszön um sie herum wie Vögel. Er war dritter Sekretär der Berliner Gesandtschaft, ein durch und durch unbedeutender Mensch. Es hätte mich nicht gewundert, wenn er nach Knoblauch gerochen hätte. Ich fragte mich, warum sie ihn in ihrer Entourage duldete; aber das allein war es nicht. Dieses erste Mal bei Balduschek wurde nach dem Abendessen getanzt. Ich hielt mich diskret zurück, unterhielt mich vor allem mit Baron Lernholz, dessen einziger Vorzug seine Kenntnisse über Grönland waren, von dem er mit solcher Leidenschaft sprach, als wäre es der lieblichste und aufregendste Ort der Welt. Und ich beobachtete Nadja, wie sie mit dem Bulgaren tanzte. Als sie an mir vorüberwalzten, konnte ich sie sprechen hören. Dann hörten sie auf zu tanzen und gingen nach draußen. Auf dem Weg hinaus kam sie an mir vorbei, sah mich kurz an, nahm mich aber nicht wahr. Ihr Gesicht war leer, als unterdrücke sie einen elementaren Drang, und zum ersten Mal sah ich die roten Flecke an ihrem Hals. Fünfundzwanzig Minuten später kamen sie zurück, und sie war fröhlich und lebhaft und lachte viel, aber sonst war nichts an ihr, was sie hätte verraten können. Ich forderte sie zum Tanzen auf (einer von den Burschen aus der Wilhelmstraße hatte mich ihr vorgestellt) und inspizierte ihre Lippen und ihre Schminke; alles war perfekt. Der Bulgare entfernte sich, glitt durch den Raum, und als er sich zu einer undefinierbaren Gruppe Älterer am Kamin gesellte, erinnerte er mich plötzlich an eine unvorteilhafte Karikatur von Abraham Lincoln, natürlich ohne Bart.

Am nächsten Tag gingen wir auf die Jagd. Der Bulgare konnte – wie ich mir gedacht hatte – nicht reiten und blieb zurück. Ich schloß zu Nadja auf, was ihr zu gefallen schien. Später blieben wir zurück, und dann fing es an zu regnen. Wir saßen bei einem langen, niedrigen Schuppen ab, fernab von der Hauptstrecke. Sie wollte hinein. Innen war es dunkel und voller Heu, und in einer der Ecken stapelten sich ein paar Sättel. Dort küßte ich sie, und sie sank auf die Sättel nieder, während ich vor ihr stand. Sie sagte, sie liebe den Heugeruch. Ihre Arme zogen mich zu sich herunter. Sie zitterte und wand sich, aber ich hatte Angst, jemand könnte hereinkommen. Ich sagte es ihr, aber sie lachte nur.

Jetzt lachte sie auch, und kurz drang Fowlers Stimme zu mir durch. Aber die Erinnerung an das Heu, den dunklen Schuppen und den herben Geruch des Leders war stärker. Sie hatte gelacht und mich zu Dingen getrieben, die ich gar nicht tun wollte. Ich fühlte mich unbehaglich, weil die Tür einen Spalt offenstand und jemand hereinkommen konnte: einer der Jäger oder ein vom Weg abgekommener Bauer. Aber sie war stärker, und der Geruch des Heus und des Leders waren auch stärker. Sie redete ununterbrochen. Ihre Stimme kam hinter meinen Ohren vor. Sie hielt mich umklammert, und mir war, als wolle sie mich nie mehr loslassen, so drängend und verlangend war sie. Und die ganze Zeit redete sie in diesem leisen zischenden Slawisch, das ich nicht verstand und das wie das Rascheln trockener Blätter klang. Aber es war stark, wie der Geruch nach Heu und Leder, und ich war machtlos dagegen. Einmal sah ich kurz das Schimmern meiner Reitstiefel, auf die von draußen Licht fiel. Auch das half nicht.

Der Geruch nach Heu hielt an, im Salon des alten Mirkowitsch und in ihren eigenen Räumen, wo wir die

Winternachmittage mit Tee und Küssen verbrachten, in den Cafés und Taxis und auch in dem Schlafzimmer in München.

Eines Morgens – es war, glaube ich, in unserer dritten Flitterwoche – lag sie mit weit von sich gestreckten Armen und Beinen im Bett, auf den Wangen die roten Flecke. Ich war eben aus dem Bad gekommen. Ich trug einen dunkelblauen Morgenmantel, war frisch rasiert und gewaschen, hatte den Geschmack von Odol auf der Zunge; der Geruch nach Heu war fast unerträglich.

»Steh auf, Nadja.« Zum ersten Mal sprach ich sie in diesem ungeduldigen, feindseligen Ton an. »Steh auf.« Ich riß die Vorhänge auf. Kalte Luft drang herein. Sie rührte sich, öffnete die schweren Lider und sagte:

»Laß mich, ich schlafe noch.«

Ich wurde böse, ging zu ihr und beugte mich über sie.

»Steh auf«, wiederholte ich.

Sie machte keine Anstalten, und ich zog die Bettdecke zurück. Hätte ich das bloß nicht getan, denn sie lag da mit hochgeschobenem Nachthemd, was mich an ein Foto eines chinesischen Massakers erinnerte. Ich weiß nicht, warum, aber in diesem hochgeschobenen Nachthemd lag eine Andeutung des Todes. Ich empfand Mitleid und Widerwillen. Dann öffnete sie die Augen, und meine sauberen, frisch gewaschenen Hände wollten ihre Schulter streicheln, aber sie sagte:

»Bitte, faß mich nicht an.«

Sie sagte es mit einer ruhigen, wachen Stimme, nicht ängstlich oder abweisend. »Deine Hände sind so kalt«, sagte sie.

Ich setzte mich aufs Bett, sah sie an; sie sah zurück, still und distanziert, während sich der Vorhang im Wind bauschte.

Meine Hände waren kalt, ja, und ich war stolz darauf. Ich war stolz auf meine Hände, breite, weiße Hände, die immer sauber waren. Aber sie mochte keine sauberen Hände. Sie mochte feuchte Hände, so wie sie selbst etwas Feuchtes an sich hatte. Nicht, daß sie stark transpirierte, aber wenn man ihre Haut berührte, ließ sie einen irgendwie nicht los. Und der Geruch nach Heu war unerträglich, besonders in dem dunklen, schwülen Bett, das wir in den ersten Jahren teilten. Ihre gelbe Haut wurde zu leicht heiß, und später fand ich heraus, daß sie zu den Menschen mit ständig erhöhter Temperatur gehörte. Meine kalten, sauberen Hände fühlten sich auf ihrer Haut an wie ein Stück Metall. Am Anfang störte es sie nicht. Sie sprach zu mir in ihrer leisen, zischenden Stimme. Sie wußte, daß sie stark war, aber sie nutzte das nicht über Gebühr aus. Nur wollte sie, daß ich die Rolle eines achtzehnjährigen Jungen übernehme. Sie verübelte mir mein Alter und meine Würde und versuchte, wenn möglich, sie zu untergraben.

»Komm, kleiner draga«, sagte sie dann, schürzte die Lippen, preßte meinen Kopf gegen ihre Brüste und spielte mit meinem Haar.

Das war natürlich irritierend, aber ich verstand.

»Komm, kleiner draga«, sagte sie, »und vergiß.« Und ihre langen, aggressiven Finger fuhren durch mein Haar und meinen Nacken herunter.

Einmal – es war in Paris – trank sie auf Abetz' Abendgesellschaft zu viel, und als wir wieder im Hotel waren, stellte sie sich mitten ins Schlafzimmer, sang leise ein Lied in ihrer Sprache, legte den Kopf schräg und zog sich langsam aus. Da stand sie, summte und verstreute kleine rosafarbene Kleidungsstücke im Zimmer. Ich sagte ein paarmal: »Aber Nadja«, während ich wie üblich meine Taschen leerte, aber es half nichts; schließlich stand sie da, wie Gott sie geschaffen hatte, breitete Arme und Beine aus wie eine trunkene heidnische Göttin und summte.

»Du wirst dich erkälten«, mahnte ich und zog mich in der üblichen Reihenfolge aus: zuerst die Schuhe, dann die Hose, dann Socken und Hemd. Sie beobachtete mich, summte und lächelte, aber nicht bösartig, eher mitleidig, und als ich fertig war und meine Sachen alle auf einem Stuhl lagen, meine Schuhe auf Spannern und so weiter, stürzte sie heran und schleuderte sie lachend durch das Zimmer. Ich war so aufgebracht, daß ich sie hätte ohrfeigen können, aber sie kuschelte sich an mich, und der Geruch nach Heu war zu stark. Ich war wütend, und was sie tat, verstärkte meine Wut.

»Komm, Nadja«, sagte ich. »Die Nacht ist kühl, und du wirst dir einen Schnupfen holen.«

Sie schlang ihre Arme um mich, zog mich hinunter aufs Bett, lächelte und summte noch immer.

»Nadja, wirklich«, sagte ich. »Hör auf mit dem Unsinn.«

Doch es war bereits zu spät; ich schlüpfte neben sie. Aber mein Körper blieb wütend, und alles, was sie tat, regte mich auf. Und dann sah ich ihr Gesicht: überall rote Flecke und dieselbe ausdruckslose Miene wie damals beim alten Balduschek, als sie mit dem Bulgaren nach draußen gegangen war.

»Ah«, sagte sie ungeduldig und rückte von mir ab. »Geh weg.«

Slawko stand auf der Schwelle.

»Es ist serviert, Madame«, verkündete er und zog sich zurück.

Nadja stand auf und sagte zu Fowler: »Kommen Sie, bitte« und dann, zu mir gewandt: »Komm, draga.«

Die Kohlrabisuppe mit Sahne und Gurken war recht gut, wenn auch etwas reichhaltig. Nadja war in kulinarischen Dingen schwierig, besonders seit wir hier im Tal lebten. Ich hatte ihr immer wieder eingeschärft, zurückhaltender zu sein. Mir sagte dieses schwere Essen mit seinen dubiosen Balkangewürzen, Sahne und Fett nicht zu. Die Menschen in der Heimat hatten seit Ewigkeiten keine Butter gesehen, und sie bestand auf dieser frivol reichhaltigen Nahrung. Bestimmt ging es Fowler genau wie mir.

»Es tut mir leeiid«, plapperte sie, »das Essen ist nicht sehr gut. Aber Sie wissen ja, wie schwer es ist, etwas zu ergattern.«

»Aber nein«, sagte er. »Die Suppe ist sehr gut.« Er sagte das ernst, und es klang ehrlich. »Wirklich sehr gut.«

Er löffelte die Suppe langsam und feierlich. Seine Tischmanieren waren nicht allzu gut. Er war über seinen Teller gebeugt und schluckte jeden Löffel Suppe sorgfältig, bewegte die Suppe in seinem Mund, als wolle er sie bis zum letzten auskosten. Vermutlich war er sehr hungrig. Aber er hielt sich beinahe liebevoll an jedem einzelnen Löffel fest. Vielleicht dachte er an den kommenden Morgen und daß dies seine letzte Mahlzeit sein mochte.

»Es ist einfach schrecklich«, plapperte sie weiter. »Heutzutage gibt es ni-ichts zu kaufen. Es wird mit jedem Tag schlimmer. Ich weiß nicht, wie ich diesen Haushalt noch weiterführen soll.«

»Die meisten Menschen in Europa haben viel weniger zu essen«, sagte ich. »Und die meisten Menschen in England auch. Habe ich recht, Captain?«

»Oh, kein Problem«, antwortete er. »Das Essen in England ist in Ordnung.«

»Ich dachte, die Lebensmittel seien stark rationiert.«

»Ja, schon, aber es ist genug für alle da. Auf ein paar Delikatessen muß man verzichten, aber die Armen ernähren sich viel besser als vor dem Krieg.«

»Ich dachte, es sei ziemlich hart«, sagte ich.

»Haben Sie Butter?« fragte sie ihn. Sie sprach es Butterrr aus. »Ich meine, echte Butterrr.«

»Nicht sehr viel. Aber es reicht.«

»Es wird schlimmer werden.«

»Möglich«, sagte er.

Er klang etwas geistesabwesend und antwortete mit mechanischer Stimme, als sei sein ganzes Interesse auf die Suppe gerichtet.

»Waren Sie während der Bombenangriffe dort?« fragte sie. Er kippte leicht eine Seite seines Tellers an.
»Ja«, antwortete er.

»War es nicht schrecklich?« fragte sie. »Ich meine, alle diese Bomben und brennenden Häuser?«

»Es war schlimm«, sagte ich.

»Ja«, sagte Fowler.

Endlich war er mit der Suppe fertig und wischte sich über den Schnurrbart. »Die Suppe war köstlich«, sagte er.

»Es muß die Hölle gewesen sein«, sagte ich. »Die Bombenangriffe, meine ich.« »Nehmen Sie noch«, sagte Nadja. »Suppe, meine ich. Bitte.«

»Ja, danke, wenn ich darf«, sagte er verlegen und hielt Nadja seinen Teller hin, die ihm austeilte.

»Es muß die absolute Hölle gewesen sein«, sagte ich lauter.

»Es war schwierig, sich im Freien zu bewegen. Ist das Borschtsch?« fragte er Nadja. »Nein, kein echter«, antwortete sie. »Das ist serbische Suppe. Eine typisch serbische Suppe, die meine Mutter für uns gekocht hat. Ich liebe sie.«

»Eine köstliche Suppe«, sagte er, und sein ganzes Interesse schien der Suppe zu gelten. »Es geht nichts über eine gute Bouillabaisse«, sagte ich.

»Eine was?« fragte er.

»Bouillabaisse«, erwiderte ich langsam. »Sie wissen doch, Captain, Fischsuppe aus Marseille. Sehr berühmt.«

»Ach, Bouillabaisse«, sagte er. »Ja, herrlich. Nicht weit von der Opéra war ein Lokal, wo ich Bouillabaisse gegessen habe.«

»Sie waren in Paris?« fragte ich.

»Jaja«, sagte er.

»Was für schöne Geschäfte Paris hatte«, bemerkte Nadja.

»Ich habe mal in Paris gearbeitet«, sagte ich. »Bei der Botschaft.«

»Ach ja?« fragte er in einem Ton, als sei er erstaunt, daß jemand bei einer Botschaft in Paris arbeiten kann.

»Ach«, seufzte Nadja. »Ich wünschte, wir wären jetzt in Paris. Wann waren Sie das letze Mal dort?« fragte sie Fowler. »Vor dem Krieg, meine ich.«

»Warten Sie«, er hielt den Löffel in die Luft, »achtunddreißig.«

»Achtunddreißig waren wir auch da«, sagte ich. »Wir wohnten im *Crillon*. In welchem Monat waren Sie da?«

»Im April. Ich wohnte in der Nähe vom Boul' Mich.«

»Wir waren im Juni da«, sagte ich.

»Ach, Paris«, sagte Nadja. »Was für schöne Geschäfte.«

Die ganze Unterhaltung irritierte mich. Nadjas Art machte mich verkrampft, und Fowler schien sich für nichts zu interessieren als für seine Suppe. Außerdem schien er vergessen zu haben, wo er sich befand.

Ich war tatsächlich gereizt, ein Jammer. Schließlich hatte ich dieses Essen herbeigesehnt. Ich hatte es mir anders vorgestellt. Vielleicht lag es an mir. Es ist mir nie ganz geglückt, einen Plan bis zu einem guten Ende zu bringen. So war es auch mit Nadja, vor unserer Heirat, als sie das erste Mal zu mir zum Abendessen kam. Ich wußte vorher, daß sie kommen würde. Sie hatte sich mir beim Ball des Rot-Weiß-Clubs mehr oder weniger offenbart, als wir in den Salon des *Esplanade* entwischten, uns unter angestaubten Palmen niederließen und rauchten, zwei Sektkelche auf dem Marmortisch vor uns. Sie hatte mich angesehen und geflötet: »Herr Major, Sie haben einen Sieg errungen.«

Es klang etwas albern, aber sie war entzückend, wie sie dasaß, sich verneigte und salutierte. Jedenfalls wußte ich schon, daß sie mich besuchen kommen würde. Den genauen Tag kannte ich natürlich nicht, aber ich nahm mir vor, mich auf den Höhepunkt des Abends vorzubereiten.

Mittlerweile begehrte ich sie sehr. Ich mußte mir eingestehen, daß sie ganz anders war als die Frauen, die ich bisher kennengelernt hatte: die langen, gelben Arme und das immer bewegte, hin- und herschwingende Cape ihres blauschwarzen Haares; ihr Körper, ihr Akzent, ihre ständigen, entzückten Ausrufe und ihre verschiedenen Arten zu lächeln, das wissende Lächeln, das mich gleichzeitig irritierte und anzog, oder das geheimnisvolle, als wäre die Welt ausgeschlossen und hätte uns beide mit einem wunderbaren Geheimnis allein gelassen. Wochenlang ging ich herum wie in leichtem Fieber, und meine Arbeit im Ministerium machte mir keinen rechten Spaß. Ich ertappte mich, wie ich lange Kurven und Lippen und Brüste auf den Entwurf von Plan B kritzelte, der immerhin Teil des französischen Invasionsplans war. Das war natürlich ärgerlich, aber auf eher angenehme Weise. Seit meinem sechzehnten Lebensjahr, als die kleine, karnickelhafte Schauspielerin Elsa meine Geliebte war, hatte ich derartiges nicht erlebt.

Ja, ich wußte, sie würde kommen, und sie wußte es auch und machte kein großes Geheimnis daraus. Mehr noch, sie gab mir zu verstehen, daß sie sich alles wunderschön und ungewöhnlich vorstellte. Eines Tages, wir saßen im Dachgarten vom *Eden*, sagte sie: »Helmuth, ich habe das Gefühl, ich werde etwas sehr Schönes erleben.«

Jedenfalls bereitete ich mich sehr sorgfältig auf diesen Tag vor – auf Ostersonntag. Ich hatte zwei Tage frei und war der Hetze und dem Trubel im Ministerium entkommen.

Da ich keinen Koch hatte, wollte ich vom *Esplanade* ein kaltes Abendbrot kommen lassen; ich telegrafierte Onkel Herbert, mir zwei Flaschen von seinem alten *Veuve Cliquot* zu schicken. Sie trafen rechtzeitig ein.

Außerdem aß ich in der Woche vor Ostern sehr mäßig, jeden Tag Steaks, ging täglich reiten, war sozusagen in Bestform. Ich kaufte mir etwas schamhaft eine Flasche *Yardley's* Lavendelwasser, denn ich erinnerte mich, daß sie einmal erwähnt hatte, daß sie *Yardley* an Männern liebe.

Alles lief nach Plan. Drei Tage vorher ging ich mit ihr in die Kirche und dann im Tiergarten spazieren. Es war ein wunderschöner Tag. Die Vögel zwitscherten, und die Luft war weich mit den Vorboten des Frühlings, der dieses Jahr spät kam. Gegen halb zwölf fragte ich sie betont zurückhaltend, ob sie Sonntag mit mir zu Abend essen würde. Sie dachte nach, und einen Moment lang fürchtete ich, sie würde sich mit einer dieser albernen Diplomatenpartys herausreden. Aber dann sagte sie, ja, sie komme sehr gern, und wo wir hingehen wollten? Ich sagte locker, das sei eine Überraschung, sie solle die Wahl ruhig mir überlassen. Sie sah mich an und lächelte.

Ich holte sie, wie verabredet, Punkt acht ab. Sie trug ein schwarzes Abendkleid aus Samt oder einem ähnlichen Material, tief dekolletiert, nur Schultern und Hals waren mit einem dünnen Tüllstoff bedeckt. Ihr Haar war hochgesteckt, und mir fiel auf, daß ich zum ersten Mal ihre Ohren richtig sah. Sie sah wirklich wunderschön aus, altmodisch mit der großen Brosche auf der Brust und langen Ohrgehängen. Als wir ins Taxi stiegen, fragte sie: »Wohin jetzt, Major?«

Ich versuchte, Ruhe zu bewahren, wie ich es mir vorgenommen hatte, und sagte: »Ins schönste Restaurant von Berlin«, und sie lächelte spöttisch: »Ins *Ciro*?«

Dann wurde ich sehr nervös, beging einen Ausrutscher, sagte: »Nadja, Liebling« und versuchte, sie zu küssen, was dumm war, da das Taxi bockte wie ein wildes Pferd, so daß ich über sie fiel und sie ganz ruhig sagte: »Bitte, Major, Sie zerquetschen mich.«

Ich entschuldigte mich, und wir saßen steif und stumm da, bis wir ankamen. Ich stieg aus und half ihr heraus. Sie sah sich um, und ich befürchtete schon, daß sie doch in ein Restaurant gehen wolle, daß die ganze Sache schiefgehen werde; aber sie sagte nichts und ließ sich hinaufführen. Wir sprachen nicht, bis wir oben angekommen waren und ich ihr aus dem Umhang half. Als ich in den großen Barockspiegel sah, vor dem wir standen, fand ich, daß wir ein sehr attraktives Paar waren. Ich trug eine in London geschneiderte Smokingjacke, und obwohl mir die schmalen, abfallenden Schultern nicht gefielen, war es doch ein elegantes Kleidungsstück, mit der roten Nelke im Knopfloch. Sie lächelte mich im Spiegel an und sagte: »Hallo, Major.«

Dann langte sie mit beiden Armen hinter mich, umfaßte ihre Hände hinter meinen Ohren wie auf einer dieser altmodischen Postkarten, auf denen sich Liebende in irgendeiner lächerlichen Umarmung verrenken, und ich beugte mich vor und küßte den Tüll auf ihrer Schulter.

Aber es kam nicht so, wie ich es erwartet und geplant hatte. Das Essen war in Ordnung, der Champagner gut gekühlt, und Heinz servierte ihn ganz gekonnt, obwohl er vergaß, nachzuschenken. Und dann? Der Plan war, ein paar Cognacs mit ihr zu trinken, wovon sie einen Schwips bekommen sollte, woraufhin ich eine Schallplatte auflegen würde (von Kapitän Lützow geborgt). Wir würden Tango tanzen, und ich würde sie küssen, und wenn wir nahe an der Couch wären, würde ich sie, ganz triumphierender Mann, auf die Arme nehmen und dort hintragen. Es kam ganz anders. Sie trank nur einen Cognac, setzte sich gleich auf die Couch, sagte, sie wolle nicht Tango tanzen, und als ich mich neben sie setzte, schleuderte sie ihre Abendschuhe weg und kicherte. Ich saß ziemlich steif neben ihr und überlegte, was zu tun sei. Wir sprachen über absolute Belanglosigkeiten, die Atmosphäre wurde zunehmend kühler, und in ihrem Verhalten schien ein Anflug von Ironie zu liegen. Dann ging mir auf, daß ich kaum eine andere Wahl hatte, und ich stand auf, um die Tür abzuschließen, falls Heinz noch in der Wohnung war. Da schlang sie die Arme um meinen Hals, küßte mich, wich zurück und versuchte dann, meine Fliege herunterzureißen. Das mißglückte, weil es sich um eine jener Fliegen handelte, die mit einem Haken am Kragen befestigt sind. Die Szene war absurd. Sie zog zwei-, dreimal, das blöde Ding riß fast ab, und sie lachte, als kitzele man sie mit einem Staubwedel.

»Nadja, ich muß schon sagen«, war alles, was mir einfiel, es war bestimmt nicht das richtige.

Dann faßte ich mich, nahm Fliege und Kragen ab, aber es war nicht sehr angenehm, ohne Fliege und Kragen dazusitzen und auszusehen wie ein Bauer.

Dann küßten wir uns wieder, bis sie aufstand und mich bat, sie ins Bad zu bringen, was ich nur zu gern tat. Während sie drinnen war, dämpfte ich schnell das Licht, zog einen neuen dunkelblauen Pyjama (russischer Schnitt) und einen Hausmantel an und fühlte mich schon wesentlich besser. Zehn Minuten später kam sie zurück, sah mich beifällig an und warf sich auf die Couch. Von da an lief es, aber nicht so wie geplant. Ich würde nicht sagen, daß ich allzu sehr enttäuscht war, aber angesichts der wochenlangen Spannung und der Kurven, die ich auf Plan B gekritzelt hatte, hätte es besser laufen können. Aber so war es nun mal mit Nadja.

Das Dumme war, daß ich nicht genügend Zeit gehabt hatte, den Ablauf des heutigen Abends zu planen. Schließlich war Fowler mir erst vor zwei Stunden von Schwalke gemeldet worden. In einer derart komplizierten Situation waren zwei Stunden nicht viel. Als ich von Fowlers Anwesenheit erfuhr, wußte ich gleich, daß ich einen Plan machen muß. Das war keine feste Vorstellung, nur ein vages, gleichwohl intensives Gefühl. Hier ist ein Engländer, sagte ich mir, den wir festgenommen haben, mir ausgeliefert, ungeachtet jeder Entscheidung, die das Hauptquartier über ihn fällt. Was immer es entscheiden sollte, für einige Zeit wäre er in meinen Händen. Ich werde ihn zum Abendessen einladen, war mein zweiter Gedanke. Ich werde ihn kleinmachen, mein dritter. Der Rest war nur eine ungefähre, gefühlshafte Skizze. Jetzt, da ich Fowler beobachtete und Nadjas Geplapper lauschte, hatte ich meine Zweifel und wünschte, ich hätte mehr Zeit zum Überlegen und Planen gehabt.

Kurz nachdem ich mit dem Hauptquartier über Fowler gesprochen hatte, war ich hinauf in Nadjas Zimmer gegangen und ohne zu klopfen eingetreten. Sie lag auf dem Bauch, naschte das widerliche Süßzeug, das der alte Mirkowitsch ihr immer schenkte, und las die Illustrierte *Tempo* oder irgendein anderes italienisches Blatt.

»Kannst du nicht anklopfen?« fragte sie, sah kurz auf und las weiter.

In letzter Zeit hatten mich solche Bemerkungen oft wütend gemacht. Wir waren fünf Jahre verheiratet, und noch immer beharrte sie auf allen möglichen lächerlichen Förmlichkeiten. Und nicht nur den üblichen; sie hatte recht ungewöhnliche Vorstellungen, wie man sich im Haus zu benehmen hat. Zum Beispiel durfte ich nie Pantoffeln tragen, und als ich in den Hundstagen eines Stuttgarter Sommers nur in einer Pyjamajacke schlief und morgens aufstand, um ins Bad zu gehen, schrie sie mich an: »Um Himmels willen, lauf nicht so rum!«

Meistens beherrschte ich mich, und auch wenn ich mich sehr ärgerte, sagte ich mir, ach, laß ihr doch diese

Provinzspießigkeiten. Ich würde nie wissen, was sie wirklich wollte. Sie benahm sich, als verlange die Ehe ein seltsames und kompliziertes Zeremoniell, als sei sie Königin eines mittelalterlichen Hofes und unser Schlafzimmer die königliche Empfangshalle. Sie hatte keinen Sinn für Alltäglichkeiten; sie lehnte mein so menschliches Bedürfnis ab, es mir zu Hause gemütlich zu machen. Es gab Zeiten, in denen ich zweimal überlegte, ob ich mir den Rücken kratzen sollte. Und ich versuchte wirklich mein Bestes, Kompromisse zu schließen. Ich wußte, sie war ein Fremdkörper in meinem Leben, der voll kindlicher Poesie steckte. Aber manchmal war es doch etwas anstrengend, mitten in der Nacht aufzustehen und mit irgendeiner Entschuldigung in einem anderen Zimmer zu verschwinden, nur um mal aufzustoßen.

All dies war anfangs noch relativ einfach. Sie verstand, achtete und schätzte mich und ging auf mich ein. Zunächst einmal bewunderte sie meine Arbeit und respektierte mich, wie nur ein Kind Respekt haben kann. Sie wußte, daß ich wichtige Arbeit tat, obwohl ich ihr nie Einzelheiten erzählte. Aber sie wußte, daß ein Krieg vorbereitet wurde. Sie hatte Vorstellungsvermögen, und es beeindruckte sie.

»Wenn man bedenkt, Helmuth«, sagte sie einmal, »daß mein Mann über das Schicksal eines ganzen Landes entscheidet.«

Das war natürlich übertrieben, aber ich beließ es dabei, und es freute mich. Ich erwartete es so. Schließlich stammte sie aus einem obskuren Land, und der alte Mirkowitsch war der Sohn eines dieser Schweinehändler, der per Bakschisch durch gut geölte Kanäle in den diplomatischen Dienst gekommen war. Sie war Halborientalin aus besagtem kleinen Land, und ich erwartete von ihr, daß sie meiner Arbeit, meiner Uniform und meinem Umfeld mit dem gebührenden Respekt begegnete, was sie anfangs auch tat. Immer wenn wir ausgingen, nahm sie mich mit zum großen Spiegel in der Halle, musterte uns beide und sagte: »Wir sind ein großartiges Paar, findest du nicht?«

Und immer wenn wir in ein Restaurant kamen und ein paar Offiziere sich halb von ihren Plätzen erhoben, um mich zu grüßen, sah sie mich von der Seite an und lächelte stolz.

Das alles änderte sich später, besonders nach unserem ersten gemeinsamen Aufenthalt in Belgrad. Sie war so aufgeregt, als wäre sie Ewigkeiten nicht dort gewesen. Wir stiegen im *Srbski Kral* ab, und ich hatte viel zu erledigen, aber es lag an ihr, daß wir uns so selten sahen. Sie besuchte alle ihre Verwandten – und Gott weiß, sie schien Tausende zu haben –, fette Tanten und noch fettere Onkel, die meine Wangen küßten und aussahen wie Schweinehändler. Und Freunde, Gott im Himmel, Millionen von Freunden. Wir konnten keine zehn Meter auf der Straße gehen, ohne daß irgendein junger Mann seinen Hut zog oder irgendeine Frau auf sie zueilte, schrie und in zischendem, gurgelndem Slawisch auf sie einredete. Einmal erlebte ich ein sehr peinliches Mittagessen, zu dem ich General L. eingeladen hatte und Nadja sich verspätete. Als sie endlich auftauchte, brachte sie eine ihrer fetten Tanten und einen jungen Mann mit, den ich noch nie gesehen hatte und der, allein wenn er mich bat, ihm das Brot zu reichen, wie ein Fanatiker aussah. Es war ziemlich unangenehm, da der General fette Frauen verabscheute und die Tante außerdem keine Minute verstreichen ließ, ohne auf serbisch auf Nadja einzureden, zu kichern und erstaunliche Laute von sich zu geben. Als sie endlich etwas auf deutsch sagte, geschah dies, um den General zu fragen, ob es Krieg mit Rußland geben werde, was sie hoffe, da sie die Kommunisten hasse. Das war eine höchst deplazierte Bemerkung, wenn man bedenkt, daß der General mitten in den Vorbereitungen zur Südoffensive gegen Rußland steckte.

Aber abgesehen von all dem war es Belgrad, das sie veränderte. Sie traf sich mit alten Freunden und Verwandten und fühlte sich wohl mit ihnen. Manches Mal, wenn sie mich in irgendein miefiges, überheiztes Haus zerrte und ich einen heftigen Sturm serbischer Unterhaltung aussitzen mußte, mit einem lächerlichen Kaffeetäßchen auf den Knien, war Nadja umgeben von einer Schar von Menschen, die mich ansahen, höflich lächelten und dann Nadja auf eine Art mitfühlend zulächelten, als wollten sie sagen, ach, du Arme, wo hast du den denn aufgegabelt? Und irgendwie verschmolz sie mit Belgrad und empfand mich als Fremdling. Ich ertappte sie dabei, wie sie mich beim Frühstück anstarrte, mein Haar, meine Nase oder meine Krawatte, als wäre ihr endlich aufgegangen, daß wir uns nie richtig kennengelernt hatten.

Aber ich beherrschte mich, als ich in ihr Zimmer ging und sie die ärgerliche Bemerkung über mein Nichtanklopfen machte.

»Hör zu, Nadja«, sagte ich. »Würdest du bitte zuhören? Es ist wichtig.«

»Was ist denn?« fragte sie.

»Wir haben einen Gast zum Abendessen, einen Engländer.«

Sie drehte sich schnell um, sah mich an, kaute ein Bonbon. Ihr Morgenrock öffnete sich und ließ ihre Schenkel sehen. Sie wußte, daß ich es haßte, wenn sie ihre Beine derart zur Schau stellte. Sie wußte, daß ich ihre kleinen Anstößigkeiten tagsüber haßte. Einmal hatte ich zu ihr gesagt: »Hör zu, Nadja, alles hat seinen Ort und seine Zeit, würdest du es also bitte unterlassen, dich im Eßzimmer auszuziehen?«

»Es gibt Dinge«, erwiderte sie, »die sind immer richtig, überall«, und zog sich weiter aus.

Jedenfalls wirbelte sie jetzt herum, und ihre Miene hellte sich auf. »Ein Engländer?« rief sie aus. »Das ist ja wunderbar!«

»Was ist so wunderbar daran?« fragte ich scharf. »Ich wußte nicht, daß du Engländer magst.«

»Tue ich auch nicht«, sagte sie. »Aber endlich passiert was an diesem gottverlassenen Ort. Ein lebendiger Engländer! Und? Woher hast du ihn?«

»Nadja, ich wünschte, du wärst etwas weniger frivol«, sagte ich. »Wir haben Krieg. Er ist mit dem Fallschirm abgesprungen, und wir haben ihn gefangengenommen. Ich habe ihn zum Abendessen eingeladen, und ich möchte, daß du dich anständig benimmst.«

»Was soll ich anziehen?« fragte sie.

»Ist mir egal, was du anziehst«, sagte ich und fing an, auf und ab zu gehen. »Aber hör mir gut zu. Da ist etwas,

was ich aus diesem Mann herausbringen möchte. Du mußt mir helfen.«

Sie setzte sich kauend auf. »Ich soll ihn doch nicht etwa verführen?«

»Sei nicht albern.«

»Brüll mich nicht an.«

»Ich habe nicht gebrüllt. Du kannst einen zur Weißglut bringen.«

»Du hast mich angebrüllt. Ich dulde nicht, daß du mich anbrüllst.« Sie war beleidigt. Ich hätte sie ohrfeigen können. Aber ich beherrschte mich.

»Hör zu, Nadja«, sagte ich kühl. »Dein ganzer Beitrag zu diesem Krieg hat bisher darin bestanden, Eintrittskarten für einen Wohltätigkeitsbasar zu verkaufen. Jetzt kannst du richtig helfen. Also laß die Faxen und höre mir zu.«

»Mach ich«, sagte sie. »Aber brüll mich nicht an.«

»Ich habe nicht gebrüllt«, sagte ich. »Wie auch immer, ich will, daß du erst zum Abendessen erscheinst, wenn Slawko dich holen kommt. Merke dir das, nicht vorher. Dann verhältst du dich freundlich, höflich und zurückhaltend. Ich weiß nicht, was er für ein Mensch ist, aber sprich nicht zu viel, und gib um Himmels willen nicht mit Papa an.«

»Ich spreche nie zu viel, und was Papa angeht ...«

»Schon gut«, unterbrach ich sie. »Sei freundlich und zurückhaltend. Und versuche, deine Abneigung gegen mich zu bezwingen, spiele die nette, liebevolle Ehefrau. Ich will mich von dir nicht bloßstellen lassen.«

»Aber das bin ich doch, draga«, sagte sie. »Ich bin eine sehr liebevolle Ehefrau. Nur brüll mich nicht an.«

»Also gut«, sagte ich. »Hör zu. Irgendwann während des Essens werde ich euch allein lassen. Dann tust du, worum ich dich jetzt bitte. Nimm also deinen Grips zusammen. Wenn du mit ihm allein bist, sagst du zu ihm: ›Ich dürfte das nicht, aber Sie tun mir leid, und ich will Ihnen helfen. Ich finde, die Engländer sind wunderbar.‹ Dann zeigst du ihm die Hintertür, setzt ein dramatisches Gesicht auf und sagst: ›Schnell, fliehen Sie.‹ Hast du verstanden? Er muß es dir unbedingt abnehmen.«

»Ja«, sagte sie, stand auf und begann die Szene viel zu dramatisch, mit großen Gesten, nachzuspielen. »Ich dürfte das nicht, mein Freund, aber Sie tun mir leid, und ich will Ihnen helfen. Sie sind ein so wunderbarer Mann ...«

»Das habe ich nicht gesagt«, unterbrach ich sie. »Ich sagte, die Engländer sind wunderbar.«

»Schon gut«, sagte sie. »Ihr Engländer seid wunderba-ar. Dann zeige ich ihm die Hintertür. Schnell, fliehen Sie.«

»In Ordnung«, sagte ich seufzend. »Aber übertreibe um Himmels willen nicht. Du kannst gut schauspielern, wenn du willst.«

Sie lachte, trat zu mir und küßte mich auf die Wange. »Sei doch nicht so feierlich, Helmuth. Ich mache das schon. Ihr Engländer seid wunderbar«, fügte sie hinzu, und es klang völlig echt. »Jetzt gehen Sie schnell, dort... Fliehen Sie.« Sie brach ab, runzelte die Stirn und sah mich an. »Wieso? Warum soll ich ihm zur Flucht verhelfen?«

»Frag nicht, Nadja, tu einfach, was ich dir sage.«

»Wie du willst, draga«, sagte sie. »Aber was soll ich anziehen?«

Und jetzt, als wir die Kohlsuppe mit Rahm und Gurken löffelten, kam mir der Plan mehr als fragwürdig vor. Zunächst einmal war es sehr ärgerlich, daß ich kaum Zeit gehabt hatte, ihn richtig auszuarbeiten. Und dann war er kindisch und albern; ich empfand einen Anflug von Scham beim Gedanken daran. Und doch übte er eine starke Anziehung auf mich aus. Ich wußte, daß Nadja leicht einen Fehler machen konnte. Außerdem könnte Fowler, obwohl er so vertrottelt wirkte, ihre dramatische Einladung zur Flucht mit einem Lachen abtun. Wenn er seine Sinne beisammen hatte, mochte er sogar eine Falle wittern. Bestimmt hatte er von Gefangenen gehört, die ›auf der Flucht‹ erschossen wurden. All dies wußte ich – und doch...

Der Plan war so unwiderstehlich wie ein Schokoladenriegel für ein Kind, das mit einer so großen Gier die Schaufensterauslage betrachtet, wie nur Kinder sie haben. Ich wollte ihn kleinkriegen. Wenn alles nach Plan ging und Nadja ihre Rolle gut spielte, würde er durch die Hintertür zu entkommen versuchen, wo Schwalke und seine Jungs auf ihn warten, ihn festnehmen und zurückbringen würden – das wäre zu schön.

Ich stellte mir die Szene lebhaft vor. Ich wünschte es mir so sehr: Schwalke und die Jungs würden ihn hereinführen. Ich würde mit einem humorvollen Glitzern in den Augen dastehen und sagen: »Also wirklich, Captain Fowler.«

Ich lauschte dem Wort ›wirklich‹ nach, und es brachte wunderbare alte, vertraute Assoziationen mit sich. Ich wollte ihn erröten sehen und eine Erklärung stammeln hören. Ich würde höflich und freundlich sein und sagen: ›Nun lassen Sie mal, das hat doch keinen Sinn. Setzen Sie sich, trinken Sie einen Whiskey, und lassen Sie uns alles besprechen.‹

Was schlimmstenfalls konnte passieren? Ich würde sie allein lassen, Nadja würde ihre Rolle spielen, und er würde ihr nicht glauben. Vielleicht würde er sich sogar in Ironie flüchten und den Überlegenen spielen – aber das machte nichts. Er könnte auch zu mir kommen und sagen: »Also, wirklich, Major, so einen unfeinen Trick hätte ich Ihnen nicht zugetraut.«

Darauf gäbe es mehrere Antworten. Die einfachste wäre, ihn auf väterlich mißbilligende Weise anzusehen und zu sagen: ›Sie sind ein Narr, Captain. Meine Frau hat mit meinem Einverständnis gehandelt. Sie hätten fliehen können. Warum? Nun, Sie haben uns leid getan, Captain. Sie sahen so – wehrlos und jung aus. Sie hätten uns nie etwas anhaben können, o nein. Aber jetzt, wo Sie so dumm waren, es mir mitzuteilen, haben Sie Ihre Chance vertan, Captain, ein für allemal.‹

Ja, das wäre nicht schlecht.

Ich hörte Nadja etwas über die wunderbaren Geschäfte Madrids sagen und seine rauhe Stimme antworten. Seltsam, aber an den Einzelheiten des Plans war ich nicht sonderlich interessiert. Ich wollte einfach, daß er klappt. Ich wollte Fowler klein und erniedrigt sehen. Aber obwohl mich sonst Kleinigkeiten, auch banalster Art, interessieren und mir großes Vergnügen bereiten – viel mehr als das große Ganze – diesmal war es anders.

Zum ersten Mal an diesem Abend sagte ich mir, diesmal ist es anders. Der Satz wollte mir nicht mehr aus dem Kopf. Es war anders, dachte ich und spürte eine unbestimmte Sensation in der Magengrube. Es war so etwas wie Angst, obwohl ich Angst eigentlich nicht kannte.

Ich hätte mich mit diesem oder auch einem anderen Plan intensiv auseinandersetzen müssen. Dieser mochte kindisch sein, aber das war der Reichstagsbrand in gewisser Weise auch. Nur war das nicht der einzige Haken. Der Plan hatte zu viele Schlupflöcher. Anstatt mich auf diese zu konzentrieren, anstatt weiterzuplanen, erfüllte mich nichts als eine unbestimmte, wunderbare Gier, ihn klein und erniedrigt zu sehen.

Ich sah Nadja an und lehnte mich zurück. Eine Hälfte ihres Gesichts war vom Samtcape ihres Haares verborgen. Ihr Profil war noch vager als sonst, und vor den dunkelbraunen Eichenpaneelen des Eßzimmers wirkte sie ungemein lebendig. Sie war immer in Bewegung. Selbst als sie konzentriert zuhörte, was Fowler über die Entenjagd erzählte – etwas bewegte sich immer an ihr, das Haar natürlich oder die Augenbrauen oder die Finger oder einfach ein Lichtreflex auf ihrer Unterlippe.

Nadja, sagte ich zu mir und dann: meine Frau. Es klang entsetzlich falsch. Sie war so lebendig und kindisch und albern und nervtötend. Und so schrecklich fremdartig, daß ich mir immer wieder wünschte, ein netter, hilfreicher Mensch möge kommen und uns miteinander bekannt machen.

Nachts, wenn wir uns liebten und ihre Gier mich abstieß und erschauern ließ, war mir oft, als hätte ich ein fremdes, stolzes Tier in meinem Bett, etwas Lebendiges, aber Unmenschliches, auf einer anderen Stufe der Evolution. Manchmal wenn sie mich berührte, wich ich zurück, weil mir ihre Haut unangenehm war. Aber was immer ich empfand, Verdruß oder Ekel oder – seltener inzwischen – schieres Verlangen –, ich mußte die Augen schließen und aus einem dunklen Traumland das Gesicht einer anderen Frau heraufbeschwören, ihr Gesicht oder ihren Körper, manchmal nur ihr Bein – weiß und anmutig. War ich nicht zu müde, gelang mir das auch: In der Dunkelheit unseres Zimmers sah ich, während wir uns liebten, dieses Gesicht, diesen Arm, und das erregte mich so sehr, daß es mir gelang, in sie einzudringen. Egal, was ich für Nadja empfand, ich mußte mir diese andere Frau vorstellen, und obwohl ich mir wie ein Betrüger vorkam, war das die einzige Rettung. Ich habe es ihr nie gesagt. Sie hätte es nicht verstanden, und ich haßte Eifersuchtsszenen. Also betrog ich sie Nacht für Nacht wie ein streunender Kater. Ich hätte es ihr nicht sagen können. Sie hätte es nicht verstanden. Nicht einmal, wenn ich ihr gesagt hätte, daß die andere Frau auch Nadja war.

Er lehnte sich in seinem Sessel zurück. Das Kerzenlicht warf Schatten auf sein Gesicht. Ich konnte ihn kaum erkennen, da er sich in das Dämmerlicht zurücklehnte, die Hände auf dem Schoß, sanft, hilflos und sehr jung.

Nadja hatte die Ellbogen auf den Tisch gestützt. Das Kerzenlicht warf Schatten auch auf ihr Gesicht. Sie war jetzt schön, auch im üblichen Sinn. Sie war nämlich das, was oberflächliche Betrachter eine Abendschönheit nennen, der Typ, der am besten im Abendkleid und bei künstlichem Licht wirkt. Wenn die Sonne untergegangen war, war sie in ihrem Element. Kerzen oder Lampen wurden angezündet, und sie konnte sich in einem Stuhl oder in der Ecke eines Diwans zusammenkauern oder einfach umhergehen, mit ihrer gelben Haut und ihrem trägen, etwas verschwommenen Profil.

Slawko kam herein und räumte die Suppenteller ab. Ich beobachtete ihn, obwohl er nicht im Bereich der flackernden Kerzen war. Ich sah kurz seine Hand, als er sie vor Fowler ausstreckte, den Teller abräumte und durch einen anderen ersetzte. Es war eine verhutzelte, rote Hand, schwielig und behaart. Eine häßliche Bauernpranke. Ich hätte gern gewußt, was er von Fowler hielt.

»Nein«, sagte Fowler. »Ich bin nicht verheiratet.« Er hustete.

»Oh, wie scha-ade«, schnurrte Nadja. »Männer sollten heiraten.«

»Ja«, war alles, was er erwiderte.

»Aber Sie haben doch sicher jemanden«, beharrte Nadja. »Ein nettes Mädchen daheim, oder?«

»Liebling«, unterbrach ich sie, »du bringst unseren Gast in Verlegenheit.«

Das erinnerte mich an Warschau im Jahre ’24 mit Onkel Herbert, vielen jungen Polinnen und ein paar

Mädchen aus dem *Tabarin* – locker, anmutig und völlig realitätsfremd.

Nadja lachte. »Aber, draga«, sagte sie, »es macht mir Spaß, Männer in Verlegenheit zu bringen.«

»Übrigens«, wandte ich mich an Fowler, »sagten Sie nicht, das Foto zeige Ihre Frau?«

Eine kleine Stille.

»Jaa«, sagte er zögernd. »Sie war einmal meine Frau.«

»Ah«, rief Nadja aus, als hätte sie irgendein anrüchiges Geheimnis aufgedeckt. »Sie waren also schon verheiratet. Geschieden?«

»Ja.«

Nadja war entzückt. »Wie wunderbar!« sagte sie. Ich sah sie scharf an. Er sollte sie nicht für gewöhnlich halten. Sie bemerkte meinen Blick, konnte sich aber nicht beherrschen.

»Ach, erzählen Sie bitte. Wie war sie?«

Er hustete.

»Groß«, sagte er. »Mehr der englische Typ.«

»Wie wunderbar!« rief Nadja wieder. »Ich li-iebe den englischen Typ. So anders, nicht wahr, Helmuth? Du solltest es wissen. Schließlich warst du der Casanova von London.«

Das war sehr taktlos von ihr, und ich fühlte mich bloßgestellt.

»Unsinn«, sagte ich und versuchte, entspannt zu wirken. »Eigentlich sind sie gar nicht so anders. Frauen sind überall gleich.«

Diese Unterhaltung war wirklich lächerlich, und Nadja ging mir auf die Nerven.

Slawko trug Moussaka mit Gemüse auf. Fowler tat sich eine reichliche Portion auf und schien sich wieder auf sein Essen zu konzentrieren.

»Oh, sag das nicht«, insistierte Nadja. »Vielleicht gibt es etwas, worin sich alle Frauen gleichen. Aber darüber hinaus«, fügte sie hinzu und beugte sich vor, »gibt es etwas, was an jeder Frau einzigartig ist. Ist es nicht so, Captain?«

»Durchaus«, sagte er mit vollem Mund.

»Mögen Sie Brünette, Captain?« fragte sie plötzlich lieblich.

Er sah überrascht zu mir herüber.

»Nun«, sagte er, »ich sehe da keinen großen Unterschied.«

»Aber, Captain«, sagte sie vorwurfsvoll, als sei sie persönlich beleidigt. »Da ist ein sehr großer Unterschied. Ihr Männer seid schrecklich. Kein Unterschied! Gibt es etwa keinen Unterschied zwischen Ihrer früheren Frau und mir, sagen Sie!«

Er wurde ziemlich verlegen. Die Frage hatte ihn mitten in einem großen Bissen überfallen. Offensichtlich mochte er Moussaka.

»O doch«, sagte er mit großer Überzeugung.

»Sehen Sie!« triumphierte Nadja. »Und Sie behaupten, Sie sehen da keinen Unterschied. Und sagen Sie«, fügte sie hinzu, machte eine Pause, und ich wußte, irgendwie würde sie ihn wieder schockieren, »was meinen Sie, Captain, bin ich braun oder schwarz?«

Er sah wieder auf. Er wußte nicht, worauf das alles hinauslief.

»Draga«, sagte ich, als Slawko mich als letzten bediente, »man sagt nicht ›schwarz‹ bei einer Frau, wenn sie keine Negerin ist.«

»Wirklich? Wirklich?« fragte Nadja mit halboffenem Mund, die Gabel in der Luft. Dann gluckste sie vor Lachen. »Ach, das habe ich nicht gemeint. Ich meinte, schwarzes Haar. Kann man nicht sagen, eine Frau hat schwarzes Haar?«

»Doch, kann man«, sagte er. »Und Sie haben sehr schönes schwarzes Haar, Madame.«

Jetzt hatte er es wieder getan. Vor einer Minute hatte er noch wie ein Landsknecht auf Heimaturlaub sein Essen gemampft, und jetzt wieder dieses ›Madame‹, so glatt und locker, als hätte er es sein Leben lang mit königlichen Hoheiten zu tun gehabt. Möglich, daß er Kellner war, aber dann hätte er sicher nicht Captain werden können. Ich sah ihn scharf an, um mehr zu erfahren, aber er beugte sich über seinen Teller, als sei er unsicher, ob er einen Fauxpas begangen hatte.

»Sehr schönes Haar, draga«, sagte auch ich, wobei ich ihn nicht aus den Augen ließ.

Nadja war hoch erfreut. Sie freute sich immer über Komplimente. Ich kenne niemanden, der selbst von durchsichtigen Komplimenten so angetan war wie sie. Sie nahm sie mit stolzer Freude als Bestätigung, nickte sich innerlich zu, als wolle sie sagen, na, habe ich es dir nicht gesagt?

Sie schüttelte ihr Haar und hob den Kopf: jetzt war sie wie eine Achtzehnjährige, stolz, fröhlich und voller sanfter Versprechungen.

»Sagen Sie«, fuhr sie fort, »stimmt es, daß Engländerinnen kalt sind? Stimmt das?«

Das war noch schlimmer, aber inzwischen hatte er sich wohl an sie gewöhnt.

»Das weiß ich nicht«, antwortete er und blickte dann nachdenklich auf seine Moussaka hinunter. »Das hängt davon ab, was Sie kalt nennen. Schon möglich, daß die Engländerinnen ihre Gefühle nicht so zeigen, wenn Sie das meinen.«

»Oh«, sagte Nadja und ließ den Mund offen, als hätte sie etwas Erstaunliches vernommen. »Oh? Sie zeigen ihre Gefühle nicht? Aber warum hat man Gefühle, wenn man sie nicht zeigt?«

Sie sah erst mich, dann ihn an, als erwarte sie einen langen Diskurs über das Gefühlezeigen. Sie war jetzt ernst, als wäre ihr klargeworden, daß bisher alles leicht und amüsant gewesen war, nunmehr aber Schlimmes auf sie zukam.

»Ich zeige immer meine Gefühle«, sagte sie trotzig, mehr zu sich als zu uns. Dann wurde sie wieder fröhlich und wandte sich an mich.

»Immer, nicht wahr, draga?« Sie beugte sich vor. »Immer!«

Ja, sie zeigte immer ihre Gefühle. Sie unterhielten sich weiter, aber ich sah Nadja, wie sie vor einem Jahr in Sofia gewesen war.

Die Bilder kamen jetzt zu mir zurück wie Fliegen, die sich nicht verscheuchen lassen. Es war mißlich. Ich war nicht gerade das, was man den Erinnerungstyp nennt;

die Vergangenheit war vorbei und vergessen und die Gegenwart immer präsent. Einmal hatte ich mit Hirtenberg, unserem Geheimdienstmann in Sofia, einem großen, hageren Mann mit eingefallenen, graugelben Wangen, einer großen Hakennase und vorstehenden Zähnen, über das Erinnern gesprochen. Er kannte sich aus in Philosophie und Literatur. Ich hatte ihm gesagt, daß ich mich normalerweise nicht leicht erinnere, es sei denn, ich wollte es. Wir hatten über Menschen gesprochen, die nachts schreien, weil sie vom letzten Krieg träumen, und Hirtenberg sagte: »Eine gute Sache, Borst. Eine verdammt gute Sache, sich nicht zu erinnern.« Er hatte sich über die Stirn gestrichen. »Ich wünschte, auch ich könnte die Vergangenheit manchmal abstellen.«

Aber heute abend überfielen mich die Erinnerungen. Die lange, kalte Reise von Belgrad im Schneesturm. Der Zug, der wie ein Eisberg war und keinen Speisewagen hatte. Wir schliefen in unseren Mänteln und waren hungrig, und Nadja fror so erbärmlich, daß sie weinte, bis wir in Nisch angekommen waren. Es schneite und schneite und schneite, und die junge Schweizerin, die im benachbarten Abteil saß, gab uns Cognac zu trinken, den wir süß und scharf in unseren leeren Mägen spürten. In Nisch schneite es noch immer. Wir hatten eine halbe Stunde Aufenthalt und bestachen den Zugführer, nicht weiterzufahren, ehe wir unser Abendessen im Bahnhofsspeisesaal eingenommen hatten. Wir bestellten Wiener Schnitzel. Drei oder vier Einheimische in Pelzmänteln, -mützen und Schneeschuhen saßen herum und sahen aus, als hätten sie noch nie ein Rasiermesser gesehen. Und der Schnee fiel, getrieben von heftigen Winden. Mittlerweile waren wir ziemlich angetrunken vom Cognac der Schweizerin und dem trockenen Weißwein, den uns ein alter, schläfriger Kellner gebracht hatte. Dann setzten wir uns wieder in den Zug und schliefen unter Alpträumen. Endlich dämmerte es. Als wir in Sofia ankamen, schneite es noch immer, nur weniger heftig; große Flokken wirbelten über den Platz, wo der Schlitten der Gesandtschaft uns erwartete. Weiche, warme Decken und eine fröhliche Fahrt über den überfrorenen Neuschnee und das Gebimmel der Schlittenglocken. Dann die Wärme des Salons im *Bulgarie* und der junge Träger mit dem Wuschelhaar und dem fehlenden Vorderzahn und seinem schläfrigen Lächeln: und dann, Gott sei gedankt, die dampfendheiße Dusche, das Frühstück, das frischbezogene Bett und dann Schlaf. Aber hauptsächlich Schnee: feiner, kalter, kristallener Schnee, der während all dieser Tage unaufhörlich und würdevoll niederfiel. Er deckte alles zu, schirmte die Welt ab und erstickte jeden Laut.

Ich hatte in jener Woche in Sofia viel mit dem alten Richthofen zu tun, der, blaß und sehr ancien régime, hinter seiner goldgeränderten Brille schwach lächelte, seine trockenen Hände rieb, nostalgisch seufzte und mit Oberst Lennstein, einem finsteren Soldaten mit groben Gesichtszügen, morgens um neun anfing, Bier zu trinken. Und schließlich war da noch Hirtenberg, der eines Morgens in mein Zimmer marschierte, sich vorstellte und nicht mehr von mir wich.

Ich hatte viel zu tun, was Nadja recht war. Natürlich hatte sie auch in Sofia die verschiedensten Familienableger. Der Bruder des alten Mirkowitsch, der diskret und schlau genug war, ein Schweinehändler zu bleiben, war mit einer Bulgarin verheiratet. Sie hatte Unmengen von Onkeln und Tanten in Sofia, die etwas weniger fett und wild zu sein schienen als die aus Belgrad, dafür aber noch langweiliger. Und natürlich ihre Freunde. Gleich am ersten Vormittag rief sie eine ihrer Tanten an. Die Unterhaltung bestand hauptsächlich aus entzückten Ausrufen wie »Tutu? Was, der ist auch hier?« und »Du meinst doch nicht etwa Hadschii-Mischew junior?«. Dann plapperte sie aufgeregt weiter und rannte zum Friseur.

Vormittags ging ich in die Gesandtschaft, um zu arbeiten, redete und schrieb und schrieb und redete weiter bis zum Mittagessen, etwa bis halb zwei. Richthofen hatte mir ein Zimmer, eine Schreibkraft und ein paar Zigarren zur Verfügung gestellt. Da die Gesandtschaft bereits überbelegt war, mußte ich das Zimmer mit dem Personal des Militär- und des Luftattachés teilen, das anwuchs zu dem, was Hirtenberg als »Invasionsgröße« bezeichnete. Ein Major Löffke war dort, ein kleiner Mann mit rotem Gesicht, der größte Experte der Rhodopen, wie ich erfuhr, der stumm, finster und tüchtig vor sich hinarbeitete, mich als Eindringling betrachtete und Hirtenbergs Witze haßte.

Hirtenberg kam meist nach zehn Uhr, eingemummt in einen schmutzigen, dunkelgrauen Mantel und einen noch schmutzigeren, farblich nicht näher zu definierenden Schal, hustete und trank ständig Tee, hustete, riß

Witze und versuchte ganz allgemein, »die Vergangenheit auszublenden«. Ich wußte nicht genau, was er eigentlich tat, außer daß er zum Geheimdienst gehörte. Selbst Oberst Lennstein fand ihn verdächtig und ermahnte mich zur Vorsicht.

»Er ist ein netter Kerl«, sagte er, »aber er mag die Altmodischen nicht.«

Löffke erklärte mir, daß Hirtenberg nur »ein kleiner Spion« sei, der sich wichtig gemacht hätte.

»Außerdem ist er dumm«, schnaubte er. »Maskiert sich als Pro-Schuschnigg-Österreicher, der die Nazis haßt, und glaubt, er könne die Briten damit täuschen.«

Jedenfalls hatte ich noch nie jemanden kennengelernt, der sich so lückenlos an alles erinnern konnte. Er kam, setzte sich auf meinen Schreibtisch, hustete und riß einen Witz über Löffke.

»Ah, eine Zigarette«, sagte er, wenn ich ihm eine anbot, saß da, starrte an die Decke und sagte: »Zigarette! Zigarette! Verbrannte Handflächen, Madrid 1937.«

Dann lächelte er, hustete wieder und bestellte sich noch einen Tee.

Ich fragte ihn einmal, wie er mit dem fadenscheinigen Vorwand, antinazistischer Österreicher zu sein, davonzukommen hoffte.

Er blies geistesabwesend Rauch in die Luft. Unter der gelbgrauen Haut traten die Wangenknochen vor. Seine Haut war so schrecklich gespannt, daß man Angst hatte, sie würde, wenn er die bleichen Lippen öffnet, platzen.

»Tue ich nicht«, antwortete er. »Ich glaube nicht an Täuschung, falsche Bärte, dunkle Brillen und andere altmodische Vorstellungen von Spionage. Jeder entfernt echt Aussehende ist verdächtig. Damit haben die Russen angefangen. Und auch wir waren nicht ganz schlecht mit Röhm und dem Rest. Wem kann man trauen, auf wen sich verlassen? Es hat so viele Possen und Farcen gegeben, daß jedermann verwirrt ist.«

Ich beschloß, ihn entweder für verrückt zu halten oder für jemanden, der alle an der Nase herumführt.

Meist, wenn ich zurück zum Hotel ging, sah ich mich im benachbarten Café nach Nadja um. Es war sehr weiträumig hinter seinen großen Fenstern, durch die die Gäste den Palast und die Hauptstraße beobachteten, kleine Gürkchen und Oliven aßen, Zwetschgenschnaps oder Wodka tranken. Der Geruch des Zwetschgenschnapses – Sliwowitz – war streng und vermischte sich mit dem durchdringenden Knoblauchgeruch, der wie eine Wolke über dem Café hing. Für mich bildete das den Hintergrund jener Woche: der Geruch nach Sliwowitz und Knoblauch und Schnee, Neuschnee, der mit Würde niederrieselte.

Manchmal wartete sie dort auf mich, umringt von einem Schwarm von Freunden und Tanten, die sich wie Schatten um sie gruppierten. Ich konnte mich kaum an ihre Gesichter erinnern, schon gar nicht an ihre Namen, die voll zischender, rasselnder Konsonanten waren. Da war der alte Freund aus Berlin, der schlaksige Bulgare, der sich die Haare hatte schneiden lassen und der diesmal alberne Schneestiefel trug und ›grippehalber‹ eine scheußlich rote Nase hatte. Als er mich das erste Mal sah, lächelte er sardonisch und ließ nicht ab, mit Nadja in irgendeiner slawischen Sprache zu schwatzen. Dann war da ein junger Mensch von drei- oder vierundzwanzig, Hadschii-Mischew oder so, groß, blond und effeminiert, der dicke Kunstbücher mit sich herumschleppte und beleidigt zu sein schien, wenn sich niemand dafür interessierte. Dann ein kleiner, drahtiger Mann mit Stupsnase, Kräuselhaar und dem Lippenbart eines amerikanischen Gangsters, Boris Petkow, der ständig über einen Auswuchs am großen Zeh klagte. Und schließlich dieser Widerling Kosta Kolkow aus dem Außenministerium mit seinem schaurigen Mongolengesicht und dem Hohnlächeln auf den feuchten, scharlachroten Lippen mit Viertagebart. Manchmal waren auch Frauen dabei: eine große Tscherkessin, Branka oder so ähnlich, mit einem Gesicht wie aus Elfenbein und den größten schwarzen Augen, die ich je gesehen hatte, und Alabasterbrüsten, die unter ihrem schwarzen Samtkleid wogten. Außerdem eine rundliche Blondine mit Schlafzimmeraugen, die den Lärm dösend über sich ergehen ließ, um plötzlich hochzuschrecken und hysterisch zu kreischen, als hätte sie etwas Wichtiges vergessen. Nadjas Lieblingstante aus Sofia, eine verbitterte, alte Jungfer, war ebenfalls da. Sie war leidenschaftlich proamerikanisch und wollte sich unbedingt mit mir anlegen, während die anderen lachten, sie neckten und anfeuerten.

»Nadja«, sagte ich am dritten Abend, »deine Freunde gefallen mir nicht besonders. Sie sind dumm und gewöhnlich, und ihre politische Einstellung ist fragwürdig.«

»Wen kümmert ihre politische Was-weiß-ich, draga« sagte sie. »Es sind alte Freunde von mir. Und sie sind weder dumm noch gewöhnlich. Sie sind genauso gut wie deine stiernackigen Kumpane.«

»Nun«, sagte ich, während ich mir eine Smokingjacke anzog, »ich will mich jetzt nicht streiten, das regt dich nur auf, und wir wollen nicht zu spät zur Party des Ministers kommen. Aber du könntest auf meine Stellung Rücksicht nehmen.«

»Könnte ich?« fragte sie, wobei sie ihr Strickkleid auszog. Ihr Körper war straff und aufreizend. Ich fragte mich, ob einer dieser widerlichen Kerle ihn besessen hatte. Schon der Gedanke daran machte mich fast krank.

»Meine liebe Nadja, du hast einen Mann geheiratet, dessen Leben sich teilweise in der Öffentlichkeit abspielt.« Ich betrachtete ihren Körper. »Die deutsche Wehrmacht hat sehr wenig Sinn für Humor, und es würde mir gar nicht gefallen, einiger Idioten wegen einen Anpfiff zu bekommen.«

»Es sind keine Idioten«, sagte sie und fing an zu weinen. »Es sind feine Jungs, einer wie der andere, und ich verstehe nicht, warum du so etwas sagst. Es sind die einzigen Freunde, die ich habe.«

»Hör auf zu heulen«, sagte ich. »Was ist mit deinen Hunderten von Freunden in Belgrad, Budapest und Bukarest? Was ist mit deinen Tanten und Onkeln, Gott weiß wo?«

»Es sind meine einzigen wahren Freunde«, sagte sie und setzte sich aufs Bett. Sie sah aus wie ein Kind, mit ihrem aufgesteckten Haar und den kleinen, spitzen

Brüsten. Wie ein Kind von vierzehn sah sie aus, als sie so dasaß und weinte. Sie tat mir leid.

»Na gut«, sagte ich. »Vergessen wir die Sache. Ich bitte dich nur, etwas vorsichtiger zu sein.«

»Ich bin vorsichtig«, sagte sie schmollend. Dann, als sie auf dem Weg ins Bad an mir vorbeikam, gab ich ihr einen freundlichen Klaps auf ihr Hinterteil. Sie drehte sich um, streckte mir die Zunge heraus und sagte: »Baaaah!« Dann lachte sie. Dieser freundliche kleine Klaps half immer.

Frischer, weisser Schnee, der unter unseren Schuhen knirschte und morgens die gelben Steine von Zar Oswoboditel zudeckte; Schnee auf den schlanken, zitternden Bäumen und der kleinen russischen Kirche in der Nähe der Gesandtschaft; Schnee auf der einsamen Kirche mit Zwiebelturm im Pärkchen gegenüber dem Militärclub; Schnee überall. Und Schlittenglöckchen und Offiziere mit russischen Mützen und dunkelgrauen Feldmänteln, die wie kleine, schwarze Käfer aussahen, wenn sie über den Korso bummelten. Die roten Nasen der Mädchen und die schwatzenden Grüppchen vor den Cafés. Der warme Geruch der Cafés und die Reihen Schneeschuhe in den Garderoben; und der Schnee.

»Wie ein russisches Städtchen«, sagte Hirtenberg, der aus dem Fenster sah. »Das Herz einer Kreisstadt mit Verrückten und Heiligen wie bei Dostojewski. Sehen Sie den fetten Kutscher vor dem *Palma.* Genau wie Porfir Porfirowitsch.«

Alle Bilder, die mir wieder in den Sinn kamen, waren mit Schnee gesprenkelt. Er fiel sacht und still.

»Sehr schlecht für meine Lungen«, sagte Hirtenberg, als wir zurück ins Hotel gingen.

Er trug einen verschlissenen Militärmantel. Ich fragte ihn, warum er sich keinen neue kaufe.

»Der hier ist bedrohlicher«, antwortete er dann. »Er erfüllt die Feinde des Reiches mit Gottesfurcht. Jeden Morgen, wenn ich dem amerikanischen Militärattaché auf der Straße begegne, sieht er meinen Mantel und schaudert.«

Lennstein sprach endlich aus, was für ein »schrecklicher Mensch« Hirtenberg sei. Ich konnte nichts Schreckliches an ihm entdecken. Ich fand ihn eher erbärmlich mit seiner Hakennase, den eingefallenen Wangen und der halben Lunge. Seine Lippen waren violett von der Kälte, und in seinem Zimmer standen drei elektrische Öfen, obwohl die Gesandtschaft Zentralheizung hatte.

»Jede Stadt hat ihren eigenen Geruch«, sagte er eines Morgens, als er, in Mantel und Schals gehüllt, aus dem Fenster starrte, »ein Geruch, den man immer wiedererkennt. Ich versuche, mich mit diesem hier vertraut zu machen«, fügte er hinzu und holte tief Luft.

»Knoblauch«, schlug ich vor.

»Und Zwetschgenschnaps«, sagte er. »Und noch viel mehr. So einfach ist das nicht. Eine Mischung aus Schnee und Berg Witoscha und dem schwachen Modergeruch zu dick wattierter Mäntel und dem ärmlichen Leder von Schuhen. Und dann der unverkennbare Geruch von Bauern, von Erde und Pflanzen und einer

Andeutung von Milch. Hier ist jeder ein Bauer, selbst die Minister des Kabinetts, und so riechen sie auch. Kein schlechter Geruch, wenn man es deftig mag. Ich ziehe ihn dem Geruch von Paris vor, das den Duft von Frauen verströmt, die zu einem heimlichen Rendezvous eilen, ein Geruch der Erregung, der Frustration und der Heimlichkeiten. Und diesem Geruch hier«, sagte er und machte eine ausholende Geste, »fügen Sie die Schwüle eines barocken Schlafzimmers mit einem nackten jungen Paar hinzu; Regen, Fisch, Benzin, offene Mülleimer mit verfaultem Gemüse und dem alles durchdringenden Geruch nach Bratenfett. Und verstaubte Bücher. Diese relativ einfache Bauernmischung ist mir lieber.«

»Was ist mit Berlin?« fragte ich.

Er grinste spöttisch. »Gas, Steine, Ruß und der Geruch nach kalten Füßen, die morgens über einen kalten Boden tappen. Billiger Tabak in der Untergrundbahn, belegte Brote zum Mittagessen, eingewickelt in die Zeitung von gestern. Das Leder von Aktentaschen. Und Hälse. Alle möglichen Hälse, hauptsächlich magere, die ausrasiert werden müßten, oder fette mit einer dreifachen Speckrolle. Nicht mein Fall.« Er drehte sich wieder zum Fenster um. »Am besten riechen Florenz und Budapest. Ersteres hat lateinische Klarheit: Fisch, Weihrauch, Seide; das zweite ist wie eine Schar junger Mädchen, die angeregt von einem Bad zurückkehren, dazu die Donau, der Hauch eines erotischen Zwielichts und eine leicht übelkeitserregende fette Sauce.«

Manchmal machten wir früher Schluß und gingen in ein kleines Café am Sobranye-Platz gegenüber dem Außenministerium hinter der Rückseite des Pferdes, auf dem der Befreier Tsar thronte.

»Nichts ist so lächerlich wie eine Statue zu Pferde. Sehen Sie ihn sich an!« Er blieb stehen und zeigte mit seinem langen, knochigen Zeigefinger, der aus seinem zerlumpten Handschuh ragte. »Stellen Sie ihn sich sitzend, ohne Pferd, vor. Was halten Sie von einem Spiel der Kühnheit und der Könnerschaft?« fügte er dann hinzu. »Einem Schachspiel?«

Wir spielten oft in dem kleinen Café. Der Name ist mir entfallen. Es war ziemlich ruhig dort. Nur Burckmann tauchte manchmal auf, einer von Hirtenbergs »kleinen einheimischen Ratten«, wie er sie nannte, ein mäusegesichtiger Bastard, geboren in Lettland, Sohn einer Schweizer Mutter und eines rumänischen Vaters. Er hatte die spitzeste rote Nase, die man sich denken kann, wie eine Nadel. Dazu schmutzige Fingernägel, ein schmutziges Hemd und die irritierende Angewohnheit, sich über alles und jeden zu erstaunen. Was immer man sagte, Burckmann schniefte, warf den Kopf zurück, ließ die Augen herausquellen und sagte: »Ach-sososo-so!« Das sagte er in einem besonderen Rhythmus, wobei er das ›ach‹ verblüfft dehnte und dann seine ›so-soso-sos‹ in erstaunlicher Geschwindigkeit herunterratterte, bis sie kleiner und kleiner wurden und endlich verebbten. Wir frotzelten ihn deswegen und verleiteten ihn zu immer neuen Wiederholungen.

Beispielsweise sagte Hirtenberg: »Es schneit, Burckmann«, und Burckmann war hocherstaunt und brachte eines seiner ›ach-so-so-sos‹ hervor.

Es war Burckmann, der in dieser verschneiten Woche in Sofia den ›Ärger‹ lostrat. Eines Morgens – etwa am sechsten Tag – saß ich in meinem Zimmer und prüfte einen Kriegsbericht für Berlin, während Hirtenberg am Fenster stand, verbarrikadiert hinter seinen elektrischen Öfen, in seinem Mantel zitterte und sich erinnerte.

»Zahnschmerzen«, sagte er, ohne sich zu mir umzudrehen. »Zahnschmerzen. Anschluß. Wien.«

Er wandte sich um.

»Merkwürdig«, sagte er. »Meine Zahnschmerzen und die Ideen des Führers.«

Er wickelte seinen dunkelgrünen Schal ab, um ihn sich danach um so fester um den knochigen Hals zu winden.

»Wann immer der Führer etwas okkupiert, habe ich Zahnschmerzen. Er muß auf dem Weg hierher sein; ich habe ganz fürchterliche Schmerzen.«

»Nehmen Sie ein Aspirin«, sagte ich und setzte meine Arbeit fort.

»Aspirin gegen Schmerzen, Linz 1939«, sinnierte er. »Nicht sehr wirksam, wenn man einem zwei glühende Nadeln in die Nase bohrt. Trotzdem«, fügte er hinzu, »meine Zahnschmerzen haben etwas Befriedigendes.«

Er ging auf und ab.

»Der Führer erobert ein Land. Truppen bewegen sich, Städte werden zerbombt, Tausende sterben, Tausende sind glücklich, es ist Krieg. Und weiter? Was soll mir das? Ich habe Zahnschmerzen. Ich hatte welche in Madrid, Wien, Prag, Warschau und Paris. Eine gute Sache, wissen Sie, eine Art Selbstverteidigung in einer

Zeit, wenn die Geschichte wie der Sand von Arabien alles durchdringt.«

Er seufzte.

»Für vielbeschäftigte Männer wie Sie oder mich ist dies eine erschöpfende Zeit. Das einzige Erlebnis von historischer Bedeutung, das mein seliger Vater hatte, war der Anblick der Schauspielerin Katalin Schratt, als sie das *Sacher* verließ, um den Kaiser aufzusuchen. Früher hatte ich eins in jedem Jahr, heute in jedem Monat. Einst verbarg sich die Menschheit in den Kulissen, während einige Auserwählte im Scheinwerferlicht herumstolzierten. Heute liegt die Bühne ständig in gleißendem Licht, und alle müssen schauspielern. Sehr erschöpfend, wirklich. Stellen Sie sich vor, auf einem Foto vom Führer, auf dem Balkon des Hotels *Imperial* in Wien, bin ich klar zu erkennen. Stellen Sie sich das vor! Dieses Bild von mir, dümmlich grinsend, wird in den nächsten Jahren in Geschichtsbüchern abgebildet sein. Und immer, wenn ich einen dieser idiotischen Berichte schreibe, komme ich mir vor, als machte ich eine Randnotiz in einer dicken Monographie.«

Er setzte sich auf meinen Schreibtisch.

»Ich habe einen Alptraum, der immer wiederkehrt«, sagte er und sah beunruhigt aus. »Er ist etwas wirr, aber ich denke, Sie werden ihn verstehen. Ich träume, ich bin mein eigener Enkel, sitze auf meinem Schoß und frage mich: ›Großvater, was hast du 1938 gemacht?‹ Und ich antworte: ›Aber, Kurt, ich stand auf dem Balkon des Hotels *Imperial* in Wien hinter dem Führer.‹ Und ich, als Enkel, sage: ›Komm, Großvater, erzähl mir eine Geschichte!‹ Sehr beunruhigend, finden Sie nicht? Deshalb heiße ich auch meine Zahnschmerzen willkommen. Sie sind so unhistorisch. Da kommt Burckmann.«

Burckmann war verschnupft, seine Nase noch röter und spitzer als sonst. Hirtenberg berichtete ihm von seinen Zahnschmerzen, woraufhin Burckmann eines seiner besonders gedehnten ›ach-so-so-sos‹ produzierte. Dann setzten und unterhielten sie sich, während ich weiterarbeitete. Etwa eine Stunde später ging Burckmann, und ich merkte plötzlich, daß Hirtenberg mich beobachtete.

»Was ist?« fragte ich.

»Nichts«, erwiderte er etwas verlegen. »Außer daß es mit einem der Freunde Ihrer Frau Ärger zu geben scheint.«

Ich hörte auf zu schreiben.

»Das würde mich nicht überraschen«, sagte ich kühl. »Scheußliches Pack, alle miteinander. Um welchen handelt es sich?«

»Um den kleinen Zeitungsmann Petkow«, sagte er. »Boris Petkow. Burckmann glaubt, die Franzosen haben ihn geschickt, um Sie zu bespitzeln.«

»Dieser Esel«, sagte ich. »Wollen Sie, daß meine Frau ihn nicht mehr trifft?«

Er winkte ab. »Aba geh«, sagte er in breitem Wienerisch. »Keine Rede. Im Gegenteil. Sagen Sie ihr, sie soll eine Gesellschaft geben und den kleinen Petkow einladen. Ich werde auch kommen, wenn Sie gestatten. Wir werden unserem kleinen Freund ein wenig einheizen, das ist alles.«

»Müssen wir meine Frau da reinziehen?« fragte ich.

»Tut mir leid, alter Knabe«, sagte er. »Sie wird nichts damit zu tun haben. Aber es würde die Dinge wesentlich erleichtern, wenn Sie diese kleine Gesellschaft organisieren könnten.«

»Na gut.«

Er besprach noch Einzelheiten, und ich war einverstanden. Dann gingen wir zurück ins *Bulgarie.* Es war ein klarer, windgezauster Tag. Noch am selben Abend sprach ich mit Nadja, erwähnte den Grund meines Anliegens natürlich nicht. Sie war überrascht und arglos und zuletzt entzückt. Sie eilte zum Telefon und lud ein Dutzend Leute ein, darunter ein paar Tanten.

Das Hotel stellte mir zwei große Räume zur Verfügung, die in Salons verwandelt wurden. Man baute ein paar Tische für Getränke auf und lieh uns zwei Kellner aus, die die Kanapees herumreichen sollten.

Die Gäste kamen gegen sieben: der kleine Blonde mit den Kunstbüchern; der Widerling Kolkow vom Außenministerium; die tscherkessische Schönheit und eine Handvoll anderer Mädchen. Alles, woran ich mich noch erinnere, sind ihre schwellenden Brüste und hängenden Mundwinkel. Sie hatten eine nervtötende Mimik, eine Art halbfrustriertes Gelächter. Erst hoben sich die Mundwinkel und fielen dann plötzlich verzweifelt herab. Sie erinnerten mich an Kinder, die sich Fratzen schneiden.

Petkow kam etwas später. Diesmal war er rasiert. Er humpelte, klagte leutselig über seinen schlimmen Zeh und trat dann zu der kleinen Gruppe um Nadja. Er wurde kreischend begrüßt. Ich sprach mit Kolkow, der ziemlich betrunken war. Seine kleinen Schweinsäuglein glänzten, seine Lippen waren röter und feuchter denn je. Er starrte mir ins Gesicht, rülpste, befeuchtete sich die Lippen.

»Lieberrr Majorrr«, rollte er die R. »Was macht Rußland heute morrrgen?«

»Keine Ahnung«, sagte ich, was er damit meine? Er grinste und verströmte Knoblauchgeruch.

»Na, na«, erwiderte er und drohte mir scherzend mit dem Finger. »Na, na, Herr Major.«

Er war ziemlich abstoßend, und zu all dem pumpte er mich auch noch um hundert Lewa an.

»Bis zum Ersten«, sagte er feierlich. »Im *Reunione* gibt es ein paarrr sehrrr nette Ungarrinnen.«

Hirtenberg kam ein paar Minuten später, stolzierte in seinem Armeemantel, mit roter Nase, aber fröhlich, ins Zimmer. Zu Ehren des Heizungssystems im *Bulgarie* nahm er seinen dunkelgrünen Schal ab. Ich führte ihn herum und stellte ihn vor. Er war sehr charmant zu Nadja und den Mädchen, die ihn vermutlich alle wunderlich fanden, und schon bald gab er Anekdoten von Churchill zum besten. Er kam gut an, selbst bei Nadja, die er an eine ›Schildkröte ohne Schild‹ erinnerte.

Um etwa acht Uhr kamen noch mehr Leute, und die Zimmer waren ziemlich voll. Dann ging ich auf ein Zeichen von Hirtenberg zu Petkow und sagte:

»Sie haben Schmutz an der Stirn. Darf ich Ihnen das Badezimmer zeigen?«

Er war etwas verdutzt, aber auch verlegen und dankbar und folgte mir ins Bad. Hirtenberg und Kolkow, der sich als ein weiterer von Hirtenbergs ›kleinen einheimischen Ratten‹ herausstellte, kamen nach. Hirtenberg verriegelte die Tür und stellte die Dusche an.

Petkow merkte nicht gleich, was vorging, und betrachtete sich im Spiegel.

»Wo denn?« fragte er, drehte sich um und bekam seinen ersten Schreck.

»Wir würden gern kurz mit Ihnen sprechen, Genosse Petkow«, sagte Kolkow und verzog das Gesicht zu einer diabolischen Fratze. Seine Augenbrauen standen fast senkrecht. Er verschränkte die Arme. »Oder sollte ich besser sagen, Bürger Petkow?«

Petkow sah sich immer noch verblüfft um.

»Was ist denn? Was ist denn?« fragte er nervös.

Hirtenberg klappte den Deckel auf die Kloschüssel und setzte sich darauf. Die Dusche lief geräuschvoll.

»Gospodin Petkow«, sagte er und schnüffelte. »Gospodin Petkow, Sie sind ein ungezogener Junge.«

»Was soll das heißen?« fragte Petkow, runzelte die Stirn und sah uns alle nacheinander an.

»Ein sehr ungezogener Junge«, sagte Hirtenberg und hob dramatisch die Stimme. »Ein Feind Bulgariens. Habe ich recht, Gospodin Kolkow?«

»Ein Verräterrr«, sagte Kolkow und rollte die R mehr als nötig. »Bezahlt mit frranzösischem Gold, um sein Land zu verraten.«

Petkow setzte sich auf den Badewannenrand, weg von der Dusche, um nicht naß zu werden. Er war bleich, sah aber nicht ängstlich aus.

»Das ist lächerlich«, sagte er. »Was soll das sein, eine Entführung?«

Hirtenberg schüttelte den schmalen Schädel.

»Gospodin Petkow«, sagte er in wehmütigem Ton, »wir arbeiten nicht mit rauhen amerikanischen Methoden. Aber wissen Sie, wer ich bin?«

Petkow nickte. »Ich denke, ja.«

»Ein schrecklicher Mensch bin ich«, sagte Hirtenberg mit tiefer Stimme, betrachtete seine Schuhspitzen, sichtlich in einer Erinnerung gefangen, die er aber nicht aussprach. Dann hob er das Gesicht; es war sanft. Er blinzelte. »Ein schrecklicher Mensch, sagt man. Und ich finde, Sie sind ein ungezogener Junge.«

»Ich glaube, ich gehe jetzt besser«, sagte Petkow. »Dies ist eine Farce.«

Er wollte aufstehen, als Kolkow ihm heftig ins Gesicht schlug. Das Geräusch hallte im Bad wider. Petkow sah verdutzt aus. Langsam breitete sich ein großer, runder Fleck um seine Nase aus, als hätte er einen starken Schnupfen. Dann schwankte er, fiel fast in die Wanne, gewann aber die Balance zurück, indem er sich an der Duschstange festhielt.

»Maul halten«, sagte Kolkow.

Er war kräftig. Er schlug wieder zu, diesmal mit der geballten Rückseite der rechten Hand. »Setzen.«

Es war einen Moment still; Petkow setzte sich schwer atmend auf den Wannenrand, überrascht, aber noch immer nicht ängstlich. Die Dusche lief quietschend.

»Die Franzosen haben Sie geschickt«, fuhr Hirtenberg, der leicht gelangweilt aussah, fort, »um Herrn und Frau von Borst zu bespitzeln. Schämen Sie sich nicht?«

»Unsinn«, sagte Petkow. »Wer hätte je solchen Unsinn gehört?« Zu Kolkow gewandt, fügte er etwas häßlich Zischendes auf bulgarisch hinzu.

»Natürlich ist es Unsinn«, sagte Hirtenberg und machte Kolkow ein Zeichen, sich zurückzuhalten. »Sie sind ein dummer Junge, und wir werden Ihnen eine Lektion erteilen.« Dann holte er entschuldigend eine kleine Automatik hervor. »Schreien Sie nicht.«

»Was wollen Sie von mir?« fragte Petkow.

Die Dusche war unterdessen weitergelaufen und hatte schon die halbe Wanne gefüllt. Ich fragte mich, was Hirtenberg vorhatte. Die Szene gefiel mir nicht, aber Petkow war mir zuwider, und am nächsten Morgen wollten wir abreisen. Es war mir egal, was aus Petkow wurde, und daß Hirtenberg ihn nicht erschießen würde, wußte ich.

»Ah«, erwiderte Hirtenberg, und ich wußte, er steckte wieder in einer seiner Erinnerungen. Er schloß halb die Augen und starrte auf seine linke Schuhspitze hinunter.

»Was ich will?« gluckste er. »Das geht Sie nichts an, Gospodin. Aber Sie haben sich wirklich schlecht benommen. Schließlich waren Herr und Frau von Borst sehr gastfreundlich zu Ihnen. Das haben sie nicht verdient.« Er klang wie ein schrecklicher und gütiger Vater zugleich.

»Ich sage Ihnen doch, das ist Unsinn«, sagte Petkow.

Die Wanne füllte sich schnell.

»Wir haben Krieg«, sagte Hirtenberg. »Einen schrecklichen, erbarmungslosen Krieg, Gospodin, einen sehr ernsten Krieg. Man muß verantwortungsvoll damit umgehen. Infantilität und Romantik sind fehl am Platz.«

Dann streckte er sein knochiges Bein aus und versetzte Petkow rasch einen Tritt. Er traf ihn unter dem

Hinterteil, Petkow verlor das Gleichgewicht und fiel in die Wanne. Er strampelte und spritzte und rutschte tiefer, und ich sah, wie seine nasse Hand die Duschstange zu packen versuchte, gegen die Wand schlug und an ihr herunterkratzte. Kolkow bückte sich schnell, packte Petkows strampelnde Füße und zog sie hoch. Petkow spritzte wie wahnsinnig; er brüllte, und einen Moment trafen sich unsere Blicke. Er sah noch immer überrascht aus.

Dann stand Hirtenberg auf, schniefte, steckte die Pistole zurück in seine Tasche, beugte sich über die Wanne. Seine langen, dürren Finger schlossen sich um Petkows Hals. Kolkow half ihm, und langsam wurde das Strampeln schwächer. Kolkow stellte die Dusche ab. Dann hörte ich ein Gurgeln und sah, daß Hirtenberg Petkows Kopf unter Wasser drückte.

Das Badezimmer war sehr naß; überall auf dem Boden waren kleine Lachen. Ich sah weg und erblickte mein Gesicht im Spiegel. Es war ernst, und mein Blick wanderte zu meinem Rasierpinsel, der wie eine einsame Palme dastand, abseits von den anderen Toilettenartikeln. Ich empfand die Belanglosigkeit der Situation. Kolkow und Hirtenberg standen neben der Wanne, drückten Petkow unter Wasser. Er strampelte immer noch, aber seine Kräfte ließen nach. Kolkow war kräftig. Sein Gesicht war angespannt und gerötet, seine Augenbrauen waren in ihre normale, waagerechte Stellung zurückgekehrt, und seine Zungenspitze war zu sehen. Er war wie ein kleiner Junge, der versucht, seine Schnürsenkel zu binden. Hirtenberg drehte mir den Rücken zu; ich sah nur seinen knochigen, mit Flaum bedeckten Nacken. Er hatte eine Rasur nötig.

»Einmal, in Varna, war ich drei Minuten unter Wasser«, sagte Kolkow.

»Unmöglich«, sagte Hirtenberg. »Sie prahlen. Sehen Sie lieber auf Ihre Uhr. Ich will ihn nicht ersäufen.«

»Ich habe keine Uhr«, sagte Kolkow. »Ich habe sie verloren. Eine gute Schweizer Uhr, *Omega.*«

»Es ist sieben Uhr zweiunddreißig«, sagte ich. »Finden Sie nicht, daß es genug ist? Jemand könnte hereinkommen wollen.«

»Und wenn ich Durchfall hätte«, sagte Hirtenberg, »und eine halbe Stunde hier drin sein müßte? Nur keine Angst. Sehen Sie sein Gesicht, Kolkow?«

»Nein«, sagte Kolkow. »Ich glaube, wir lassen ihn besser los.«

»Aber nicht doch«, sagte Hirtenberg. »Könnten Sie ihn nicht vielleicht etwas umdrehen? Ich würde gern sein Gesicht sehen.«

»Wenn ich ihn umdrehe, kommt er mir noch hoch«, sagte Kolkow. »Wozu, zum Teufel, wollen Sie sein Gesicht sehen?«

»Ziehen Sie ihn zu sich heran und drehen Sie ihn um«, sagte Hirtenberg. »Ich will sein Gesicht sehen.«

»Ich will keine Leiche in meinem Badezimmer«, sagte ich.

»Keine Angst«, sagte Hirtenberg. »Die Kapazität der menschlichen Lunge ist überraschend groß. Ich sollte bereits seit Jahren tot sein, aber hier sehen Sie mich. Drehen Sie ihn nach rechts, Kolkow.«

»Er strampelt nicht mehr«, sagte Kolkow. Er war jetzt ziemlich bleich. »Glauben Sie nicht, es ist genug?«

»Ich will sein Gesicht sehen«, sagte Hirtenberg.

Ich ging zur Tür und lehnte mich dagegen. Ich sah nichts als die geschäftig vorgebeugten Rücken der Männer. Wie Frauen beim Wäschewaschen. Das Wasser gurgelte leise, während sie sich abmühten. Das Strampeln hatte aufgehört.

»Er wird brüllen wie am Spieß«, sagte Kolkow. »Vielleicht war die Idee doch nicht so gut.«

»Keine Angst«, sagte Hirtenberg ungeduldig. »Ich habe sein Gesicht noch immer nicht gesehen. Er wird nicht brüllen.«

»Er wird«, sagte Kolkow. »Ich kenne Petkow.«

»Sie werden ihn nicht erkennen«, sagte Hirtenberg. »Ziehen Sie ihn um Gottes willen auf Ihre Seite, und drehen Sie ihn um.«

Es gab kaum ein Geräusch. Dann Nadjas Stimme hinter der Tür.

»Helmuth«, sagte sie. »Bist du da drin?«

»Ja, Liebling«, sagte ich. »Jemandem ist schlecht geworden. Wir haben ihm geholfen. Es ist alles in Ordnung.«

»Wer denn?« fragte sie erschreckt. »Wer ist es?«

»Schon gut, Nadja«, brüllte Kolkow. »Es ist nur Petkow. Es geht ihm gleich wieder gut.«

»Soll ich einen Arzt rufen?« fragte Nadja.

»Wir lassen ihn jetzt besser los«, flüsterte Kolkow Hirtenberg zu.

»Nein, Liebling«, sagte ich zu Nadja. »Es geht ihm gut. Geh schon mal vor. Wir kommen gleich.«

»Na bitte«, sagte Hirtenberg mit starrer Stimme. »Sein Gesicht.«

Ich hätte gern gewußt, an was er sich jetzt erinnerte.

»Das war eine nette Gesellschaft«, sagte ich zu Nadja, nachdem alle gegangen waren. »Ja, sehr nett«, sagte sie, leicht gerötet von zu vielen Mastikas. Wir waren wieder in unseren Zimmern und zogen uns um. Ich mußte zu Draganows Dinner Uniform tragen.

»Armer Boris«, sagte sie. »Glaubst du, er ist ernsthaft krank?«

»Unfug«, sagte ich. »Er ist nur umgekippt. Wahrscheinlich Nikotinvergiftung. Kolkow hat ihn ins Krankenhaus gebracht. In ein, zwei Tagen ist er wieder auf dem Damm. Das kalte Wasser hat ihm sehr gutgetan.«

»Magst du Petkow?« fragte sie.

»Er ist mir gleichgültig«, sagte ich. »Warum?«

Sie setzte sich aufs Bett. Sie trug nichts außer Seidenstrümpfen, Schuhen und um den Hals ein Tüchlein.

»Na ja«, seufzte sie. »Du weißt, ich habe keine Geheimnisse vor dir, draga. Ich habe dir alles erzählt, was vor deiner Zeit war.«

»Ja«, sagte ich, und eine kurze, hämmernde Stille entstand. »Wieso?«

»Weißt du«, sagte sie und starrte mit verzückter Miene ins Leere und in die Vergangenheit. »Petkow war mal in mich verliebt. Du weißt, wie so was ist. Wir waren auf demselben College.«

»Sicher war er nicht der einzige.«

»Das stimmt.« Die Vorstellung munterte sie auf. »Er hat jetzt ein Mädchen. Branka.«

»Das perfekte Paar«, sagte ich und zwängte mich in meine Reitstiefel.

»Blödsinn.« Nadja seufzte wieder. »Petkow ist zu gut für sie. Petkow ist ein prima Kerl.«

»Frauen denken immer, die Freundinnen ihrer früheren Anbeter sind nicht gut genug. Was Petkow betrifft, er versteht sich zu gut mit den Franzosen.«

Sie lag jetzt auf dem Bauch.

»Er hat mir immer so herrliche Sträuße geschickt. Wunderschöne langstielige Rosen. Er war sehr verliebt in mich, der arme Boris.«

»Noch immer?« fragte ich.

»Wahrscheinlich«, sagte sie. »Branka hat scheußliche Beine, hast du gesehen? Armer Petkow.«

Ich räusperte mich; dies mochte der richtige Moment sein, es ihr beizubringen.

»Liebling«, sagte ich, »ob schöne oder häßliche Beine, sie scheint ein nettes Mädchen zu sein und für Boris gut genug. Du weißt, ich mische mich nicht in deinen Umgang ein, aber jetzt bitte ich dich, falls wir je hierher zurückkehren sollten, ihn nicht wiederzusehen und den Briefwechsel einzustellen, falls ihr euch geschrieben habt. Er mag ein prima Kerl sein, vielleicht, aber er ist ein Spion.«

»Mach dich nicht lächerlich«, sagte sie plötzlich wütend.

»Ich mache mich nicht lächerlich«, sagte ich. »Er könnte uns in Schwierigkeiten bringen.«

Sie lachte.

»Der arme Boris?« Sie lachte wieder. »Sei nicht albern.«

»Ich habe gesagt, was ich zu sagen hatte. Von heute an wirst du jede Beziehung zu ihm abbrechen. Oder er kriegt Ärger.«

Das mußte ziemlich bedrohlich geklungen haben.

Sie sah schnell auf.

»Oh«, sagte sie, »ich verstehe. Das wäre mir gar nicht recht«, fügte sie scharf hinzu.

»Mir auch nicht«, sagte ich. »Jetzt geh und zieh dich an.«

»Ich hoffe, er kriegt keinen Ärger«, sagte sie.

»Ich auch«, sagte ich. »Es hängt von dir ab.«

Sie stand auf und ging zum Schminktisch.

»Ich werde ihn wiedersehen«, sagte sie trotzig. »Und ich werde ihm schreiben. Lange Briefe auf meinem neuen, blauen Briefpapier. Vielleicht schicke ich ihm auch wunderschöne langstielige Rosen.«

Ich legte meinen Uniformrock aufs Bett und drehte mich zu ihr um.

»Das wirst du nicht«, sagte ich ruhig. »Und damit basta. Themawechsel. Zieh dich an, sonst kommen wir noch zu spät.«

Sie sah in den Spiegel und legte den Kopf schräg.

»Hör zu, Helmuth«, sagte sie ziemlich heftig. »Boris und ich haben uns geküßt auf dem College. Man hat ihn relegiert, weil wir uns auf dem Tennisplatz geküßt haben.«

Sie wollte mir weh tun. Ihre Stimme war scharf.

»Das wundert mich nicht«, antwortete ich trocken. »Küßt er dich heute auch noch?«

»Mach dich nicht lächerlich.« Sie verlor an Boden.

»Also?« fragte ich noch einmal und knöpfte meinen Rock zu.

»Natürlich nicht.« Sie war in der Defensive und etwas kleinlaut. Sie wünschte, sie hätte nie davon angefangen. »Natürlich nicht.«

»Gut«, sagte ich. »Du solltest dich in acht nehmen.«

Ich sah sie an und bemerkte Angst und Haß so deutlich, als wären sie ihr in Großbuchstaben ins Gesicht geschrieben. Angst und Hass. Was überwog, konnte ich nicht sagen, vielleicht Haß. Ihre Augen waren etwas hervorgetreten, und ihr Mund war zu einem dünnen, bösen Strich zusammengekniffen.

»Du solltest dich in acht nehmen«, sagte ich noch einmal und schloß den letzten Knopf. Ich zog den Rock glatt, klopfte auf die Brusttaschen und lockerte mit dem Zeigefinger den Kragen. »Oder er wird niemanden mehr küssen.«

Das klang nach Provinztheater, aber ich mußte etwas gegen ihr Gesicht tun, dieses ängstliche, haßerfüllte Gesicht. Sie gab keine Antwort, aber als ich mich umdrehte und mich bückte, um meine Hausschuhe an ihren Platz auf das Brettchen vom Nachttisch zu stellen, stand sie auf und trat mir in den Hintern. Ich richtete mich auf und starrte sie an; jetzt lag kein Haß mehr auf ihrem Gesicht, nur noch Angst. Sie tat mir leid.

»Jetzt geh und zieh dich an«, sagte ich ruhig, »oder ich leg dich übers Knie.«

Später entschuldigte sie sich, weinte wie ein kleines Kind und hatte einen kurzen Ohnmachtsanfall. Am nächsten Morgen verließen wir Sofia. Übrigens schneite es immer noch, im selben Rhythmus, mit derselben Würde, auf dieselben Plätze.

Jetzt eine dieser Pausen. Nichts als die leisen Eßgeräusche. Ein Messer klirrte an einem Teller, und Fowler schmatzte leicht, als die Gabel seinen Mund verließ. Die Kerzen warfen flackernde Schatten an die Decke. Nadja war über ihren Teller gebeugt, und man konnte die Stelle sehen, wo die beiden weißen Hügel in ihrem Kleid zusammentrafen. Plötzlich spürte ich eine große Leere in mir, als wäre meine Brust ausgeräumt und als lägen meine wichtigsten Organe, Herz, Lungen, Magen, Eingeweide isoliert und einsam in einem leeren Körper. Nichts als die knappen Eßgeräusche und das Zischen der Kerzen.

Es dürfte keine Erinnerung geben. »Mangel an Disziplin« hatte Hirtenberg einmal gesagt, als er neben meinem Schreibtisch stand und vor Kälte zitterte. Wir hatten über chinesische Foltermethoden gesprochen, und das weckte seine Erinnerung. »Nichts als Mangel an Disziplin«, und er schlug sich an die Stirn und grinste. »Man sollte vergessen können.«

Man sollte vergessen können. Meist gelang es mir.

»Meine Reflexe sind zu stark konditioniert«, klagte Hirtenberg. »Wie beim Pawlowschen Hund, dessen Maul beim Ertönen einer Glocke wäßrig wurde. Wenn jemand auf bestimmte Weise eine Zigarette anzündet, kriege ich Kopfschmerzen, wenn ich eine Frau ein Ständchen singen höre, Magenschmerzen.« Aber Hirtenberg war ein Verrückter, der echteste Verrückte, den ich kannte.

Ich übersprang nicht jeden zweiten Pflasterstein und ging nicht zurück, wenn ich einen ausgelassen hatte, wie es Kinder tun. Für mich gab es nichts als das Leben in seiner ganzen komplizierten Vertrautheit. Das Büro, Zeitungen, Waffen, Pferde, Filetsteaks und vielleicht, hin und wieder, den Duft einer Blume. Mit siebzehn hatte ich ein paar Gedichte geschrieben, aber inzwischen war es mit der Poesie vorbei. Ich wuchs mit offenen Augen auf, und das Wichtigste waren mir immer die unmittelbaren Ziele.

»Sie sind ein schlechter Stratege«, hatte Hirtenberg einmal gesagt, als ich ihm das erklärte. »Und ein erstklassiger Taktiker. Sie sind kein Mann für Stabsarbeit.«

Die reale Welt war tröstlich und klar, aber so konnte es nicht immer sein. Der Moment kam, ein-, zweimal oder sogar öfter, daß man eine Pause einlegte, daß man innehielt und rückwärts lauschte. Es war nicht zu umgehen; es kam einfach so. Wenn große Fragen untersucht und Anforderungen bestanden werden mußten. Einst in Düsseldorf ging ich von Elsa, der Schauspielerin, der ersten Frau in meinem Leben, von ihrer muffigen Wohnung nach Hause. Ich hatte eine Mattigkeit in den Gliedern und blieb an einer Ecke stehen und sah zu den Sternen hinauf, enttäuscht, aber ernst und männlich, und sah der Tatsache ins Auge, daß ich jetzt erwachsen war.

Der springende Punkt war der, daß ich all das bereits kannte. Ich wußte, daß man sich gewissen Fragen stellen muß, auch wenn sie einem suspekt sind, großartigen Begriffen wie Erwachsenwerden, Haß und Tod. Man konnte ihnen nicht entkommen. Aber ich verabscheute sie. Das Leben, faßbar und nahe, spüren, schmecken, riechen, sehen und hören zu können. Nur nicht diese sonderbaren, unerklärlichen kleinen Bewegungen des Magens, die Schmerzen, Haß oder Angst hervorriefen.

Man konnte ihnen nicht entkommen. Ich lernte das Gefühl kennen, das ich damals in Düsseldorf für das Erwachsenwerden hielt. Oder Angst – als ich einmal von einem galoppierenden Pferd gestürzt und mit dem Kopf an eine Steinmauer geprallt war. Aber nicht Tod. Das war ein Wort, eines Gentleman unwürdig. Egal, wie viele zerstückelte Leichen man sah, wie viele Augäpfel sich im letzten Gefecht zum Himmel drehten. Die Leichen gehörten zum Plan. Aber als einmal eine Granate herunterkreischte, vollführte mein Magen eine dieser kleinen Bewegungen, den »Stoff für Dichter und Träumer«, wie Hirtenberg erklärt hatte.

Dies durfte man nicht zu ernst nehmen. Was ich auch kaum tat.

»Sie hassen Tiefgründigkeit und Seelenerforschung«, hatte Hirtenberg einmal anklagend gesagt.

Diese Bemerkung machte mich böse.

»Seele?« fragte ich. »Meinen Sie die weit verbreitete Vorstellung, daß der Mensch ein Gebilde im Brustkorb trägt, das ein eigenständiges Leben führt und das, wenn er stirbt, den Körper verläßt, um sich in die Sphären zu erheben? Oder ist sie ein Halo um das Gehirn? Ich bin über die neuesten wissenschaftlichen Erkenntnisse nicht auf dem laufenden. Bitte lassen Sie mich damit zufrieden, und aschen Sie nicht auf mein Manuskript.«

Hirtenberg lachte und sagte: »Man könnte glauben, Sie seien Realist, aber da es in Deutschland keine Realisten gibt, nehme ich Ihren Ausbruch als Zeichen der Langeweile.«

Das stimmte. Hirtenberg mit seinen ständigen Erinnerungen und der Zergliederung seiner und anderer Leute Seele langweilte mich. Das Leben war greifbar, zu genießen und zu meistern. Und für andere Dinge gab es praktische und klar definierte Schubladen. Neid: die Abneigung gegen jemanden, der einem etwas, das man hat oder haben will, wegnehmen will. Nichts Kompliziertes. Ich wollte nicht, daß Perlheimer den Oberbefehl in Polen bekam. Ich wollte nicht, daß damals in Oxford Bailey den zweiten Satz gewann. Ich wollte nicht, daß Petkow Nadja je wieder küßt. Andere Schubladen mit den Aufschriften ANGST, HASS, EINSAMKEIT.

Die noblere Seite in mir gab zu, daß das Leben Überraschungen birgt und daß man innehalten, lauschen muß und dem eiligen Fluß der Vergangenheit keine Hindernisse in den Weg legen darf. Das war eine gute Sache und ersparte einem viel Ärger. Ich wußte, daß es Ecken gab, hinter denen Gefahren lauerten, doch ging ich unbeirrt weiter, gewappnet gegen unangenehme Überraschungen und Ängste. Es war gut so; ich wußte, was ich fühlen würde, sollte Nadja mich je verlassen oder ich sie im Bett mit Petkow oder Fowler oder Buchanan erwischen. Es gab nur wenige Kombinationen und kaum Überraschungen im Leben. Es floß würdig und traditionsbewußt dahin, vom Bett zum Schreibtisch, vom Mittagessen zum Ausritt, vom Kirchenbesuch bis zum Eintreffen der Gasrechnung. Es waren Aufgaben zu erledigen und Pflichten zu erfüllen. Man verhielt sich den Gesetzen entsprechend. Onkel Herbert begab sich einmal jährlich auf die Jagd. Er nannte es Säuberungsaktion. Er war da zwei Tage allein, führte Selbstgespräche, hing Erinnerungen nach und ›zog Bilanz‹. Dann kehrte er zufriedener und mit erleichtertem Gewissen nach Schloß Borstenhof zurück. Er ging zur Säuberung der Seele in den Wald und zur Säuberung des Körpers nach Karlsbad. Ich brauchte das nicht. Ein paarmal im Leben kann man nicht anders, als den Dingen ins Gesicht zu sehen und Bilanz zu ziehen. Das war alles. So wie heute.

Die Kerzen spuckten, und Nadja stellte irgendeine banale Frage. Fowler antwortete; das Licht flackerte auf seinem Gesicht. Offensichtlich war heute einer dieser Tage, an denen man den Luxus der übertriebenen Beschäftigung mit sich selbst nicht vermeiden kann. Die Vergangenheit kam hoch, und aus ihr wuchs ein Schatten und füllte den Abend, der vielleicht eine Entscheidung brachte. Vielleicht würde ich etwas Neues erfahren, so wie ich eines Tages das Gefühl des Erwachsenwerdens und der Angst erfahren hatte. Ich war nicht beunruhigt. Von überall her konnte ein Angriff kommen, aber ich war vorbereitet. Bis dahin gab es die Realität, in der ich mich aufgehoben fühlte. Da waren die Schultern von Nadja, gelb und zusammengezogen und weich, wenn ich die Hand darauf legte. Da war der Geschmack der Moussaka, von Gewürzen, Reis und Fleischbällchen. Vielleicht sollte ich mich darauf konzentrieren: eine Form der Abwehr. Da war das Tropfen der Kerzen, und da war der Krieg. Irgendwo rollten Panzer, fielen Bomben, lagen Leichen junger Männer. Wie auf graphischen Darstellungen: schwarze Striche führten sternförmig von den Panzern oder Leichen in ein Büro in Berlin, auf einen Schreibtisch, eine Tafel, eine Aktennotiz. Und sie führten auch hierher, zu Fowler und mir. Alles war Teil des Plans.

»Man kann nicht nach Plan leben«, sagte Hirtenberg, aber der war ein verrückter Österreicher, schwindsüchtig und durch und durch schnoddrig (seine Hauptabwehr gegen die Vergangenheit und keine sehr gute dazu). Es war doch möglich. Die Dinge, die man wollte, waren einfacher Natur. Man wollte kein Feigling sein, und die alten Regeln halfen einem zu verstehen, daß das einzige, vor dem man Angst haben muß, die Angst selber ist. Man wollte Selbstachtung, und man mußte das Instrumentarium besitzen, um sie aufrechtzuerhalten. Man wollte Treue von seinen Männern und war gewillt, den eigenen Vorgesetzten Treue entgegenzubringen. Man wollte zu einem glorreichen Ganzen gehören, und man wollte Deutscher sein: geachtet und gefürchtet. Von Fremden geliebt zu werden war einem nicht so wichtig; das konnte später kommen, und wenn sie die Liebe nicht geben wollten, dann würden wir ihnen Angst machen; daraus würde Respekt erwachsen; der Respekt hätte Verzeihen zur Folge, dieses Verzeihen würde Dankbarkeit hervorrufen, und die Dankbarkeit würde uns zu guter Letzt ihre Zuneigung sichern. Hirtenberg irrte sich. Man wollte diese Uniform und den Ruhm. Und man wollte eine Frau. Und da man diesen Plan hatte, kannte man sich aus mit dem Leben und brauchte keine Angst zu haben. Man wußte, daß man fünfundvierzig war und was das bedeutete. Erschöpfung und Befriedigung hielten sich in Grenzen. Man schlief drei- oder viermal die Woche mit seiner Frau, ritt, trieb Sport, blieb in Form. Man würde fünfzig werden und fettes Essen meiden und nur noch zweimal die Woche mit seiner Frau schlafen. Weniger Fett, weniger Fleisch und weniger Liebe, aber gleichzeitig steigt das Interesse an Landkarten, diplomatischen Noten, an Pferden und guten Weinen. Na und? Ich konnte mich gut im Alter von sechzig sehen, in einem Wagen des Stabs, mit geradem Rücken und grauen Schläfen, mit vier Majoren und fünf Unteroffizieren, über Landkarten gebeugt, auf die ich mit dem Finger zeigen würde.

Man sollte vergessen können. Aber warum so viel Aufhebens davon machen wie Hirtenberg? Er wappnete sich gegen die Vergangenheit, gegen einen nicht existierenden Feind.

»Angst vor Umzingelung«, sagte ich zu ihm in einem entspannten Moment. »Wie die des Führers ist auch Ihre Angst real. Aber behalten Sie Ihren Sinn für das Maß, Hirtenberg: die trauernde Witwe des Wiener Gewerkschafters, den Sie ins Lager geschickt haben, ist nicht die britische Marine.«

Hirtenberg war ein hoffnungsloser Fall. Eines Tages würde er zusammenbrechen. Er wünschte sich eine dauerhafte Amnesie, der Esel. Warum Angst haben vor Erinnerungen? Ich hatte keine. Heute abend zum Beispiel. Oxford, Buchanan und Sue waren wieder aufgetaucht. Zugegeben, das erste Mal seit vielen Jahren, na und? Zweifellos hatte Fowlers Erscheinen einen ganzen Schwarm von Gedanken in Bewegung gebracht. Aber ich wußte, in welche Schubladen sie gehörten, was ich bei ihnen empfand.

Der Haken an Hirtenberg war, daß er keinen Sinn hatte für die Bedeutung der Dinge. Waffen, Landkarten, Pferde, der Schenkel einer Frau, riefen keine Unruhe bei ihm hervor. Ich legte Gewicht auf gewisse Objekte; sie waren mir lieb und teuer. Zum Beispiel das Glas Bier in Tripolis. Es spielte eine größere Rolle in meiner Vergangenheit als alle meine Cousinen und Tanten. Hirtenberg konnte einem Glas Bier keine besondere Wertschätzung entgegenbringen. Er mochte Bier, nur auf völlig unpersönliche Art. Aber dieses frische Glas Bier in Tripolis nach vier Tagen Sandsturm und Tag- und Nachtarbeit in einem schwülen Büro! Es kam in einem hohen, feuchten Glas mit üppigem Schaum, der langsam das glänzende Glas hinunter auf die Bar rann. Ich hob es, betrachtete es. Es war eiskalt zwischen meinen Fingern, und meine Kehle, mein Magen, mein ganzer Körper und das, was Hirtenberg Seele nannte, öffnete sich wie eine plötzlich aufschwingende Tür. Dann sagte ich zu dem Araber psst und fing an zu trinken. Ich öffnete einfach den Schlund, es floß hinunter, kalt und bitter, ergoß sich in meine Eingeweide und füllte mich mit bitterer Kühle. Es war nichts als ein Glas Bier, nicht mal der besten Qualität, ein Glas, das ich am vierten Tag eines Chamsin in Tripolis im Jahre 1938 trank. Ich werde es nie vergessen. Oder die Zigarette, die ich plötzlich in Köln in der Brusttasche eines alten Anzugs entdeckte, als sich die Nacht hinzog, ich gerade einen Bericht fertiggeschrieben hatte, mich rundum zufrieden fühlte und nichts wollte als eine Zigarette. Und dann suchte und fand ich sie. Oder das Wiener Schnitzel im Bahnhof von Nisch, als wir im Schneesturm nach Sofia fuhren. Der warme, würzige Geschmack des ersten Bissens an Zunge und Gaumen, gutes altes Schnitzel. Wenn man die Dinge des Lebens schätzt und liebt, dann geht es einem viel besser. Natürlich gab es Ausnahmen. Beispielsweise wenn man durch eine Dresdener Straße ging und aus einem Barockfenster ein Hammerklavier ertönte, wenn man voll Wein war, sich einem plötzlich der Magen hob und Traurigkeit einen überkam. Solche kurzen gefährlichen Momente gab es, aber wenn man es vorher wußte und Handlungsalternativen hatte, konnten sie einem, so wie heute abend, nichts anhaben.

Und doch war es heute abend gewiß nicht ungefährlich, trotz der Tatsache, daß ich in einem stillen Eßzimmer mit Nadja, meiner Frau, und einem nicht ganz ebenbürtigen Feind, der mir ausgeliefert war, am Kopf der Tafel saß. Wir aßen jetzt Käse und Sellerie und machten Konversation. Die äußeren Umstände waren beruhigend. Der Krieg ging gut voran. In Rußland schien es einige Schwierigkeiten zu geben, aber nichts Ernstes. Ich mußte noch ein paar Wochen hierbleiben, bis mein Urlaub zu Ende war und wir nach Berlin, Rom und, wer weiß, eines Tages nach London fahren würden. Es waren Aufgaben zu erledigen. In der Zukunft erwarteten mich Blechbläser, Fahnen und Paraden. Ich war fünfundvierzig und im Vollbesitz meiner Kräfte. Ich war in der Lage, achtzehn Stunden am Tag zu marschieren, notfalls drei Tage im Sattel zu sitzen, in vierundzwanzig Stunden zwei- oder dreimal eine Frau zu lieben. Ich hatte noch alle meine Haare, kannte Zahnarztpraxen nur von außen, und bis auf eine leichte, aber chronische Verstopfung (die auch junge Leute haben können) gab es keinen Anlaß zur Klage. Aber heute abend war es dennoch nicht ungefährlich.

Ich hatte ein komisches Gefühl in der Brust, ein Gefühl der Ausgelassenheit und des Leichtsinns. Das Gefühl war mir nicht neu. Einmal als junger Kadett in der Kirche: Ich sah mich herausgefordert, gegen den Versuch, mich zu beherrschen, aufzustehen, mich zwischen dem Generalmajor und Frau Paulus vorzubeugen und den salbadernden Geistlichen auszubuhen. Wahrscheinlich kennt jeder solche törichten Anwandlungen. Ein andermal aßen wir in Antonescus Haus zu Abend, als ich in einem bestimmten Moment den Drang verspürte zu rülpsen, nur um die Gesellschaft zu schockieren. Die Unterhaltung hatte sich dahingeschleppt und Kapitän Neubacher stark genäselt, während er über Napoleons russischen Feldzug dozierte. »Und dann«, sagte er, »kaa-aam der Winter« und dehnte die Silben derart, daß die anderen sich fast die Hälse verrenkten, um ihnen folgen zu können. Es mag noch vier oder fünf ähnliche Momente gegeben haben, die ich alle ganz gut überstand.

Heute abend aber war es anders, als verlagere sich der Druck auf meiner Brust langsam zum Magen. Es war ein Gefühl der Abneigung gegen den alten Kodex. Vielleicht war dies das Endstadium im Prozeß des Erwachsenwerdens. Ich weiß nicht, warum ich das dachte, aber es tat mir gut. Das letzte Mal, als ich das bewußt empfand, war in Hamburg gewesen, als ich plötzlich erkannte, was man unter Melancholie versteht, einem Wort, dem ich vorher tief mißtraut hatte. Ich saß abends am Fluß; etwas löste sich in mir, ich sah über das Wasser und war sehr traurig. Es war eine neue Art Traurigkeit und paßte genau zu dem Wort Melancholie.

Heute abend war es gefährlich, und mir war, als würde etwas mit dem Kodex geschehen. Merkwürdigerweise fiel mir plötzlich ein, was Buchanan über Kolonialoffiziere im Empire gesagt hatte, die in irgendeinem gottverlassenen Kaff lebten, wo sie, total isoliert in feindlichem Klima, ihre Pflicht taten, gepeinigt von Fliegen, Krankheiten und der Sonne. Er sagte: »Das ist Größe, Helmuth. Nicht das übliche Empiregequatsche, Ruhm und Union Jack und dieser ganze Kram.« Erst Jahre nach Buchanans eher oberflächlicher Beschreibung der britischen Imperialisten verstand ich, was er gemeint hatte. Es war in einem Edelbordell in Paris. Ich wollte meine Stiefel anbehalten. Die kleine, mollige Französin fragte immer wieder: »Mais pourquoi, monsieur, pourquoi?« Ich konnte ihr unmöglich erklären, daß nach Onkel Heinrichs Meinung der eigentliche Unterschied zwischen einer Dame und einer Nutte der ist, daß man die Stiefel nicht auszieht, wenn man mit letzterer ins Bett steigt. Ich hatte Onkel Heinrich für verschroben gehalten, aber dann ging mir auf, daß das, was er gesagt hatte, zu dem alten und manchmal auch seltsamen Kodex gehörte. Dasselbe geschah, als ich nach meiner Rückkehr aus Oxford den Stechschritt reichlich lächerlich fand. Heute natürlich nicht mehr.

Heute abend war es gefährlich. Es war gefährlich, weil die Atmosphäre ehrliche Antworten zu verlangen schien. Einen Moment lang sann ich darüber nach, was geschehen würde, sollte Nadja in ihrer üblichen Art fragen ›Draga, liebst du mich, liebst du mich noch?‹ und ihre Schultern hochziehen.

Heute abend hatte ich das Gefühl, daß es in Ordnung war, solche Fragen zu stellen. Nadja war hier. Sie war beeindruckend. Manchmal empfand ich Haß für sie, manchmal Liebe. Es war mir nicht möglich, eine klare Grenze zwischen beidem zu ziehen. Einmal zum Beispiel litt ich an einer kleinen Magenverstimmung. Nichts von Belang, aber natürlich war ich gereizt. Das beste wäre gewesen, auszureiten und, falls das nicht möglich gewesen wäre, am Schreibtisch zu arbeiten, zu lesen und Tomatensaft zu trinken. Aber Nadja hatte wenig Verständnis für Magenverstimmungen. Sie kam und fragte: »Wie gefallen dir meine neuen Schuhe?«

Die Frage ärgerte mich schrecklich. Das lag natürlich, wenn ich fair bin, an meiner Magenverstimmung, aber ich empfand sie als frivol. Ich hätte Nadja am liebsten nach draußen auf die Straße gezerrt, damit sie sieht, wie manche unserer Frauen leben. Aber ich beherrschte mich.

»Sie sind hübsch.«

»Du scheinst nicht sehr begeistert.«

»Ich finde sie hübsch. Warum sollen mich ein Paar Schuhe begeistern?«

»Ach!« Sie zog die Achseln hoch. »Du interessierst dich nie für meine Sachen. Ich freue mich so darüber.«

»Es sind sehr hübsche Schuhe.«

Ich fühlte, wie mir das Blut vom Magen in den Kopf stieg. Sie stand vor mir, zog ihren Rock hoch bis zum Knie, betrachtete ihre Beine und Schuhe. Sah sie nicht, daß es mir nicht gutging und daß sie mich besser zufrieden ließ?

»Gefallen sie dir wirklich?«

»Ja.« Ziemlich scharf.

Sofort sah sie auf. »Was ist los mit dir?«

»Nichts.«

»Irgendwas nicht in Ordnung?«

»Nichts, absolut nichts.«

»Aber du bist ja deprimiert, mein armer Schatz.« Sie warf sich auf meinen Schoß und knabberte an meinen Ohrläppchen. Normalerweise mochte ich es, wenn sie an meinen Ohrläppchen knabberte, aber jetzt ging es mir gründlich auf die Nerven. Ich ruckte den Kopf weg und sagte: »Bitte.«

»So«, sagte sie kalt, starrte mich an und stand auf. »Du magst es also nicht, wenn ich dich küsse? Na schön.«

Das war der Gipfel. Ich erwiderte: »Nicht, wenn ich Magenschmerzen habe.« Sie produzierte eine ihrer nervtötenden Schulmädchengrimassen.

»Ach, immer du und deine Magenschmerzen.«

Ich antwortete nicht. Sie fing an, auf und ab zu gehen. Wäre der Kodex nicht gewesen, ich hätte aufstehen und sie abknallen können. Aber dann kam sie und entschuldigte sich. Natürlich war das Ganze zu unbedeutend, um Aufhebens darum zu machen. Es änderte nichts an unserer Ehe, gar nichts. Ich hatte meine Magenverstimmungen, und sie hatte ihre Migränen, hielt fast liebevoll an ihnen fest und setzte sie strategisch ein, um mir Mitleid abzupressen. Onkel Heinrich sagte dazu: »Der älteste Abwehrmechanismus der Welt.« Und so war es auch.

Sie setzte die Migräne häufig ein, zum Beispiel dann, wenn sie ein schlechtes Gewissen hatte, wegen eines neuen Hutes oder einfach wenn sie sich langweilte und um sich herum emotionale Intensität vermißte. Mitleid war noch das Billigste, was ich ihr geben konnte, zumal es nicht echt war. Ich beobachtete sie, wenn sie in ihrem dämmrigen Schlafzimmer lag, die Stirn mit einem nassen Handtuch bedeckt, auf dem Nachttisch neben sich Tabletten.

»Ach, Liebling«, wand sie sich unter Schmerzen, während ich neben ihrem Bett stand, ihre Hände streichelte, »Meine arme, arme draga« sagte und absolute Leere empfand.

Aber der Kodex war stark, und ritterlich Mitleid zu zeigen – wenn möglich mit einem Strauß Rosen – war seine Konsequenz.

Aber all dies, Kopfweh oder Magenschmerzen, änderte eigentlich nichts. Hirtenberg hatte derartige Verstimmungen einmal ›Wetterleuchten‹ genannt. Er hatte recht, obwohl es zynisch war. Einmal hatte er gesagt: »Meine nervöse Impotenz verleiht mir die totale Überlegenheit über die Frauen, zu Land, zu Wasser und in der Luft.« Jedenfalls verglich er die menschliche Gemeinschaft mit einer schwülen Sommernacht, wenn der Himmel kurze trockene Blitze, aber keinen Donner mit darauffolgendem Sturm hervorbringt. Wetterleuchten. Ob das nun stimmte oder nicht, war mir recht gleichgültig. Wichtig war, daß es kaum etwas änderte. Ja, es gab Momente, da hätte ich Nadja erschießen können. Ebenso muß es Momente gegeben haben, da sie mich hätte erwürgen können. »Derlei Kleinigkeiten«, sagte Hirtenberg, als ich ihn noch einmal kurz in Paris traf, »wie der Wunsch, jemanden, den man liebt, umzubringen, sollte nicht zur Auflösung einer Partnerschaft führen.«

Es gab im Leben zentrale Dinge, die in den Kodex eingebettet waren, und alles, was sich darum herumrankte, war zweitrangig. Ich war Offizier. Da waren das Vaterland, der Stab und die Fahne entscheidend. Ob der Österreicher recht daran tat, Juden, Polen oder Eskimos zu verfolgen, hatte mit der zentralen und unvermeidlichen Tatsache, daß ich Deutscher war, relativ wenig zu tun, so wie meine kleinen Haßanfälle während einer Magenverstimmung meine Ehe nicht wirklich beeinträchtigten. Wir waren verheiratet, und das sollte so bleiben bis zum Tode. Ich war Deutscher und Offizier, und es war unwichtig, ob ich mit diesem oder jenem einverstanden war, ob ich gern marschierte, hungerte oder starb. So war der Kodex, solide wie die Erde.

Natürlich gab es auch Zweifel: an meinem Vaterland, an Nadja. Aber der Kodex hatte einen fest im tröstlichen Griff. Wenn ich also die *Times* las, die Böhmer mir regelmäßig aus Lissabon schickte, fragte ich mich, was geschehen würde, falls der Unfug, den sie über uns schrieben, wahr wäre. Aber das konnte nicht sein: Sie hatten sich komplizierte Theorien zurechtgelegt, daß wir die Schuldigen, von Grund auf Bösen seien. Natürlich war das Unfug; auch einige ihrer eigenen Leute sagten das. Warum also ihrer komplizierten Geschichtsdeutung folgen, daß wir im Irrtum und böse waren, wenn unsere einfache historische Deutung das Gegenteil ergab?

Ich hatte mich immer dagegen gewehrt, die offensichtliche Wahrheit, die viel wahrer zu sein scheint als die komplizierte, in Zweifel zu ziehen. Die Wahrheit ist ein Instrument und eine Methode, um Dinge zu erklären, zu rechtfertigen und das Leben ganz allgemein zu erleichtern. Wie ich mich heute abend fühlte – gesund und in Sicherheit und mit allem versehen, was Zufriedenheit einem geben kann –, das war die Wahrheit. Ich aß zu Abend mit einer Frau, die meine Frau war, und mit einem Mann, der mein Feind war. Das war die Wahrheit, und es gab keinen Grund, warum unerwartete Gefahren, Bewegungen des Magens oder ein Wetterleuchten das ändern sollten. Wenn doch, so war ich bereit, mich dem zu stellen. Ich ging immer noch davon aus, daß der Abend zu Ende gehen und ich der geblieben sein würde, der ich war, vielleicht reifer an Erfahrung, vielleicht älter, aber mit Nadja als Ehefrau und Fowler als Feind.

»Das Kashcewal ist ausgezeichnet«, sagte Fowler.

Ich sah auf meinen Teller und dann ihn an. »Das Beste, das dieses Land zu bieten hat«, sagte ich.

»Erstklassig, hmmm«, sagte er.

»Mögen Sie Camembert?« fragte ich ihn.

»Ja, doch«, erwiderte er. »Ich mag Camembert.«

Er sah etwas gerötet aus im Kerzenschein. Das kam vom Wein und vom Essen, und die Augenlider waren ihm schwer. Er muß müde sein, dachte ich. Er saß steif, mit geradem Rücken da, aber seine Wörter kamen langsamer als zuvor.

»Draga, du siehst müde aus heute abend«, sagte Nadja.

»Müde, ich?« fragte ich. »Kein bißchen.«

»Du siehst müde aus«, wiederholte sie. »Du hast zu viel gearbeitet. Oder ist es wieder dein Magen?«

Ich sah sie an; sie war völlig desinteressiert. Warum hatte sie das angesprochen? Wahrscheinlich nur, um mich zu ärgern. Sie knabberte gelangweilt am Käse.

»Mir geht es sehr gut«, sagte ich. »Darf ich Ihnen nachschenken?« fragte ich Fowler.

»Nein, danke«, sagte er lächelnd. »Besser nicht. Ich werde müde von zu viel Wein.« Er machte eine Pause. »Ich hatte einen langen Tag.«

»Ich auch«, zwitscherte Nadja. Sie war durch ihre Gedanken plötzlich wieder lebendig geworden. Sie beugte sich vor und zog die Schultern zusammen. Ich war gespannt, ob Fowler in ihren Ausschnitt sehen würde. Ihr langes, blauschwarzes Haar wogte über ihre Schultern, als ihre aggressiven Finger hindurchfuhren. »Ich bin früh aufgestanden, wirklich sehr früh. Um halb zwölf«, fügte sie hinzu. »Zu früh.«

Fowler lachte, sah mich an, und ich lächelte ihr väterlich zu.

»Ich um halb fünf«, sagte Fowler. Er fuhr sich mit der Hand kurz an die Stirn und runzelte sie. »Gott, ist das lange her, heute früh um halb fünf.«

»Erstaunlich, wie schnell die neuen Flugzeugtypen sind«, sagte ich. »Wahrscheinlich haben Sie irgendwo in Afrika gefrühstückt?«

Er legte die Hand wieder an die Stirn. »Ahäm«, sagte er geistesabwesend und starrte auf seine Portion Käse. Dann schüttelte er den Kopf. Er sah sehr müde aus. »Ähem, ja.«

»Oder in Asien?« fragte ich pointiert.

Das amüsierte Nadja. »Das ist ja wunderbar!« sagte sie. »Was gab es zum Frühstück?«

»Kaffee«, sagte er langsam, »Eier und Speck.« Er lächelte sie an, aber sein Gesicht war vor Müdigkeit eingefallen.

»Kein Porridge?« fragte ich.

»Porridge?« fragte Nadja. »Was ist Porridge?« Gleichzeitig sagte Fowler: »Nein, kein Porridge«, und wir lachten, Fowler und ich artig und Nadja offen heraus; ich erklärte ihr, daß Porridge zu einem englischen Frühstück gehört.

»Frühstück in Afrika«, sagte Nadja und klatschte entzückt in die Hände, »und Abendessen hier; wie wunderbar!«

»Ja«, sagte Fowler. Er sah mich an und sagte: »Ich würde gern wissen, wo ich morgen frühstücke.«

Nadja lachte noch immer und hörte seine letzte Bemerkung nicht.

Ihr Lachen hallte mir noch in den Ohren, als Slawko hereinkam, um abzuräumen. Dieses Lachen gefiel mir gar nicht. Plötzlich beschlich mich das Gefühl, ich hätte unnötig Zeit vergeudet. Ich sah Fowler an, der mit seiner Serviette spielte, und dachte, diese Sache muß sofort erledigt werden. Es war gut und schön, daß er zum Essen da war, aber es hatte sich als Enttäuschung herausgestellt und mich auf unangenehme Erinnerungen gebracht. Ich hatte nicht vor, ewig den charmanten Gastgeber zu spielen. Die Sache mußte aus der Welt geräumt werden.

Es war etwa Viertel nach neun, also schon ziemlich spät. Bald mußte der Kurier vom Hauptquartier eintreffen. Unterdessen wollte ich meinen kleinen Privatplan in Angriff nehmen. Ich beschloß, ihn durchzuziehen. Bis der Kurier mit endgültigen Anweisungen eintraf, wollte ich Fowler am Boden haben.

Ich sah zu Nadja, wollte ihren Blick einfangen, aber sie war ganz auf Fowler konzentriert, während sie das tägliche Frühstück in der Sommerresidenz des alten Mirkowitsch in Split beschrieb. Ich wollte den Raum nicht unvermittelt verlassen. Das hätte sie verunsichern und dazu führen können, daß sie einen Fehler macht. Also wartete ich ein paar Sekunden und schaute dann auf meine Armbanduhr. Das sah sie aus dem Augenwinkel und wandte sich zu mir um.

»Leider muß ich mal telefonieren«, sagte ich harmlos. Mein Blick schweifte durch den Raum und blieb einen Moment an ihren Augen hängen. »Sie entschuldigen mich doch?«

Sie kniff die Augen zusammen. Womöglich wartete sie auf ein Stichwort. Ihr sollte klar sein, daß ich mich bedeckt halten wollte. Ich sah Fowler an, der meinen Blick erwiderte.

»Ähm, ja, natürlich«, sagte er.

Ich stand langsam auf und blieb noch einen Moment am Tisch stehen. »Liebling«, sagte ich zu Nadja, »bitte kümmere dich um unseren Gast. Ich bin gleich wieder da.«

Jetzt wußte sie Bescheid und sah einen Moment lang besorgt aus.

»Ja, draga«, sagte sie schnell und sah auf ihren Teller.

»Bin gleich wieder da«, sagte ich zu ihm. »Auf dem Buffet sind ein paar Zigarren. Bedienen Sie sich.«

Er dankte; ich drehte mich um und ging zur Tür. Ich hatte das Gefühl, daß mir beide nachsahen, und ganz kurz spürte ich eine Art Verschwörung im Raum. Als ich die Tür öffnete, lächelte Nadja mir zu, und ich ging hinaus. Sie schauten mir gar nicht nach. Sie bot ihm aus einer kleinen kupfernen Dose eine Zigarette an. Er nahm sie. Das letzte, was ich von ihm sah, war die plötzliche Röte seines Gesichts, als er ein Streichholz anriß.

Schwalke wartete im Arbeitszimmer auf mich. Er roch wieder. Manchmal war es kaum zu ertragen. Er stand steif da und schwitzte vor sich hin.

»Alles in Ordnung?« fragte ich.

»Ja, Herr Major«, sagte er. »Das Haus ist von dreißig Leuten umstellt.«

»Gut«, sagte ich und begann, auf und ab zu gehen. »Was ist mit dem Kurier?«

»Ist noch nicht da, Herr Major.«

»In Ordnung, gehen Sie jetzt.«

Er salutierte und verließ das Zimmer. Ich ging zum Fenster, das zur Einfahrt hinausging, und öffnete es. Schwalke hatte eine säuerliche Fahne zurückgelassen.

Ich fühlte mich schon viel besser. Wenigstens konnte ich jetzt handeln; das Ganze war recht spannend. Ich setzte mich hinter den Schreibtisch, zündete eine Zigarette an und sah wieder auf meine Uhr: um neun Uhr fünfundzwanzig hatte ich das Eßzimmer verlassen. Mittlerweile mochte sie mit ihm sprechen. Ich hoffte, sie machte ihre Sache gut. Schließlich war es ganz einfach. Sie war eine gute Schauspielerin und er ein Schwachkopf.

Natürlich war es durchaus möglich, daß er den Braten roch und das Angebot ausschlug. Das wäre sehr schade. Ich versuchte mir vorzustellen, was ich an seiner Stelle tun würde. Ich würde die Chance beim Schopf packen. Vor allem, wenn ich jemanden in der Gegend kannte. Ich hatte ihm seine Lage recht deutlich vor Augen geführt, und die Flucht wäre ein Gottesgeschenk für ihn.

Wenn er wirklich Verbündete hier hatte – und dessen war ich mir ganz sicher –, war es unwahrscheinlich, daß er sie jetzt preisgeben würde. Andererseits, wenn er versuchen würde zu fliehen und man ihn fassen und gedemütigt zurückbringen würde, könnte es sein, daß er redet. Ihr sogenanntes Pflichtgefühl war mir bekannt. Aber auch bei ihnen gab es Feiglinge. Mir fiel ein, wie ich eines Abends in Berkeley dem blöden Rothaarigen eine gescheuert hatte. Er unternahm nichts: nicht mal Visitenkarten wurden ausgetauscht. Darüber hinaus stellte Buchanan, der bei mir war, zu meiner Empörung fest, daß es sich nicht zu duellieren lohne. Man könnte ja dabei ums Leben kommen.

Jedenfalls war es den Versuch wert. Versuchte er tatsächlich zu entkommen, war das ein weiterer Beweis, daß er Freunde in der Nähe hatte. Sonst würde er das nicht wagen in Feindesland.

Es war jetzt neun Uhr neunundzwanzig.

Ich versuchte mir vorzustellen, wie Nadja genau in diesem Augenblick zu ihm sagte: »Gehen Sie, durch die Hintertür.« Dann würde sie ihn zur Tür des Eßzimmers führen. Er würde durch die Halle schleichen, die Tür zur Vorratskammer und dann die zum Garten öffnen. Das würde allerdings etwas dauern. Er könnte Ausflüchte machen oder zaudern. Ich mußte ihr noch Zeit lassen.

Möglich, daß er auf die Sache hereinfiel. Schließlich hatten sie einen Hang zu leichtsinnigen und romantischen Handlungen. Wieder versuchte ich, mich in ihn hineinzuversetzen. Wenn er Sinn fürs Dramatische hatte, würde er nicht widerstehen können.

Es wäre sehr schade, falls doch.

Noch vor der Gartentür würde man ihn fassen. Ein kurzes Handgemenge würde folgen. Er hatte keine Waffe, dafür einen verstauchten Knöchel. Er würde sich ergeben und, begleitet von den Männern, langsam zurückkommen.

Beinahe war mir, als hörte ich Schritte auf der Einfahrt. Ich lauschte. Stille. Nur die Frösche quakten.

Ich wollte nicht zum Fenster gehen und hinaussehen. Er würde mich, wenn er zurückkam, sehen und den Plan durchschauen können. Er sollte aber annehmen, daß er einfach Pech gehabt und ich damit nichts zu tun hatte. Er sollte sehen, wie überrascht ich war, und er sollte mich mißbilligend sagen hören: »Aber Captain Fowler, wirklich!«

Heute morgen hatte er in Afrika oder Asien gefrühstückt. Ich würde, was immer geschah, dafür sorgen, daß er morgen früh Eier und Speck bekam.

Jetzt war es neun Uhr dreiunddreißig. Ich überlegte, ob ich zu Nadja hineingehen sollte. Aber sie würde von selbst kommen, wenn er schon weg war. Dann müßten von draußen schnelle Schritte und Rufe zu hören sein. Aber außer den Fröschen war nichts zu hören. Quak, quak, gurr, quak.

Noch ein paar Minuten, und ich würde sie hören. Dann würden sie ihn hereinbringen. Dort auf der Schwelle würde er stehen, groß, recht gutgewachsen, mit seiner spitzen Nase, seinem Mündchen, seinem Tweedjackett, seinen zerknitterten Flanellhosen und seinen Wildlederschuhen.

Ich verabscheue Wildlederschuhe.

In Wildlederschuhen kann man keinen Krieg führen. Wofür hielten sie sich? Ich wußte, ich steigerte mich in Wut, und das fühlte sich gut an. Einige Male am Tisch hatte ich ihn fast gemocht: er war so töricht, so schwach, so hilflos. Aber jetzt dachte ich an seine Schuhe. Wildlederschuhe gegen Pläne und Flugzeuge, Panzer, Waffen und unsere Männer. Das war für sie der Krieg. Wildlederschuhe!

Ja, ich kannte ihren sogenannten Sinn für Humor voller verrückter Bosheiten, die kein Mensch verstand. Er war wie ein Geheimcode, eine Gaunersprache. Buchanan hatte mir einmal gesagt: »Die wirst du nie verstehen. Es ist nur die Gabe, nicht alles so ernst zu nehmen, am wenigsten sich selbst. Deshalb sind wir eine kultivierte Nation.«

Neun Uhr zweiundvierzig und draußen Stille: keine Schritte, keine Rufe. Nur die Frösche redeten.

Inzwischen mussten fast zwanzig Minuten vergangen sein, seit ich in diesem Zimmer saß und wartete; aber keine Rufe, keine Schritte, kein Fowler. Offenbar war etwas schiefgegangen. Mit einemmal empfand ich Enttäuschung wie ein Kind, das man schließlich doch nicht mit in den Zirkus nimmt. Aber es war eine leise Enttäuschung, und die Traurigkeit darin erschreckte mich etwas. Außerdem fühlte ich, daß unter dieser Enttäuschung noch etwas anderes lag.

Ich lauschte wieder, aber es war nichts zu hören: sogar die Frösche hatten aufgehört zu quaken. Nichts außer dem Wind, der sich vor ein paar Minuten erhoben hatte und sanft durch das Tal strich. Es war nicht der übliche menschliche Wind mit seinem Ächzen und Heulen und Wispern. Dieser Wind war nichts anderes als eben der Wind: zeit- und gestaltlos, ganz ohne menschliche Eigenschaften.

Ja, da war noch etwas anderes, nämlich die Erleichterung des Feiglings. Ich erhob mich, stand einen Augenblick da, starrte auf meinen Schreibtisch und fühlte mich erleichtert. Etwas benommen erinnerte ich mich an eine Begebenheit, die sich, Gott weiß wann, vielleicht vor dreißig Jahren, in Königsberg zugetragen hatte. Mein Cousin Otto, hochaufgeschossen, rotes Gesicht, der Beau der Stadt, ein Mensch, an den ich mich ungern erinnere, bat mich, zur Apotheke zu gehen und ihm ein halbes Dutzend Präservative zu besorgen. Ich weigerte mich, aber er triezte mich so lange, bis ich nachgab und losmarschierte, mit roten Ohren und hämmerndem Herzen. Ich hatte noch nie Präservative gekauft; außerdem war die Tochter des Apothekers eine Madonna mit Mondgesicht, die ich sonntags auf der Promenade traf und die meine schüchternen Blicke mit einem Madonnenlächeln erwiderte. Der Gedanke, sie um Cousin Ottos erotischen Bedarf zu bitten, war mir schrecklich wie die Hölle, aber Otto gelang es, mich beim Stolz zu packen, als er sagte, daß die von Borsts die halbe Welt bekämpft hätten, darunter die Kaiserin von Österreich, und daß es eine große Schande sei, vor dem Töchterlein eines Apothekers zu kneifen, egal, wie hübsch es sei.

Also machte ich mich auf den Weg. Als ich mich dem Laden näherte, fühlte ich mein Herz hart und schnell schlagen. Ich drehte mich um, ob Otto – eine notorisch mißtrauische Natur – mir gefolgt war. Die Straße war leer bis auf ein paar Frauen, die mit ihren Kleinkindern spazierengingen. Ich flehte inständig, daß Mathilde, die Apothekerstochter, zum Mittagessen oder Tee unterwegs war, aber als ich unter dem altmodischen Schild mit der verwitterten Aufschrift angekommen war, sah ich sie in einem weißen Kittel hinter dem Ladentisch stehen, ihr Mondgesicht umwallt von einem dichten Halo wachsfarbenen Haars. Noch schlimmer war, daß keine Kunden im Laden waren und Mathildes Vater, ein kleiner, untersetzter Mann, an der Kasse saß und die Abendzeitung las.

Da ich nicht wagte einzutreten, ging ich lässig auf und ab, als warte ich auf jemanden. Immer wenn ich an der offenen Tür vorbeikam, warf ich einen Blick hinein, ob Mathilde noch da war. Sie war da; außerdem entdeckte sie mich, woraufhin sich ihr Mondgesicht zu einem ungewohnt freundlichen Madonnenlächeln verzog. Unter anderen Umständen wäre ich wahnsinnig glücklich gewesen über dieses Lächeln und hätte es für die lang ersehnte Ermutigung gehalten.

Ich ging länger als fünf Minuten auf und ab, während die harte Kämpfertradition der Borsts eine erbitterte Schlacht mit der Scham austrug. Jedesmal wenn ich Mathildes Madonnengesicht sah, brach mir der kalte Schweiß auf der Stirn aus und tropfte auf meinen Kragen. Gleichzeitig dachte ich an Ottos Drängen und seine Abschiedsworte: »Schnell. Frau B., die Majorsfrau, kommt um halb sechs auf mein Zimmer.« Es war fast Viertel nach fünf, und ich hatte noch nicht den Mut aufgebracht, hineinzugehen.

Plötzlich legte der alte Mann seine Zeitung beiseite. Ich war ihm wohl verdächtig vorgekommen. Er kam aus dem Laden und sah mich über seine Brille hinweg an.

»Kann ich etwas für Sie tun, junger Mann?« Eine gespenstische Stille setzte ein. Die einzige Bewegung war mein auf- und abhüpfender Adamsapfel. Ich brachte kein Wort heraus. Ich wußte, wenn ich ihm sagte, was ich wollte, würde ich jede Chance, Mathilde irgendwann einmal mit väterlicher Genehmigung auszuführen, zunichte machen.

In diesem Augenblick – einem der längsten meines Lebens – hörte ich Schritte. Ich drehte mich um und sah Otto, auf dem Rückweg in die Kaserne, auf mich zukommen. Sein Gesicht war düster. Ich entschuldigte mich bei dem alten Mann, ließ ihn auf der Schwelle stehen und ging auf Otto zu. Er meinte kurz, ich solle den Auftrag vergessen: Frau B. habe soeben eine Nachricht geschickt, daß sie nicht zum Tee komme. Dann wollte er sein Geld zurück und ging mit kurzen, energischen Schritten davon.

Die Erleichterung, die ich empfand, ist eine der wenigen emotionalen Erinnerungen, die ich mir bewahrt habe. Ich stand einen Augenblick da, starrte Ottos schrumpfender soldatischer Gestalt nach, machte dann kehrt, ging in den Laden zu Mathilde und bat sie mit leicht zittriger Stimme um eine kleine Tube Brillantine. Ich erinnere mich noch deutlich an die Überraschung auf ihrem Gesicht, als ich, nachdem sie mir ein kleines Päckchen ausgehändigt hatte, plötzlich in Lachen ausbrach und »Danke, Madonna« sagte.

Diese Erleichterung! Wahrscheinlich erlebt jeder Mensch einmal ähnliche Gefühle der Scham und Anspannung und danach eine simple, tiefe Erleichterung. Nur merkwürdig, daß ich mich jetzt und im Zusammenhang mit Fowler daran erinnerte. Ich sah wieder aus dem Fenster; da war nichts außer den im Wind schwankenden Bäumen.

Komischerweise ärgerte ich mich, daß mich die Erleichterung nicht ärgerte. Fowler war nicht Mathilde; und das letzte, was ich von ihm wollte, waren Präservative. Und doch war sie da, die Erleichterung, ganz deutlich. Ich war erleichtert, daß Fowler nicht von Schwalke hereingeführt wurde, daß er nicht vor mir stand, aufgelöst und schamrot wie ein Schuljunge, den man beim Lügen ertappt hat. Ich stand auf. Offenbar entglitt der Abend dem Kodex, langsam verschwand die Wirklichkeit aus dem Blick. Für einen Augenblick war mir, als würde ich ohnmächtig, aber ich war noch nie ohnmächtig geworden – in meinem ganzen Leben nicht.

Ich ging hinüber zur Ecke neben dem Fenster, wo auf einem Tischchen mein Revolvergürtel lag. Ich schnallte ihn mir um und ging dann durchs Zimmer, wobei ich meine Stiefel weich auf dem Teppich hörte.

Ich öffnete die Tür und trat in die Halle. Ich blieb kurz stehen und betrachtete die Eingangstür, durch die Fowler und ich vor kurzem eingetreten waren. Ich sah uns hereinkommen, als wäre ich Slawko, mit diesem merkwürdigen Gefühl, das ich schon oft gehabt hatte, besonders wenn ich hoch zu Pferd an einem Fußgänger vorbeikam; einen Moment lang versetzte ich mich an seine Stelle und sah auf zu diesem aufrechten Reiter: zu mir.

Da sind wir also hereingekommen, dachte ich. Der Gedanke hatte etwas Ironisches, als hätte die Tatsache unseres Eintretens etwas Hochtrabendes, das der zufällige Beobachter, nämlich ich, belächeln könnte. Ich versuchte kurz abzuschätzen, wie lange das her war. Zuerst kam es mir sehr, sehr lange vor; aber in diesen zwei Kriegsjahren hatte ich gelernt, dem üblichen Zeitgefühl zu mißtrauen. Gewiß bestand der Tag nicht aus vierundzwanzig gleich langen Stunden. Von oben gesehen, war die Zeit fast wie eine Truppenbewegung, das Ausrichten der Streitkräfte auf ein Ziel hin. Hier und da bewegten sich die Spitzen frei und zügig voran, harmonisch in Reih und Glied. Aber es gab auch schwarze Stellen, wo sich das Heer wie erstarrt zusammenballte. Der heutige Abend war voll solcher starrer, schwarzer Zusammenballungen.

Ich lauschte und ging dann hinüber zur Tür des Eßzimmers, aber kein Laut war zu hören, und mir war unbehaglich, als befürchtete ich, Fowler könnte hinter mir stehen, mich beim Lauschen ertappen und sagen: »Also wirklich, Major von Borst.« Der Gedanke war so entsetzlich, daß ich herumfuhr, aber da war niemand. Ich drehte mich schnell wieder um und öffnete die Tür zum Eßzimmer.

Mein erster Gedanke war, daß ich diese Szene nie vergessen würde. Das elektrische Licht war aus, drei Kronleuchter mit je drei Kerzen, die von der Tür aus unnatürlich lang aussahen, brannten über dem Tisch. Der Raum war voll flackernder Schatten, vor allem an der Decke. Es war völlig still, außer dem schwachen Gewisper der Flammen. Nadja saß mit gesenktem Kopf allein am Tisch, sah auf ihren Teller, das Haar fiel in einer großen schwarzen Welle um ihr Gesicht.

Ich trat näher zu ihr, und endlich sah sie zu mir auf. Ihr Gesicht war ohne besonderen Ausdruck.

»Wo ist Fowler?« fragte ich.

Meine Stimme war nicht ungeduldig.

»Weg.«

Ich trat näher.

»Schlafen gegangen«, fügte sie schnell hinzu. »Mach dir keine Sorgen.« Sie rollte die R stark.

»Ich mache mir keine Sorgen«, sagte ich dezidiert. »Wann ist er gegangen?«

Ihr Haar bewegte sich wie ein schwarzes Samtcape. Sie zuckte mit den Schultern. »Vor ein paar Minuten.«

Ich setzte mich ihr gegenüber.

»Wo ist er?«

»Oben«, sagte sie nach einer kleinen Pause. »Ich habe ihm gesagt, wo das Gästezimmer ist.«

Wieder eine Pause; ich stand auf, ging zum Fenster und öffnete es.

»Er war sehr müde«, rief sie mir nach.

Ich beugte mich hinaus und brüllte: »Schwalke.«

»Ja, Herr Major«, kam eine Stimme aus dem Dunkel.

»Irgendwas vorgefallen?«

»Nein, Herr Major.« Schwalkes runder Schädel tauchte unter dem Fenster auf.

»Jemanden gesehen?«

»Nein, Herr Major.«

»Die Leute sollen auf ihrem Posten bleiben«, sagte ich. »Der Gefangene ist im Augenblick oben.«

»Ja, Herr Major, oben«, sagte Schwalke und salutierte.

»In der nächsten Zeit wird alles ruhig bleiben«, sagte ich. »Die Leute bleiben aber trotzdem auf Posten.«

»Ja, Herr Major.«

Sekundenlang spürte ich den dummen Drang hinzuzufügen: ›Er ist sehr müde‹, aber ich ließ es.

»Wenn der Kurier kommt, geben Sie mir sofort Bescheid«, sagte ich zu Schwalke.

»Sehr wohl, Herr Major.«

Ich schloß langsam das Fenster und drehte mich zum Tisch um.

Nadja saß noch fast genauso da wie eben.

Ich ging zurück zum Tisch, setzte mich, nahm einen Apfel und begann ihn hauchdünn zu schälen, so wie ich es von meinem Vater gelernt hatte.

»Also«, sagte ich. Die Schale löste sich wunderbar leicht.

»Er war sehr müde«, wiederholte sie. Aber es klang nicht entschuldigend. »Er ist fast eingeschlafen.«

»Da hast du ihn nach oben geschickt?«

»Ja.«

Die Schale löste sich in dünnen Kringeln, in fast einer einzigen appetitlichen Spirale. Ich sah Nadja nicht an. Ich lauschte ihrer Stimme, die ruhig und fast ausdruckslos war.

»Ich habe es genauso gemacht, wie du mir gesagt hast«, sagte sie.

Ich starrte auf den Apfel, der jetzt nackt wie ein neugeborener Säugling war, nackt und rosig. Ihre Stimme war weder bedauernd noch hastig. Während sie sprach, schien die ganze Zeit der Satz in ihren Worten mitzuschwingen: »Er war sehr müde, er war sehr müde.«

»Nachdem du weg warst«, fuhr sie fort, »sprachen wir. Über alles mögliche. Das Wetter und das Essen. Dann schloß er plötzlich die Augen, und sein Kopf fiel nach vorn, aber sofort richtete er sich wieder auf und lächelte verlegen. ›Entschuldigen Sie‹, sagte er, ›ich bin sehr müde.‹«

Ich teilte den Apfel in sechs Schnitze. Jeder hatte die Form eines Kanus.

»Dann habe ich alles so gemacht, wie du gesagt hast. Ich weiß nicht, ob ich gut oder schlecht war. Ich habe ihm gesagt, wie er fliehen kann. Ich habe gesagt, daß er mir sympathisch ist. Ich habe ihm genau das gesagt, was du mir aufgetragen hast. Ich weiß nicht, ob ich gut oder schlecht war.«

Sie machte mit der Linken eine kleine Bewegung, um ihr Haar wegzustreichen. Aber es fiel sofort wieder zurück. »Er hörte geduldig zu, aber ich habe sein Gesicht nicht die ganze Zeit sehen können. Ich habe mich nicht getraut, ihn anzusehen. Also war es vielleicht doch meine Schuld. Aber immer, wenn ich ihn ansah, hat er geduldig zugehört. Er hat mich an Vetter Swetosar erinnert, und es war deutlich zu sehen, daß er sehr müde war. Wie ein kleiner Junge, der zu lange aufgeblieben ist.«

Ich steckte mir das erste Apfelstück in den Mund. Es war kühl und süß.

»Als ich fertig war«, fuhr sie fort, »trat eine Pause ein, die mir schrecklich lang vorkam.«

Mir fiel auf, daß ihre Rede erstmals nicht mit den üblichen weiblichen Nonsensausrufen gespickt war. Sie klang bedacht, als wolle sie ernst genommen werden.

»Dann sah ich ihn wieder an«, sagte sie und machte wieder eine Bewegung. Ich wußte nicht, was für eine, da ich auf meinen Teller sah. Aber sie hatte etwas Heftiges. Sie führte sie nicht zu Ende; sie hielt auf halbem Wege inne, als hätte sie es sich anders überlegt. Es war eine reißende Bewegung, etwa so wie Krallen über eine nackte Brust ratschen. Dann sagte sie: »Ach, Helmuth.«

Ich sah zu ihr auf, sie hob anmutig die Hand an die Augen und strich sich über die Augenbrauen.

»Ach, Helmuth«, wiederholte sie wie in großer Qual. »Er sah mich einen Moment an, der mir entsetzlich lang vorkam, und er war schrecklich müde. Sein Blick war ohne Vorwurf, nur voller Verständnis, und er nickte wie ein kleiner Junge, der weiß, daß er gleich verhauen wird. Ich fühlte, wie ich rot wurde, Helmuth, es tut mir sehr leid. Wahrscheinlich war ich nicht gut, aber es ging nicht anders. Er sagte sehr langsam ›Danke‹ und dann noch mal, und merkwürdigerweise dachte ich, er hätte mir mein Märchen geglaubt, aber er sagte ›Erlauben Sie, daß ich mich ein Weilchen hinlege?‹ Zuerst wußte ich nicht, was er meinte, aber dann sagte er noch einmal: ›Ich bin sehr müde.‹ Was hätte ich denn tun sollen, Helmuth?«

Ich hielt den dritten Apfelschnitz hoch und sah dann zu ihr hinüber. Sie sah mir zum ersten Mal, seit ich eingetreten war, voll ins Gesicht.

»Nadja«, sagte ich milde und freute mich, daß meine Stimme so sanft und tröstlich klang, »bist du verliebt in Fowler?«

»Nein«, sagte sie.

»Bist du sicher?« fragte ich.

»Ja«, sagte sie, »ganz sicher.« Sie war sicher.

»Er war sehr müde«, sagte sie.

Als ich Nadja über den Tisch hinweg beobachtete, während ich im stillen Halbdunkel des Zimmers den Apfel aß, spürte ich, wie sich plötzlich Ernüchterung breitmachte, als hätten wir alle einen Streich oder eine Verschwörung ausgeheckt und schämten uns jetzt dafür. Im Eßzimmer, in der Unterhaltung, in den aufgewühlten Gefühlen, in Nadja und im Kerzenlicht lag etwas Pubertäres. Der Apfel war womöglich das einzig Reife im Zimmer, das in den letzten Minuten wie eine Bühne war, wo belanglose Worte gewechselt werden.

Doch war diese Ernüchterung nicht stark genug, und sekundenlang war mir danach, aufzustehen und, um noch nüchterner zu werden, im scharfen Galopp durch den Wind zu reiten. Aber ich mußte bleiben. Es war meine Pflicht, zu bleiben und die Sache durchzustehen. Diese unbestimmte Atmosphäre hatte etwas sehr Anziehendes; sie fesselte mich an meinen Stuhl.

Ich hielt mich am Apfel und am Gedanken an den scharfen Ritt so hartnäckig fest, als wäre er ein Rettungsring; mir war, als sänke ich in diese attraktive Unbestimmtheit hinein. Es war teilweise ein Spiel, und etwas kitzelte mich und sagte mir, wie lange ich nicht gespielt hatte. Oder war es kein Spiel? Meine Unterhaltung mit Nadja und die Situation, aus der sie entstanden war, mochte lächerlich sein, hatte aber einen klaren, unmißverständlichen Realitätsanteil. Offenbar war mein kleines Komplott fehlgeschlagen. Das war jetzt nicht mehr wichtig, denn ich hatte schon, bevor ich von dem Scheitern erfuhr, dieses Gefühl der Erleichterung verspürt: die Erleichterung, daß es nicht geklappt hatte.

Ich sah wieder zu Nadja, aber als sie sich vorbeugte, um eine Zigarette anzuzünden, fing ich mein Bild in dem hinter ihr hängenden vergoldeten Spiegel ein.

Mein Gesicht war düster im Halbschatten und wirkte älter, als es war.

Ich beobachtete mich, wie meine Hand ein weiteres Apfelstückchen zum Mund hob. Meine Kiefer begannen zu kauen, und durch die Bewegung entstanden weitere Schatten. Als das Licht auf meinen Schädel fiel, sah er seltsam kahl aus, und unter den Augen, die nicht eigentlich Augen waren, sondern zwei schräge schwarze Höhlen, sah ich tiefe Augenringe. Und rechts und links von meinem Mund verliefen zwei dunkle Linien. Der Anblick erschreckte mich, und ich sah schnell zu Nadja hinüber; sie rauchte stumm und starrte vor sich hin. Aber das Gesicht im Spiegel zog mich an – wieder eine dieser plötzlichen Emotionen heute abend; Panik überkam mich. Ich hob den Kopf, ob durch die Veränderung des Lichteinfalls womöglich das Gesicht besser aussehen würde. Aber es wurde nur schlimmer; jetzt war es gezeichnet mit bitteren, dunklen Furchen, als hätten Nägel darübergekratzt und lange, rohe Striemen zurückgelassen.

Ich hatte mich noch nie alt gefühlt. Ich war ja nicht alt. Ich hatte einen – einen einzigen – kleinen Herzanfall gehabt, nach unserem Einmarsch in Warschau. Wir waren alle erschöpft gewesen, er hatte nur eine Sekunde gedauert, und niemand hatte ihn bemerkt. Der Arzt, der mich danach untersuchte, sagte, mir fehle gar nichts. Er verbot mir nicht mal das Rauchen.

Doch die Panik wollte nicht weichen. Ich ließ den Blick, wie fasziniert, nicht vom Gesicht im Spiegel, und plötzlich drängten sich mir eine Menge verdächtiger, unzusammenhängender Bilder auf – nicht so sehr

Bilder als vielmehr Gefühle von Dingen und Wörtern, die sich dann zu einer klaren Struktur zusammenfügten.

Plötzlich fiel mir Hauptmanns Theaterstück *Vor Sonnenuntergang* ein, das von einem alten Mann handelt, der sich in ein junges Mädchen verliebt. Warum fällt mir gerade jetzt dieses Stück ein, dachte ich und lehnte mich, ein Aufstoßen unterdrückend, zurück. Vielleicht hätte ich den Apfel nicht essen sollen, sagte ich mir, und schnell bekam die Panik einen Sinn.

Aber hat diese Sache, dieses Altwerden, überhaupt schon begonnen, und wenn ja, wann? Bestimmt war ich besser als diese neurotischen jungen Leute mit ihren bleichen, verpickelten Gesichtern und ihrer Praecox. Und doch muß es eines Tages begonnen haben. Wie Onkel Walther von Württemberg einmal gesagt hat: »Eines Tages küßt man lieber seine Zigarre.« Aber Onkel Walther hatte sich selbst zum Familienweisen ernannt, und alles, was er sagte, stand in Anführungszeichen; er mußte seinem selbstgeschaffenen Ruf mit endlosen Aphorismen gerecht werden. Aber eines Tages muß es begonnen haben. Oder erst heute abend?

Nein, heute abend besser nicht. Heute war ein Abend wie alle anderen, durchaus interessant.

Ob es nun ein Abend wie alle anderen war oder nicht, die Tatsache blieb, daß mein Gesicht im Spiegel alt aussah und daß ich heute vielleicht zum ersten Mal in meinem Leben über das Alter nachdachte. Heute abend durfte es einfach nicht begonnen haben.

Ich konnte die Treppe hinaufspringen, drei Stufen auf einmal, ohne daß mir die Luft ausging; ich konnte tagelang ohne ausreichend Schlaf oder Essen auf den Beinen sein. Ich konnte Nadja lieben, bis wir beide erschöpft waren.

Fowler war jünger als ich, das war richtig, zwanzig Jahre oder mehr. Er hatte etwas Bleiches und Weiches. Ich wette, nach einem scharfen Ritt zitterten ihm die Knie. Die Kerzen und Schatten ließen mein Gesicht im Spiegel hager und alt aussehen. Obwohl ich mich gerade in letzter Zeit besonders wohl gefühlt hatte. Der Urlaub im Dorf hatte mir sehr gutgetan. Ich schlief viel besser und rauchte weniger.

Aber da war es wieder: Ich schlief besser und rauchte weniger. Solche Vergleiche wären mir früher nicht in den Sinn gekommen. Normalerweise war es mir herzlich gleichgültig, ob ich besser oder schlechter schlief. Ich schlief ganz einfach, eine Tatsache ohne besondere Bedeutung.

Und dann fiel es mir ein. Eines schönen Tages vor langer Zeit fand ich Geschmack am Besonderen, und mein jugendlicher Gaumen, der die meisten Speisen mochte bis auf Eiskrem, Schokoladenkuchen und später Bier und Wurst, wurde plötzlich sensibel und wählerisch. Ich weiß noch ganz genau, wie mich eines Tages in Berlin, in der Offiziersmesse, der schmelzende, leicht bittere Geschmack eines Hummers, die kühle, aromatische Note der Mayonnaise erfreuten.

Vor diesem Abend befand ich mich jahrelang in einem gastronomischen Nebel. Wenn ich Hunger hatte, aß ich Brot und Butter und längliche, rosige

Scheiben Schinken, wovon mir wohlig wurde. Aber seit jenem Abend studierte ich Speisekarten, wählte sorgsam, stritt mich über die Temperatur der Suppe oder die Zartheit eines Steaks und nahm die Gewohnheit an, stumm mit den Lippen zu schmatzen, wenn mir das Essen vorgesetzt wurde.

Meine Vorlieben hatten sich verändert, oder besser gesagt, meine Nahrung bestand jetzt aus hunderterlei Zutaten. Sie war nicht nur bitter oder süß, salzig oder würzig, sondern hatte viele Geschmacksrichtungen. Ich trank zum Fisch kein Bier, zu leichteren Speisen wie Kalbfleisch weißen Rheinwein, zu Hühnchen Champagner. Eines Tages war ich auf einem Bankett der amerikanischen Militärmission im *Adlon* in den Genuß eines Porterhouse-Steaks gekommen. Und ich erinnere mich an das weiche, jungfräuliche Weiß eines Fogas, als ich den Marschall nach Budapest begleitete. Essen, zuvor eine primitive Verrichtung, wurde mir zum Anliegen, zur wichtigen Zeremonie. Ich lernte komplizierte Speisekarten lesen und einen Weinkellner tadeln oder loben. Als ich in Paris war, hatte ich eine auserlesene Liste besonderer Restaurants, die ich vom komischen kleinen François Poncet persönlich erhalten hatte. An einem Samstagabend fand ein ausgedehntes Essen statt, das ich mein ganzes Leben nicht vergessen werde; mit Bewunderung und Scham beobachtete ich die Einheimischen, wie sie sich durch die feierliche Messe, ihr Abendessen, hindurchdinierten; aber ich war beinahe so gut wie sie.

Dann, eines Tages, wollte ich zum Frühstück geschmorte Aprikosen. Ich hatte nie zuvor an geschmorte Aprikosen gedacht und verachtete die Familienvorderen, die mit dieser Diät ihre trägen Därme anzuregen hofften. Aber seitdem konnte ich nicht mehr auf meine geschmorten Aprikosen verzichten, und als Nadja mich nach dem Grund fragte (ihre Frühstückskultur war scheußlich oder besser gesagt, sie hatte gar keine, einmal erwischte ich sie, als sie frische Oliven aß und türkischen Kaffee dazu trank), sagte ich, sie bekämen mir. Ja, eines Tages begann es, daß mir Dinge bekamen oder auch nicht. In den glücklichen Schokoladeneistagen meiner Jugend hätten die Erwachsenen manches unterbinden können, besonders Onkel Heinrich, der meine Generation unbedingt ›mit rohem, blutigem Fleisch‹ ernähren wollte, weil wir ihm nicht wild genug waren. Aber damals kümmerte mich das nicht. Ich verschlang große Kugeln Vanille- und Himbeereis, klebrige Schokoladenriegel mit Nüssen oder Rosinen und weiße Fruchtgeleebonbons, die zwischen den Zähnen klebten. Oder eine ganze Wassermelone (vor dem Mittagessen) und saure Weintrauben oder frisch gebackenes, noch warmes Brot aus dem Ofen. Es machte mir nichts aus, weder bekam es mir, noch schadete es mir. Ich fraß wie ein kleiner Affe, wahllos und leichtfertig. Für mich waren der Magen und die Eingeweide anatomische Obszönitäten und keine mystischen Dinge wie für meine Onkel, die lange vor ihren Badezimmerspiegeln verbrachten, ihre Zungen inspizierten, ihre Bäuche betasteten und zu einem strammen Spaziergang aufbrachen.

Ich war nie beim Arzt gewesen, nur einmal vor meiner Heirat und ein paarmal zu Routineuntersuchungen in der Kaserne und der Kadettenschule. Und doch entwickelte ich unmerklich ein Gefühl für meinen Körper. Eines Tages fand ich mich zu meinem Erschrecken vor dem Spiegel stehen und meine Zunge betrachten. Aufzustoßen war gewiß ungezogen – zu einem Problem aber wurde es an einem Sommerabend in Hannover. Auf die Toilette zu gehen war – bis zu den Truppenübungen im Jahre 1926 – ein Übel, das ich unter mütterlichen Drohungen auf dem unbeheizten, altmodischen Klo fröstelnd absolvierte. Nadja belächelte meinen Ernst in dieser Frage. Diese Balkanmenschen haben eine leichte, fast romantisch zu nennende Verdauung. Aber sie können es sich leisten, auch wenn sie zum Frühstück Oliven essen und türkischen Kaffee trinken.

Und eines Tages in Berlin sagte ich mir, besser, ich gehe zu Fuß durch den Tiergarten ins Büro, anstatt das Auto zu nehmen. Ich weiß nicht, was mich dazu bewegte, vielleicht Kapitän Gaum, der Hypochonder, der mir einen langatmigen Vortrag über die Notwendigkeit eines kurzen, aber täglichen Spaziergangs hielt. Meine gleichmäßig schnelle Gangart und die frische Morgenluft, die ich regelmäßig bei jedem fünften Schritt einsog, taten mir gut. »So ein Spaziergang durch den Park ist was Herrliches«, sagte ich eines Tages zum jungen Böhmer, der ironisch das Gesicht verzog. Das erinnerte mich daran, wie desinteressiert ich meinem Vater zugehört hatte, als er an einem Nachmittag auf Helgoland wegen der ›kräftigenden‹ Luft einen Spaziergang vorschlug.

Und was war mit meinem Schnäuzer, den ich seit nicht allzu langer Zeit streng in Form hielt, was Nadja aufbrachte? »Ach, Helmuth, bitte, bitte, stutze ihn ein bißchen unter der Nase, nur ein ganz kleines bißchen, er sieht aus wie eine Bürste.« Ich tat dies mit einem Lachen ab, ging aber heimlich zurück ins Bad und gefiel mir beim Anblick meines nüchternen, würdigen Gesichts.

Und eines Tages hatte sie gesagt: »Ach, Helmuth, bitte, könntest du nicht mal das Hemd am Hals aufknöpfen? Du siehst so jungenhaft aus, wenn du das Hemd am Hals offen trägst!« Ich sagte, der Generalstab halte nicht viel von Offizieren, die mit einem am Hals offenen Hemd auf Mission in die Fremde gehen. Sie schüttelte nur den Kopf.

Das Gesicht im Spiegel war düster und alt. Das müssen die Kerzen sein, dachte ich. Aber die Panik wollte nicht aus meinem Magen weichen. Einmal hatte Nadja gesagt: »Helmuth, bitte, mußt du diese dicken braunen, stinkenden Zigarren rauchen? Du siehst so interessant und jung aus, wenn du eine Zigarette zwischen den Lippen hast. Bitte, Helmuth, dann siehst du aus wie ein Künstler.« Aber was wußte sie von Zigarren? Ich lehnte mich wieder zurück mit dem frischen, kühlen Geschmack des Apfels im Mund, der sich mit dem warmen Rauch der Zigarre vermischte, als ich sie gierig in meinem Mund drehte. Was wußte sie von dem komplizierten Vorgang, ein schweres Mahl mit der richtigen Speisenfolge zu sich zu nehmen (ein saftiges Rumpsteak vielleicht und danach Käse und das volle Aroma eines Kaffees mit dem trockenen Geschmack eines alten Cognac)? Und wenn man danach eine blaue Wolke ausstieß, das fröhlich glimmende Ende der

Zigarre betrachtete und sich dann für fünfundvierzig Minuten in voller Zufriedenheit zurücklehnte?

Eine Zigarre zu rauchen, wie Onkel Walther voller Verachtung den weiblichen Angehörigen der Borstsippe erklärte, bestand nicht im Anzünden eines länglichen braunen Gegenstands und auch nicht in der Verstänkerung von Räumen, die sauber riechen sollten. Nein, sagte er, eine Zigarre zu rauchen sei eine Weltanschauung und gehe einher mit wahrer Noblesse und besten Manieren, mit patrizischem Wohlstand, der zu einer mußevollen Mahlzeit einlädt, der Behaglichkeit eines Sessels mit einem großen Cognacschwenker, einem servilen Butler und den Porträts von ritterlichen Vorfahren an holzgetäfelten Wänden. Dieser elegante Lebensstil verschwinde, sagte er, denn Zigarren seien allergisch gegen die Hektik unserer Zeit und die neurotischen Geschäftsleute, selbst der Mob wage es inzwischen, sich beim Warten auf die Straßenbahn eine Zigarre anzuzünden. Aber was von all dem wußte Nadja?

»Stört dich meine Zigarre?« fragte ich sie plötzlich.

Sie sah auf.

»Nein.«

»Wäre es dir lieber, ich würde eine Zigarette rauchen?«

Sie schüttelte den Kopf. Sie wußte nicht, wovon ich sprach.

Wusste sie überhaupt jemals, wovon ich sprach? Ich starrte sie an, als sie sich eine weitere Zigarette anzündete und den Rauch in einem langen, grauen Strom herausblies, der sich zu kleinen Wolken auflöste und mit einem Luftzug zur Tür waberte. Diese Frage ärgerte mich irgendwie. Der heutige Abend war angefüllt mit diesen plötzlichen peinlichen Fragen, als klagte ich mich selbst an. Sie waren natürlich schon immer in mir gewesen, diese kleinen Sätze mit dem irritierenden Fragezeichen am Ende, aber ich hatte in Frieden mit ihnen gelebt. Sie hatten stillgehalten. Manchmal war ich ihnen begegnet, ohne mich allzusehr um eine Antwort zu bemühen. Aber der heutige Abend hatte etwas, das ein Ausweichen fast unmöglich machte. Wußte sie Bescheid oder nicht? Ja, oft reagierte sie richtig, jedoch nicht aufgrund von Verstand oder Logik, denn Nadja war wohl die weiblichste Frau, die mir je begegnet war. Hirtenberg war auch der Meinung. »Entschuldige, mein Bester«, bemerkte er, »nimm's mir nicht krumm, du weißt, wie sehr ich deine Frau bewundere und respektiere, aber ich glaube, sie ist eine von diesen originären Frauen, eine Urfrau. Auch die sterben aus«, fügte er hinzu.

Ich lachte, etwas unsicher, ob das als Kompliment gemeint war. Aber Nadja war mir nach fünf Jahren Ehe immer noch ein Rätsel. Onkel Walther, der für Weibervolk nur Verachtung übrig hatte (obwohl er es insgeheim fürchtete), hatte einmal bemerkt, Frauen seien unecht. »Die interessieren sich nur für Spiegel«, fügte er hinzu.

Ich hatte oft versucht, das Rätsel Nadja zu lösen, aber das war wie ein quälender Irrgarten, der ins Nichts führte. Ich mußte einsehen, daß es zwecklos war, sie verstehen zu wollen. »Frauen gehören in die Metaphysik«, sagte Onkel Walther, »und nicht ins Haus.«

Eines Morgens in Berlin hatte Nadja mich plötzlich um fünf geweckt, ins Ohr gebissen, zu schluchzen begonnen und war wieder eingeschlafen. Ich lag halbwach und versuchte spaßeshalber herauszufinden, warum sie sich so seltsam benommen hatte. Ich zerbrach mir den Kopf, bis sie gegen halb acht wieder aufwachte, Frühstück ans Bett verlangte und darauf bestand, ihre neuen Abendschuhe zu beschreiben.

Ich weiß nicht genau, wann ich es aufgab, sie zu ergründen, vielleicht in unserem zweiten Ehejahr. Ich hatte resigniert und war zu dem Ergebnis gekommen, daß Najda entweder ein halb gezähmtes Raubtier mit unterentwickeltem Hirn, aber dafür hochentwickelten Instinkten war, oder daß sie vielleicht einen ganz anderen, vielleicht höheren Stand der Evolution erreicht hatte und zu einer Art von Lebewesen gehörte, die erst noch zu klassifizieren waren und denen ein angemessener Platz in der Zoologie oder ihren benachbarten Wissenschaften zugewiesen werden mußte. Onkel Walther beäugte Nadja mit Skepsis, die mit offener Anerkennung ihrer körperlichen Vorzüge gekoppelt war. »Ein hübsches Säugetier«, sagte er später dezent zu mir. Obwohl es mich kurz erleichterte, statt des Gesichtes Nadja im Spiegel zu sehen, breitete sich die Panik aus. Es war nicht Angst im üblichen Sinn: mehr eine Unruhe, als hätten irgendwo alle Lichter angefangen zu flackern.

Es war, als kämpfte ich mit einem unsichtbaren Gegner, und ich wußte jetzt, daß ich, noch vor Ende der

Nacht, herausfinden mußte, wer er war. Ich begann meine Fähigkeit zu logischem Denken einzusetzen. Woher kam dieser Drang nachzubohren? Woher plötzlich diese Sensibilität?

Kein Mensch würde leugnen, daß es Fragen gab. Ich hatte sie mir schon früher gestellt, die Antworten waren kurz und bestimmt gewesen. Der heutige Abend war wie eine langweilige Oper. Jedes Thema, jedes Motiv wurde verschleppt und wiederholt. Ich mochte Opern nicht, nicht mal die von Wagner. Welche Vergeudung von Atem, welch aufwendige, übertriebene Darstellung von Banalitäten.

Alles war einmal klar, kurz und militärisch gewesen. »Ich bin verstopft.« – »Nimm ein kohlensaures Natrium.« Punkt, neuer Absatz. – »Nadja benimmt sich seltsam.« – »Kauf ihr Rosen, oder geh mit ihr ins Varieté.« – Punkt, erledigt, kein Grund mehr zur Sorge. »Heute abend haben wir einen Engländer festgenommen.« – »Verhören, einen Bericht schreiben, gelassen und höflich sein, den Befehlen von oben folgen.« – Der nächste, bitte – wie ein Arzt in der Sprechstunde. Irgendwie war man ja mehr Arzt als Tristan. »Mein Gesicht sieht alt aus in diesem Spiegel.« – »Muß an den Kerzen liegen.« Das war alles, genieße deine Zigarre, und beschäftige dich mit dem Fowler-Fall.

Muß an den Kerzen liegen, dachte ich. Ich sah etwas müde aus. Schließlich war ich fünfundvierzig. Niemand lebt ewig. Niemand. Sterben müssen wir alle.

Zum ersten Mal in meinem Leben dachte ich auf diese Weise an den Tod. Die Worte »sterben« oder »Tod« waren auch vorher keine Abstraktionen gewesen. Ich war dem Tod begegnet, in großem Maßstab, Tausende Male. Er gehörte zu den Realitäten meines Lebens. Ich hatte ihn nie mit einem großen T geschrieben, nie dramatisiert oder personifiziert. Er war weder schrecklich noch schön; mein Tod war ohne Attribute gewesen, fast wie das Leben, existent, um sich mit ihm auseinanderzusetzen, sich mit ihm zu arrangieren. Ich hatte nie viel Aufhebens um das Leben gemacht, es hatte mich weder mit Staunen noch mit Entsetzen erfüllt, auf der Welt zu sein. So war es auch mit dem Tod. Er war ein Fait accompli. Es war mir nie in den Sinn gekommen, daß ich sterben würde.

Nicht, daß ich an das ewige Leben oder solchen Unsinn glaubte. Natürlich wußte ich unbestimmt, daß ich eines Tages sterben würde, dachte aber nie ernsthaft darüber nach. So wie ich nicht darüber nachdachte, warum das elektrische Licht brennt oder daß jeden Morgen mein Kinn voller Stoppeln war.

Man gab triviale Bemerkungen von sich wie ›Ich sterbe vor Durst‹. Der Tod – der echte – hatte für mich dieselbe belanglose Bedeutung. Ich experimentierte mit ihm, wie Wissenschaftler mit Gift experimentieren. Aber ebenso wie die Wissenschaftler dachte ich nie daran, dieses Gift zu nehmen.

Als ich eben zu mir sagte, ›Sterben müssen wir alle‹, schlug das Wort wie ein Blitz ein und zuckte nach. Ich sah wieder in den Spiegel. Die Kerzen verwandelten mein Gesicht in eine Totenmaske.

Ich versuchte, den Gedanken wegzuwischen. Aber das Wort »Tod« blieb und hallte in meinem Kopf nach. Sekundenlang hörte ich mein Herz hämmern und hatte tatsächlich Angst.

Solche Angst hatte ich noch nie gehabt. Ich hielt mich an der Zigarre fest, paffte, inhalierte tief und sah dann zu Nadja hinüber, ob sie etwas bemerkt hatte. Sie saß teilnahmslos da und rauchte: so als warte sie auf etwas. Ich spürte den Zwang, wieder in den Spiegel zu sehen.

Ich stand schwerfällig auf. Meine Knie wackelten, und als Nadja mir einen Blick zuwarf, versuchte ich, meine Schwäche zu kaschieren. »Macht es dir was aus«, fragte ich, »wenn ich das Licht anmache?«

»Nein«, sagte sie.

Ich ging zur Tür, und jäh war der Raum in kaltes elektrisches Licht getaucht. Die Kerzen wirkten armselig. Ich atmete erleichtert auf, blieb einen Moment an der Tür stehen, dann ging ich hinüber zum Spiegel, streckte meine Zunge aus und inspizierte sie.

»Was ist mit dir?« fragte Nadja.

»Nichts«, sagte ich. »Wieso? Was soll denn sein?«

»Du hast deine Zunge betrachtet«, sagte sie.

»Na und?« fragte ich. »Warum soll ich meine Zunge nicht betrachten?«

Ich sah wieder in den Spiegel, trat zurück und guckte noch einmal.

»Nadja«, sagte ich schnell, »Nadja, ich gehe ein wenig an die Luft. Nur für ein paar Minuten.«

»Bist du krank?« fragte sie.

Ich ging zurück zum Tisch. Währenddessen sagte sie etwas, was ich nicht verstand. Ich blies nacheinander die Kerzen aus. »Bin gleich wieder da«, sagte ich, ging mit kurzen, eiligen Schritten aus dem Zimmer und schloß die Tür, ohne mich noch einmal umzusehen.

Ich machte kurz halt in der Halle und hörte wieder mein Herz hämmern. Neben dem Garderobenständer hing ein zweiter Spiegel. Ich trat davor und sah hinein; mein Gesicht war fast wie sonst.

Ich stand und lauschte, nichts war zu hören als das Hämmern meines Herzens. Nur raus, dachte ich, frische Luft, und spürte, wie ein Tropfen Schweiß an meiner Brust hinunterglitt. Dann drehte ich mich mit einer gereizten Bewegung abrupt um und lief die Treppe hinauf. Sie war gut beleuchtet. Der Korridor ebenfalls. Ich machte an einem Fenster halt, beugte mich hinaus und holte tief Atem. Die Luft war frisch, aber es half nicht. Ich sah, wie sich die Männer wie schwerfällige Schatten im Garten bewegten.

Ich lauschte wieder meinem hämmernden Herzen. Ich ging bis zum Ende des Korridors und blieb vor dem Gästezimmer stehen. Ich lauschte, hörte aber nichts. Dann drehte ich langsam den Türknauf und ging hinein. Das Zimmer lag im Halbdunkel. Diffuses Licht fiel vom Fenster und vom Korridor herein und bündelte sich auf dem rechteckigen grünen Teppich neben dem Bett, auf dem eine Gestalt lag. Ich blieb stehen und wartete. Ein Lichtstrahl wanderte quer durchs Zimmer, als ich langsam die Tür zuzog. Ich lehnte mich an die Wand und lauschte. Die rauhe Oberfläche der Wand war kühl an meiner Hand. Es waren nur wenige Laute zu hören: sein Atem, der raschelnde Baum draußen und mein Herz, das beständig gegen eine leere

Brust trommelte. Jetzt blieb ich stehen, wagte mich nicht weiter vor, wartete darauf, den Mut zu finden, die Frage zu beantworten, was ich hier wollte.

In dem Zimmer war etwas entfernt Vertrautes – nicht das Zimmer selbst, das ich viele Male betreten hatte, nicht die schlaffe Gestalt auf dem Bett, nicht der Baum draußen vor dem Fenster. Vielleicht war es das eifrige Pochen meines Herzens, das warnend im Takt schlug, oder irgend etwas aus tiefer Vergangenheit, die sich, Lichtstrahl für Lichtstrahl enthüllte.

Es war nicht möglich, diese unbestimmte Vertrautheit zu artikulieren. Sie war nicht visuell. Und auch die Laute nicht, die ich hörte. Nicht der Geruch des Zimmers, ein schwacher modriger Geruch, vermischt mit der Nässe der Nacht und dem tiefen Schlaf des Engländers. Die Dunkelheit ließ das Zimmer größer erscheinen, ich fühlte mich klein, wußte nicht, wo die Decke begann und wo sie endete. In diesem großen, dunklen Raum brach von oben ein schwaches Echo der Vergangenheit ein, irgendein altes, verzerrtes Gesicht und eine Stimme, ein paar unzusammenhängende Geräusche: Wasserspritzen vielleicht und die Berührung einer nicht identifizierbaren, aber vertrauten Hand.

Mit dem Gefühl, klein zu sein, entstand eine neue Erregung, und mein Herz pochte mir bis zum Hals. Das vertraute Gefühl wurde langsam stärker. Das vage Echo kam näher, und ich wußte, schon einmal hatte ich so dagestanden und darauf gewartet, daß sich eine Tür öffnet. Ich hatte Angst vor dieser Tür. Ich hatte Angst vor dem größer werdenden Zimmer, denn ich war allein. Ich ging auf Zehenspitzen weiter ins Zimmer, und als ich mitten im Raum stand, hörte ich Fowlers schweren, gleichmäßigen Atem. Ich beugte mich über ihn. Er lag in Hose und Hemd auf dem Rücken. Sein Jackett war über einen Stuhl geworfen, und seine Wildlederschuhe standen neben dem Bett. Ich streckte den linken Fuß aus und schob einen Schuh näher zum anderen, so daß sie ordentlich nebeneinanderstanden.

Er hatte Arme und Beine weit von sich gestreckt wie ein Gekreuzigter. Sein Mund stand offen, und eine Haarsträhne fiel ihm über ein Auge. Er hatte die Krawatte abgenommen und sein Hemd am Kragen aufgeknöpft. Er sah aus wie ein sehr kleiner Junge.

Ich beugte mich noch tiefer über ihn, aber dann fuhr ich wieder hoch. Der Gedanke war so entsetzlich, daß sich Scham wie eine Flamme in mir ausbreitete. Ich machte kehrt und ging schnell zur Tür zurück. Ich stolperte über seine Schuhe, und ich trat sie und trat sie noch einmal.

Es war eine Flucht, dieser panische Abgang, als könnte mich etwas zwingen, umzukehren, so daß mir nichts weiter übrigblieb, als wegzulaufen und mich zu verstecken. Ich schloß die Tür hinter mir und stand keuchend und feucht vor Schweiß da. ›Ich muß nach unten‹, sagte ich zu mir und ›Was ist bloß los mit mir heute abend?‹ Ich rannte den Korridor entlang, rannte, weil mir, als ich über ihn gebeugt war, die Nacht einfiel, als mein Vater mich und Cousin Otto vor fünfunddreißig Jahren einander umarmend in der Badewanne erwischt hatte.

Gott sei Dank empfand ich die Halle als sicher und nüchtern. Ich hatte einen Drink nötig und ging direkt ins Arbeitszimmer. Am Kamin saß, in einem schäbigen Pelzmantel, einen Schal um den Hals, mit einem kleinen Holzkäfig auf dem Schoß, Hirtenberg und trank Tee.

Der Beweis

»Merkobah Hitler«, rief Hirtenberg, hob grüßend den Arm und erhob sich. »Merkobah ist türkisch für ›Heil‹. Guten Abend, lieber Borst.«

Er schüttelte mir die Hand und sah mich mit großer Zuneigung an. »Guter alter Borst. Ich bin so froh, Sie zu sehen! Und was für ein Glück!« Er schüttelte noch immer meine Hand. »Ich schneite gerade ins Hauptquartier, als Ihre Nachricht eintraf. Ich war wie elektrisiert, lieber Freund, elektrisiert wie lange nicht. Seitdem ihr Militärs das Sagen habt, ist es viel langweiliger geworden als damals, als wir noch die Pioniere waren. Guter alter Borst«, sagte er in überzeugendem Ton, »dies ist ein reizender Ort, und offenbar scheint er Ihnen gut zu bekommmen.«

»Meinen Sie?« fragte ich. »Ich freue mich, daß Sie gekommen sind.«

»Danke«, sagte er. »Sie sehen viel besser aus als das letzte Mal. Wo war das noch?«

»Sofia«, sagte ich. Ich freute mich, daß er gekommen war.

»Natürlich, Sofia«, sagte er und begann an seinem Schal herumzuzerren. Er war dunkelgrau, nicht allzu sauber. »Das liebe Dingelchen bei Dostojewski, Sofia. Die Dinge haben sich verändert seitdem.« Und plötzlich: »Wie geht es der Gnädigsten?«

»Es geht ihr gut«, sagte ich. »Bitte setzen Sie sich. Kann ich Ihnen etwas anbieten? Wir haben schon zu Abend gegessen, aber es würde keine Umstände machen...«

»Guter alter Borst«, unterbrach er mich und setzte sich. »Sie wissen ja nicht, armer Freund.« Er beugte sich vor. »Ich fürchte, ich muß über Nacht bleiben und morgen auch noch. Können Sie mich unterbringen?«

»Natürlich«, sagte ich. »Natürlich.«

»Ach ja«, sagte er. »Ich bin so unverschämt, Sie um einen Imbiß und etwas Heißes zu trinken zu bitten. Und später ein heißes Bad. Später«, wiederholte er. »Wir müssen miteinander reden, mein lieber Borst; ich bin ganz aufgeregt.«

Ich klingelte, und Slawko erschien mit ausdrucksloser Miene. Ich sagte, er möge etwas zu essen machen und das zweite Gästezimmer herrichten. Unterdessen stand Hirtenberg auf und betrachtete die Bücherreihen.

Als Slawko gegangen war, stand er vor dem Kamin und rieb sich die Hände. Er sah gesünder aus als in Sofia, obwohl noch immer derselbe hagere, knochige Hirtenberg mit der langen Hakennase, den vorstehenden Zähnen und dem langen, dünnen Hals. Seine Augen lagen tief in dunklen Höhlen.

»Ach«, sagte er. »Wie wunderbar! Es war eine scheußliche Fahrt, die Straßen sind naß und rutschig und diese Armeechauffeure eine rücksichtslose Bande. Es war bitterkalt. Aber hier bin ich. Überrascht?«

»Höchst angenehm«, antwortete ich. Irgendwo war er ein Trottel, aber ein amüsanter. Er holte mich mit seinem nervösen Geschwätz, den heftigen Gesten und dem breiten Dialekt zurück in die Realität. Zu einem besseren Zeitpunkt hätte er nicht kommen können, dachte ich. Wir würden über die Arbeit sprechen, über nackte, harte Tatsachen, was zu tun sei und wie. Ich war froh, daß er über Nacht blieb. Er war Verstärkung.

»Sie sind ein Glückspilz«, sagte er. »Eine schöne Frau, dieses entzückende Heim, alles. Lesen Sie gerade was Besonderes?« Er nahm den Blake hoch, der neben dem Kamin lag. Einen Moment hatte ich Angst, ich würde rot werden. Aber er sprach weiter, ohne mich anzusehen.

»Ach, Gedichte.« Er klappte das Buch auf. »In englisch, William Blake. Ausgezeichnet.« Er sinnierte. »Ich habe unseren Männern immer wieder gesagt, es gibt nichts Besseres für die Moral eines guten Offiziers, als die Gedichte des Feindes zu lesen. Das gilt besonders für den Geheimdienst. Gedichte verraten eine Menge.« Er setzte sich. »Und auch für die Truppe. Statt dieses idiotischen Lieds ›Wir fahren gegen Engelland‹, hätte man ihnen ›Oh, to be in England now that April's there‹ geben sollen. Was für ein exquisites Werk, so verführerisch, es erfüllt mich immer mit der Sehnsucht nach England. Vielleicht hätte es auf unsere Truppe dieselbe Wirkung gehabt, und die Invasion hätte schließlich doch stattgefunden.« Er legte das Buch neben sich auf den Boden. »Wie geht es dem Gefangenen?« fügte er ernst hinzu.

»Er schläft«, sagte ich. »Er war müde, und ich habe ihn zu Bett gehen lassen.« »Gut«, sagte er. »Wir lassen ihn schlafen. Bis zum Morgen. Dann« – er fing an zu lachen – »erlebt der gute alte Fowler die Überraschung seines Lebens.«

»Warum?« fragte ich. »Was hat das Hauptquartier beschlossen?«

Hirtenberg grinste still in sich hinein.

»Das Hauptquartier«, wiederholte er. Seine Miene war zerstreut. »Ach ja.« Dann erinnerte er sich wieder.

»Michael Fowler. Schöner Name. Heilige Maria und Josef, was für ein schöner Name!« Er sah mich an, unterdrückte seine Heiterkeit, wurde wieder ernst und kam zurück zur Sache. »Was es beschlossen hat? Nicht viel.«

»Nicht viel«, wiederholte ich.

»Nein«, sagte er. »Nur, daß er reden muß.«

»Das wird er nicht«, sagte ich. »Tatsächlich frage ich mich, ob er überhaupt etwas weiß. Er wiederholt ständig, daß es ein Versehen war.«

»Ein Versehen?« Hirtenberg klatschte sich auf die Knie und gurgelte vor Lachen. »Ein Versehen, von wegen. Er muß reden, er wird reden, ich werde ihn dazu bringen.«

Ich war etwas irritiert.

»Sie scheinen eine ganze Menge zu wissen«, sagte ich. »Ich wäre dankbar, wenn ...«

»Natürlich, natürlich«, unterbrach mich Hirtenberg. »Entschuldigen Sie meine Ungehobeltheit. Ich benehme mich wie ein Schuljunge. Aber Sie werden gleich verstehen, ganz bestimmt. Es ist so amüsant, so dramatisch.«

Er fing zu husten an; Blut stieg ihm in den Kopf. Er holte ein auffallend buntes Taschentuch hervor, faltete es sorgfältig auseinander und schnaubte hinein.

»Entschuldigen Sie bitte, lieber Borst«, wiederholte er. »Aber als ich heute abend auf dem Weg nach Istanbul im Hauptquartier vorbeikam, war das letzte, was ich erwartete, eine Nachricht von meinem alten Freund Major von Borst über meinen alten Freund Ronald Debbs.«

»Debbs?« fragte ich. »Ist das sein Name?«

»Ja, Debbs, Ronnie Debbs«, antwortete Hirtenberg. »Ronald Debbs von der *Daily News*, London. Das letzte Mal sahen wir uns vor sechs Monaten, als ich ihn zum Haydarpasha-Bahnhof in Istanbul brachte, und er weinte. Möchte wirklich wissen, was ihn zu den Fallschirmspringern verschlagen hat. Wahrscheinlich Flora.«

»Wer ist Flora?« fragte ich.

»Ach«, sagte Hirtenberg. »Ich bin froh, daß Sie sich dafür interessieren; ich bin froh, daß ich Ihnen von Debbs und Flora und allem anderen berichten kann. Sie sind ein weiser Mann, Borst, interessiert und sensibel, nicht wie die anderen erstarrt in Routine. Ich wußte, er würde Sie interessieren, Ihr Gefangener.« Er langte hinunter, hob einen Aktenkoffer vom Boden und öffnete ihn. Er holte eine dicke rote Akte hervor und legte sie auf seinen Schoß.

»Das Deutsche Reich gegen Ronald Debbs«, verkündete er. »Oder nein. Das klingt zu überspitzt. Ronnie war kein schlechter Kerl. Ich hätte sagen sollen, das Deutsche Reich und Ronald Debbs. Das ist seine Akte«, fügte er hinzu, »beginnend im Jahre 1938. Das übliche Dossier, für den Kenner nichts Aufregendes. Einige seiner Kriegsberichte – recht intelligente –, seine Schritte in Prag, Budapest, Bukarest, Sofia und Istanbul, ein paar Telefonate, gewissenhaft angezapft und dokumentiert, ein paar abgefangene Briefe, belauschte Bemerkungen und so weiter. Keine besondere Akte für den Profi« – er machte eine Pause –, »aber ich kannte ihn nun mal, und irgendwie waren wir auch Freunde.

Ich liebe es, Dossiers zu lesen«, fügte er hinzu. »Sie nicht?«

»Kommt darauf an«, sagte ich.

»Würde es Sie wahnsinnig langweilen«, fragte er, »wenn ich Ihnen etwas vorlese? Um den Fall zu erhellen sozusagen?«

»Nein«, sagte ich. »Ich glaube nicht, daß es mich langweilt. Ich glaube nicht. Lesen Sie.«

Er öffnete die Akte.

»Guter alter Ronnie«, sagte er. »Ein netter Kerl. Was für ein Jammer!« sagte er und räusperte sich. »Aber zu allererst müssen Sie Tomaschek kennenlernen.«

Er legte die Akte neben sich auf den Teppich und langte nach dem kleinen Holzkäfig, den ich fast vergessen hatte. Er hob ihn an einem Eisengriff hoch und stellte ihn sich auf den Schoß.

»Dies ist der Kater Tomaschek«, sagte er liebevoll und deckte den Käfig auf. »Tomaschek ist ein guter Freund von mir, obwohl wir uns erst vor ein paar Tagen kennengelernt haben. Auf seine Art ist er einer unser fähigsten Agenten, Tomaschek.«

Er lächelte stolz wie ein Vater. Ich beugte mich vor und betrachtete einen riesigen, fetten Kater, der offensichtlich schlief. Er hatte einen langen, kräftigen Körper mit dunklen Streifen und ein dichtes, struppiges Fell. Während ich ihn musterte und mich fragte, was es mit diesem Scherz auf sich habe, wachte der Kater plötzlich auf. Weder streckte er sich, noch regte er sich, sondern er wirbelte einfach wütend herum, hieb mit den Krallen aus und stieß einen merkwürdigen, heiseren Schrei aus. So hatte ich noch nie einen Kater schreien hören. Es war ein fast menschlicher Laut. Er hatte große graue Augen, die wütend glommen, und ein tropfendes Maul. Er war die häßlichste Katze, die ich je gesehen hatte; ohnehin mochte ich Katzen nicht.

»Haben Sie keine Angst«, sagte Hirtenberg, »er kann nicht heraus. – Tomaschek« – redete er ihn mit schnurrender Stimme an – »Tomaschek, mein guter alter Tommy, wir haben dich geweckt, du armer Kerl. Gleich bekommst du dein Freßchen und kannst weiterschlafen, ja, ja!« plapperte er wie mit einem Baby. »Ja, guter Tommy, feiner Tommy, alles ist gut jetzt, schön ruhig.« Er stellte den Käfig zurück auf den Boden. Die Katze beruhigte sich, setzte sich mit gekrümmtem Rücken und beobachtete uns.

»Tomaschek«, erklärte Hirtenberg entschuldigend, »hat eine gespaltene Persönlichkeit. Er ist verrückt.« Er senkte die Stimme. »Ziemlich verrückt. Ich meine, er ist tollwütig.«

»Warum um alles in der Welt schleppen Sie dieses Tier mit sich herum?« fragte ich.

»Ach«, sagte Hirtenberg, »Tomaschek ist sehr nützlich. Ich habe ihn von einem unserer serbischen Freunde geschenkt bekommen, einem Einwohner von Banjaluka. Tomaschek hilft uns, die Leute zum Reden zu bringen«, fügte er hinzu.

»Wie?« fragte ich, weil Hirtenberg nicht weitersprach.

»Ein alter türkischer Brauch«, erwiderte er. »Halb in Vergessenheit geraten in einer langen Periode der Verweichlichung und Degeneration. Die Türken setzten Katzen häufig als Überzeugungsinstrument ein. Es war Usus, den Gefangenen zu fesseln und dann eine tollwütige Katze in seine Hose zu stecken. Katzen hassen es normalerweise, in Hosen gesteckt zu werden. Sie versuchen herauszukommen, können aber nicht, da alle Öffnungen der Hose fest zugezurrt sind. So beißen sie sich ihren Weg ins Freie. Durch den Gefangenen hindurch.« Er machte wieder eine Pause. »Bis sie sich zum Magen durchgearbeitet haben, dauert es etwa eine Stunde. Wenn sie sich in den Gedärmen verfangen, noch länger. Meistens kommen sie in der Nähe des Nabels heraus.«

Er hielt inne, und ich betrachtete die Katze. Ich wußte, daß Hirtenberg mich beobachtete. Ich fühlte eine leichte Übelkeit.

»Haben Sie Tomaschek schon einmal eingesetzt?« fragte ich beiläufig.

»Nein«, sagte er. »Aber morgen ist es soweit.«

»Bei Fowler?« fragte ich. »Ich meine, Debbs?«

Ich beobachtete die Katze noch immer, wobei mir bewußt war, daß Hirtenberg mich beobachtete.

»Das kommt darauf an«, antwortete er. »Zuerst will ich ihm die Wirkung an jemand anderem demonstrieren.«

»An wem, zum Beispiel?«

»Ach, an irgend jemand«, sagte er, »irgendwer aus dem Dorf.«

Die Katze drehte mir den Rücken zu.

»Verstehe«, sagte ich. »Sie meinen, er wird weich werden?«

»Ja«, sagte er. »Ich meine, er wird weich werden.«

»Reden Sie weiter«, sagte ich. »Was wissen Sie über Debbs?«

Ich sah ihn an, er beobachtete mich noch immer; vielleicht wollte er die Wirkung sehen. Ich verzog keine Miene.

»Über Debbs«, wiederholte er meine letzten Worte. »Über Debbs.« Er klang wieder geistesabwesend.

»Ach ja.« Er nahm die Akte auf. »Ronald Debbs. Kuche hat die Akte angelegt. Ein recht kompetenter Bursche. Den größten Teil fand er natürlich schon vor, als sie hier herunterkamen, aber er hatte noch einige Forschungsarbeit im Propagandaministerium und im Auswärtigen Amt zu tun.« Er klappte die Akte auf. »Die erste Eintragung über Debbs findet sich in einem idiotischen Bericht voller Widersprüche und Entschuldigungen, datiert vom 11. März 1938, Wien. Das war der Tag des Anschlusses«, fügte er hinzu.

»Ich weiß«, sagte ich.

Er wurde wieder munterer; seine Geistesabwesenheit war verschwunden.

»Was für ein Tag!« rief er aus. »Geschichte in bester wagnerianischer Manier, geschrieben, komponiert und vorgetragen von der Herzallerliebsten. Mein Gott, hatten wir zu tun! Der Führer kam zu spät, wir kamen zu früh, und es war so ähnlich wie in diesem uralten Witz über Burian, den Tenor, der einst in seiner Trunkenheit als Lohengrin den Schwan verpaßte, als der von der Bühne gezogen wurde, und wütend rief: ›Wann geht der nächste Schwan?‹ Was für ein Tag! Ich liebe Massenhysterie, Sie nicht? Sie bestätigt so viele Dinge über die menschliche Natur. Die Straßen, die Menge, die Flaggen! Ein paar meiner alten Spezis schrubbten das Pflaster, darunter dieser Dummkopf

Adam! Und die Frauen! Gott, haben die Geschichte gemacht! Manchen Schätzungen zufolge sind fünfzig Prozent aller hochrespektablen Wiener Frauen vor Lust schier vergangen. Alle diese mittelalterlichen Ministerialratsgattinnen, die sich von der Truppe vergewaltigen ließen. Ich glaube, es war die totalitärste Kapitulation unserer Zeit – Wien lag auf dem Rücken, mit gespreizten Beinen. Jemand sollte einen Essay über das sexuelle Motiv von Krieg und Revolution schreiben!«

»Was ist mit Debbs?« fragte ich etwas brüsk.

»Ja, Debbs. Er war versehentlich mit anderen ausländischen Zeitungsleuten festgenommen und dann mit Entschuldigungen wieder freigelassen worden. Sein Name erschien auf der Liste der festgenommenen Journalisten; sie wurde später nach Berlin geschickt, abgeheftet, und Kuche grub sie stolz wieder aus. Nicht, daß das wichtig wäre. Außerdem gibt es einen kurzen Bericht von seiner Abreise aus Wien eine Woche nach dem Anschluß; nichts von Interesse. Seine österreichische Akte schließt mit Kopien von dreien in seiner Zeitung veröffentlichten Artikeln, datiert Prag, über unsere Bestialitäten. Typischer Zeitungskram, ziemlich langweilig, teilweise korrekt und äußerst phantasielos. Man könnte sich direkt ärgern. Diese Leute halten uns für Brutalos ohne Subtilität. Er wird schon noch sehen.«

Er hustete wieder und raschelte mit ein paar Seiten.

»Ich will Sie jetzt nicht mit zu vielen Einzelheiten langweilen«, sagte er. »Sie können die Akte später ja selber lesen. Um die Geschichte abzukürzen: Er blieb ungefähr sechs Monate in Prag. Es gibt einen Bericht von unserem Prager Presseattaché über ihn, Routinesache. Er wurde mit Unterbrechungen, aber ergebnislos, beschattet. Seine Kontakte waren gewöhnlicher Art: Zeitungsleute, die Botschaft, ein paar neutrale Diplomaten und eine Anzahl von Tschechen, hauptsächlich linke Politiker und Redakteure. Er fuhr einmal nach Karlsbad und Bratislawa und nahm an einer sechstägigen Reise durch das Sudetenland teil, organisiert von Henlein. Was das Sudetenland angeht, war er bemerkenswert fair, wenn auch etwas zu fair gegenüber den Tschechen. Im September traf er mit Benesch und eine Woche später mit Hodscha zusammen.« Er machte eine Pause. »Aber all das hat mit meiner Geschichte nichts zu tun.« Er blätterte ein paar der hellblauen Seiten um und fuhr dann fort: »Hier ist seine Autobiographie, zusammengestellt von einem freundlichen slowakischen Lockvogel: Ronald Mortimer Debbs, geboren in Edinburgh am 6. Dezember 1912. Vater Ingenieur, Mutter Irin. London School of Economics, 1933 zu Reuter, 1934 nach Paris, verließ Reuter, ging zur *Daily Post* usw. Nichts von Interesse. Heiratete 1934 Eleanor Stimson, ging für Hearst nach Abessinien und für die *Daily News* nach Spanien. Und hier ist ein abgegriffenes Foto von ihm, aufgenommen von einem Straßenfotografen in Prag. Möchten Sie es sehen?«

»Ja«, sagte ich.

Es war ein Schnappschuß von Debbs im Regenmantel, unterwegs mit ein paar Büchern unter dem Arm. Er lächelte blöde.

Ich gab das Foto zurück.

»Wie ist seine Frau?« fragte ich.

»Seine Frau?« wiederholte Hirtenberg. »Ich weiß nicht. Er hat nie von ihr gesprochen. Anschließend reiste er über München nach Budapest, wo ich ihn kennenlernte.«

SLAWKO TRAT, WIE IMMER, DRAMATISCH EIN. Wir hörten ihn gegen die Tür stoßen, als er sie mit dem Ellbogen öffnete. Er brachte das Tablett mit dem Abendessen. Hirtenberg sah zu, wie er es auf einem kleinen Tisch neben ihm abstellte. Slawkos Gesicht blieb ausdruckslos, als er die Katze sah.

»Das Gästezimmer ist bereit, Herr Major«, sagte er. »Sonst noch einen Wunsch?«

Auf dem Tablett waren Schinken und Speck, Brot und Butter, Aufschnitt, Käse, zwei oder drei Äpfel und eine große Kanne dampfender Tee. Hirtenberg inspizierte alles und grinste verzückt.

»Na wunderbar«, sagte er. »Danke schön.«

»Du kannst jetzt zu Bett gehen«, sagte ich zu Slawko. »Frühstück um sieben.«

»Ja, Herr Major«, sagte Slawko. »Die Herren werden auch frühstücken?«

»Natürlich«, sagte ich. Ich wandte mich an Hirtenberg. »Um welche Zeit?«

»Ich auch um sieben, bitte«, erwiderte Hirtenberg. »Über den anderen Gast kann ich nichts sagen. Aber ich fände es nett, wenn wir alle zusammen essen würden. Ich liebe es, in Gesellschaft zu frühstücken.«

»Sehr wohl«, sagte Slawko und zog sich zurück.

Hirtenberg wartete ein oder zwei Sekunden.

»Serbe?« fragte er, rieb seine knochigen Hände, die von der Fahrt gerötet waren, und fing dann an zu essen.

»Gott weiß«, sagte ich. »Er kommt aus Mazedonien.«

»Ach, einer von denen«, sagte Hirtenberg mit vollem Mund. »Wunderbare Menschen, obwohl ich nie da war. Wie ich höre, hasten sie zwischen der Abfassung zweier entrüsteter diplomatischer Noten davon, um sich gegenseitig die Augen auszustechen. Jemand hat mir ihre Technik erläutert. Sehr wirkungsvoll. Die Eier und der Speck sind perfekt!«

»Er ist seit Ewigkeiten in Diensten meines Schwiegervaters«, bemerkte ich. »Ich persönlich kann ihn nicht ausstehen.«

»Hmmm«, sagte Hirtenberg mit geschlossenen Augen. »Es geht nichts über ein einfaches Mahl vom Lande. Es schmeckt ganz anders als das Essen in der Stadt. Es ist voller Düfte und Gewürze, direkt aus Mutter Erdes Schoß.«

»Schön, daß es Ihnen schmeckt«, sagte ich. »Noch etwas mehr?«

»Nein«, antwortete er mit rhythmisch malmenden Kiefern. Eine leichte Röte hatte sich über seinen grauen Teint gelegt, und endlich legte er den Schal ab. »Nein nein, das reicht. Aber lassen Sie mich weitererzählen. Wie ich sagte, lernte ich Debbs im Winter 1938/39 in Budapest kennen. Um präzise zu sein, im Café *Hangli* an der Donau, einem seltsamen Lokal in Form eines Aquariums mit einer Gästemixtur aus Zeitungsleuten, Nutten, Bankdirektoren, Dichtern und Funktionären. Jemand, an den ich mich nicht erinnere, machte mich auf ihn aufmerksam. Er saß am Journalistenstammtisch mit fünfzehn anderen. Er sah aus wie ein netter, ordentlicher Engländer. Offen gesagt, hatte ich nicht das geringste Interesse an ihm.«

Er machte sich über die Wurst her, nachdem er die gelben Überreste der Eier mit einem Stück Brot aufgetunkt hatte. Ich goß ihm Tee ein.

»Danke«, sagte er, den Mund voller Wurst, Brot und Butter. »Allerbesten Dank. Sie erinnern sich an meine idiotische Rolle als österreichischer Flüchtling mit leidenschaftlichem Groll auf die Nazis. Ich war nie recht zufrieden damit, aber so war es nun mal. Merkwürdigerweise funktionierte es, obwohl es auch Leute gab, die die Sache für faul hielten, aber unser Ansehen war damals so groß, daß, hätte ich vorgegeben, ein zum Quäkertum übergetretener Julius Streicher zu sein, manch einer mir auch geglaubt hätte. Ich will mich nicht brüsten, aber mehrere amerikanische Dipomaten hatten lange geheime Treffen mit mir und befragten mich nach meiner Meinung über die Wiedereinsetzung der Habsburger, was offensichtlich eine Art diplomatisches Steckenpferd von ihnen war. Zunächst war ich so verblüfft, daß ich sie offen heraus fragte, warum sie mir trauten. ›Lieber Freund‹, sagte einer von ihnen, ein früherer Stahlmagnat oder Aspirinkönig, ›mein lieber Freund, Ihre Reputation ist nicht so gut, als daß sie nicht stimmen könnte.‹ Was sollte ich also tun? Außerdem stammte die ganze Idee von Michaelis, einem Topmann zu jener Zeit. Maßgebliche Regierungsstellen fanden ihn genial, was er ganz und gar nicht war. Ich gewöhnte mich an die Idee, und Michaelis versorgte mich mit den unterschiedlichsten, höchst albernen Alibis mehrerer ›Legitimisten‹ und brachte diesen jungen Trottel von Erzherzog dazu, mich in Ungarn herumzureichen, wo er mich, mit Tränen in den Augen, einem Haufen von schwachsinnigen anderen Herzögen als ›das edle Opfer der Verfolgung‹ vorstellte. In Budapest war ich ein bloßer ›Von‹, aber als wir in Sopron oder irgendeinem anderen Ort angekommen waren, war ich inzwischen zum Grafen avanciert. Ich kehrte triumphierend, unter Gerüchten, ich sei ein illegitimer Sohn des Erzherzogs Rudolph von Mayerling, nach Budapest zurück. Die ganze Sache verfolgte kein bestimmtes Ziel. Aber die Regierung war recht vage bezüglich meiner zukünftigen Position, und Michaelis dachte, es könne nicht schaden, wenn ich in einer strategisch günstigen Position wäre. Was für ein Idiot dieser Michaelis war!« fügte er hinzu. »Wie ich gehört habe, ist er inzwischen gefeuert worden. Ich hoffe, es stimmt. Er hat vieles versaut.«

Er schluckte hart; seine Stimme klang etwas angestrengt, da er gleichzeitig aß und sprach.

»In Budapest verbrachte ich eine ziemlich langweilige Zeit, spielte die zweite Geige und verplemperte meine Zeit damit, Geld an Leute zu zahlen, die ich entweder für Idioten oder für Nichtskönner hielt. Im großen ganzen war ich frustriert, daß ich Michaelis' wegen nicht zur Entfaltung kam. Ich versuchte mehrmals, mich versetzen zu lassen, aber Berlin hatte anderes zu tun. Dann im Februar geschah plötzlich einiges, das meine intellektuelle Verstopfung behob, denn Debbs trat auf die Bildfläche.«

Er aß jetzt einen Apfel, in den er mit seinen großen, gelben Zähnen kräftig hineinbiß. Er klappte die Akte wieder auf.

»Aber greifen wir nicht vor«, fuhr er fort. »Abgesehen von unseren späteren Treffen war Debbs bereits in verschiedenen früheren Berichten aufgetaucht. Es scheint, Michaelis ließ ihn beobachten und einige seiner Briefe abfangen. Einmal« – er hob ein Dokument hoch – »gab es einen kleinen Wirbel um ihn, aber Michaelis hatte das wunderbare Talent, zum falschen Zeitpunkt tätig zu werden. Ach ja« – er kniff die Augen zusammen, »in Kürze – Debbs hatte wohl einen Artikel über den Erzherzog geschrieben, in dem er andeutete, daß dieser enge Verbindungen zu uns hätte; außerdem gab er ziemlich genaue Summen an. Berlin war außer sich, und der alte Ermannnsdorff, unser Sekretär, bat Michaelis um Rat. Michaelis hatte vermutlich eine seiner üblen Gallenattacken. Die Folge war ein heftiger Protest beim Auswärtigen Amt, worin Ermannsdorff die sofortige Ausweisung von Debbs forderte. Unglücklicherweise hatte Debbs' Zeitung gerade einen positiven Beitrag über Teleki, den Premier, veröffentlicht, und so war nichts zu machen. Es war ein Fauxpas, wie nur Michaelis ihn fertigbrachte. Jedenfalls stand Debbs seit jenem Tag auf unserer schwarzen Liste.« Er wies auf ein weiteres Dokument, während er den halbgegessenen Apfel in die Höhe hielt. »Betrifft Ronald Debbs«, las er. »Ja, hier ist ein Bericht über ihn, genauso langweilig wie die meisten anderen. Ronald Debbs wohnt in der Ke-le-ti Ka-rol-y uc-ca – diese schrecklichen ungarischen Namen – Nummer vierzehn, dritter Stock.

Ich glaube, ich kenne die Straße. Sie ist in der Altstadt, direkt unter dem Rosenhügel, und überblickt einen kleinen Park und ein Café.« Er las murmelnd weiter: »Kontakte: Botschaften, britische, französische, amerikanische. Hm, diniert einmal wöchentlich mit dem belgischen Minister im *Tarjan*. Geht täglich in die Presseabteilung des Auswärtigen Amtes, meistens mittags, soll auf gutem Fuße stehen mit Zilahy-Sebes, den er ›fetter Depp‹ nennt, wenn der ›schmales Hemd‹ zu ihm sagt. Englischer Humor, nehme ich an. War zweimal beim Presseleiter Ullein-Reviczky eingeladen. Traf Premier Teleki einmal, worüber nichts Näheres bekannt ist, da das Interview nicht veröffentlicht wurde. Traf den Kriegsminister und den Kulturminister, den er durch eine Bemerkung über die Furunkel seiner Exzellenz erboste. Trifft sich oft mit Oppositionsblättern, besonders dem *Magyar Nemzet* und *Népszava*. Und so weiter, und so weiter. Keine erwähnenswerte weibliche Gesellschaft, obwohl er regelmäßig ins *Arizona* geht, meist allein. Sein bester Freund scheint – o Gott, schon wieder einer dieser verflixten Namen – Barkoczy zu sein, sein Assistent. Siehe Barkoczy-Akte. Ach ja, ich erinnere mich.« Hirtenberg ließ das Blatt sinken. »Auch ein Zeitungsmann und Schreiberling, dieser Barkoczy. Ein böser Bube, den wir observieren ließen und der kurz vor der Festnahme stand, aber Michaelis, das Genie, der immer die falschen Polizeispitzel beschäftigte, patzte erneut, und Barkoczy gelang es, in die Schweiz zu entkommen, als wir in Jugoslawien durchgriffen. Jedenfalls«, sagte er, gedankenverloren an seinem Apfel kauend, »war nichts Aufregendes an Debbs zu jener Zeit, nichts.« Er hob ein oder zwei Dutzend engbetippter Seiten hoch. »Langweile ich Sie mit dieser Einleitung?« fragte er.

»Überhaupt nicht«, sagte ich. »Reden Sie weiter.«

»Gut«, sagte er. »Hier sind noch mehr Berichte. Sozusagen die Privatgeschichte von Ronald Debbs, wie sie von diesem Polypen Michaelis und seinen besonders untauglichen Handlangern berichtet wurde. Sie ist langweilig, unendlich langweilig, bis – halten Sie mich nicht für unbescheiden – ich auf den Plan trete.« Er warf einen Blick in die Papiere. »Aber wo trat ich auf den Plan? Warten Sie. Hier ist was, überschrieben ›Debbs zur Lage‹, belauscht im Café *Biarritz,* 3. Mai 1939. ›Noch dieses Jahr wird es einen europäischen Krieg geben‹ und so weiter. Da sehen Sie, wo die Reichsmark bleibt. Und hier ist die Kopie eines Briefes von ihm an seine Frau. Soll ich ihn vorlesen?« fragte er.

»Ja«, sagte ich.

»›Meine liebe Eleanor‹«, las Hirtenberg, räusperte sich dann, ließ plötzlich das Blatt sinken, lehnte sich zurück und schloß die Augen. »Ach ja, jetzt erinnere ich mich an den Brief. Ich hatte mich noch gewundert, warum Kuche, der für Drama und Dichtkunst so viel Verständnis aufbringt wie ein Rhinozeros, diesen Brief überhaupt abgeheftet hat. Aber damals stand der Admiral völlig unter dem Einfluß des jungen Bacher – Sie werden Bacher kennen, er war einer von Hausofers jungen Männern, irgendein Doktor, verantwortlich für die Einführung eines breitangelegten idiotischen Systems der psychologischen Aktenführung. Bacher bat sich aus, daß jeder Agent den psychologischen Hintergrund seines Opfers mitrecherchierte. Das Ergebnis war das, was E. eine ›Orgie unverständlichen Blödsinns ohne Tatsachen‹ nannte. Ich erinnere mich neben vielen anderen Beispielen an einen langen freudianischen Bericht aus London über die Kindheit Chamberlains.« Er nahm das Blatt wieder hoch. »Hier ist er, Debbs' Brief an seine Frau, abgeheftet, weil man ihn für ein Beispiel seiner geistigen Unbedarftheit hielt! ›Meine liebe Eleanor‹«, er räusperte sich wieder, rückte seine Krawatte zurecht und las mit hoher Stimme weiter, als deklamiere er:

»›Ich schreibe diesen Brief nach Deinem Anruf heute abend, sitze auf meinem Balkon, der auf einen unaussprechlichen Park und gleichermaßen unaussprechlichen Hügel hinausgeht. Ich fühle mich ziemlich schlecht wegen Deiner angedeuteten Vorwürfe. Ich bin ein Schwein, Darling, daß ich Dir so lange nicht geschrieben habe. Aber es ging recht hektisch zu, und Budapest läßt einen nicht zur Ruhe kommen. Außerdem gibt es einen guten Grund, warum ich meinen Brief immer wieder verschoben habe.‹

Neuer Absatz«, fuhr Hirtenberg fort. »Sein Stil ist ziemlich kindlich, was Bacher für wesentlich hielt. Dann schreibt er weiter:

›Wahrscheinlich wirst Du diesen Brief schockierend, viel zu deutlich und daher unbritisch finden. Aber so ist er nun mal. Die Menschen hier stürzen sich auf einen und öffnen sich mit solcher Verve, daß man sich der Wirkung nicht entziehen kann. Du würdest Budapest hassen und vulgär finden mit seinen quirligen Cafés an der Donau, gegenüber den grünen Hügeln von Buda, den breiten Bogenbrücken, mit dem Essen, das Dir nicht bekommen würde, den Menschen, für die Du kein Vertrauen, nur Verachtung übrig hättest und die Du fast so schlimm finden würdest wie die Franzosen. Du hast Dich nie wohl gefühlt auf dem Kontinent, und heute mußte ich an unseren kurzen Aufenthalt in der Toskana denken, der Dich kalt und garstig machte. Was Budapest betrifft – hier hättest Du die perfekten Jagdgründe für Deinen Witz. Alles gut und schön, aber es ist, wie Du vorhin am Telefon sagtest, ›Ronald, du hast dich verändert!‹ Ja, Dein Ronald hat sich an diesen absonderlichen fremden Orten verändert.‹

Neuer Absatz und wieder ›meine liebe Eleanor‹«, bemerkte Hirtenberg, der sich zunehmend amüsierte. »Entschuldigen Sie die langweilige Vorrede, aber jetzt komme ich zum Punkt.

›Meine liebe Eleanor, ich mußte wohl erst den langen Weg nach Budapest machen, um mir klarzuwerden, daß unsere Ehe, die so perfekt und sittenstreng ist wie der Salon Deiner Tante Patricia, genauso geworden ist, wie die Deinen es wollten. Sie ist höflich, konventionell und ohne jede tiefere Emotion – nichts von den chaotischen Intimitäten, in denen sich die Menschen dieser Stadt begegnen. Wir beide haben getan, was von uns erwartet wurde, und fast leidenschaftlich jedes Interesse am anderen zu vermeiden gesucht. Was die Sache so schmerzhaft macht, ist, daß unser Scheitern so voller Klischees ist – mit all den Problemen, die sich ein Somerset Maugham nur wünschen kann. Uns in einem Roman wiederzufinden fände ich grauenvoll. Wenn ich in England geblieben wäre, wäre es jahrein, jahraus so weitergegangen: Wir wären zwischen unsere eisigen Laken geklettert und hätten so dagelegen für das nächste halbe Jahrhundert, verwickelt in permanente Auseinandersetzungen mit Schmollen und stummen Anklagen bis zum bitteren Ende. Ich weiß, es ist sehr taktlos, daß ich all dies vorbringe – über solche Dinge spricht man nicht –, aber ich finde es besser, es kommt endlich aufs Tapet. Ich kann nicht mehr so weiterleben, durch Europa ziehen mit einem gelegentlichen belanglosen Brief oder einem Telefonanruf oder einem noch selteneren Besuch zu Hause, wo mir eine Fremde mit wachsendem Mißtrauen begegnet. Liebe Eleanor, Du warst immer eine merkwürdige Mischung aus katholischer Erziehung, dem damit einhergehenden sozialen und emotionalen Brimborium und einer sehr unchristlichen Veranlagung. Hätten Dich Deine Eltern mit zwei Jahren statt zu den furchteinflößenden Patres auf einen kollektiven Bauernhof in Rußland geschickt, wäre aus Dir vielleicht eine fröhliche, charmante und ausgeglichene Frau geworden. Ich beobachte Dich seit Jahren, und was ich gesehen habe, war ziemlich kläglich. Du warst Dir Deines Liebreizes und Deiner menschlichen Gelüste durchaus bewußt. Aber über Deinem Bett hing der Schutzheilige Michael – oder war es Jacques? –, und Du fingst schon an zu beichten, bevor Du gesündigt hast. Natürlich lag das zum Teil auch an mir. Ich konnte Dir nicht helfen. Wäre ich einer der glücklichen Bewohner dieser Stadt gewesen, die die Sexualität als einen amüsanten Zeitvertreib und nicht als Erbsünde betrachten, hätte ich den Patres entgegenwirken und Dir helfen können, Deinen Appetit zu stillen. Aber auch ich bin von dieser furchtbaren Strafe des Fleisches infiziert. Wäre ich zynisch, würde ich Dir vorschlagen, herzukommen und Dich in meinen Freund Barkoczy zu verlieben, einen dunkelhäutigen Paprika, der es auf wunderbare Weise fertigbringt, daß sich Menschen, besonders Frauen, bei ihm wohl fühlen. Aber Du würdest ja doch nicht kommen, Du hättest Angst.

Dann ist da noch etwas. Ich habe mich hier auf verschiedene Dinge eingelassen – ich mag Dir nicht davon erzählen, da ich Deinen Dünkel gegen jede Art von intellektueller Tätigkeit und ideellen Dingen kenne. Ich erinnere mich noch sehr gut an Deine kurzen, spitzen Briefchen, als ich in Madrid war, worin Du schriebst, ich möge doch Onkel Frederick, der General Franco für einen feinen Herrn hielt, nicht vor den Kopf stoßen. Aber, um den Abstieg und Fall Deines Ehemannes zu krönen: genau da bin ich jetzt angelangt. Bei einem der

Dinge, die Du so verabscheust und mißverstehst: dem üblichen Haufen enthusiastischer junger Männer, die ihre Drinks nicht zahlen können, dunkelblaue Hemden tragen und ihr Haar nicht kämmen. Aber natürlich ist da noch mehr: Hier lebt nämlich ein wunderbarer alter Mann, eine Mischung aus Tolstoi und Thomas Hardy, und manchmal glaube ich, er braucht mich. Außerdem hat er eine Tochter, Eleanor, und ich glaube, ich liebe sie. Ich überlasse Dir die Entscheidung. Da ich Deine praktische Ader kenne: Du kannst die Wohnung, das Auto und den Hund behalten. Ich möchte nur den Matisse und meine Bücher. Der alte Farnsworth soll sich um die Formalitäten kümmern. Herzlichst Dein.‹«

»Sagten Sie eben, er wollte den Matisse behalten?« fragte ich.

»Ja«, sagte Hirtenberg. »Warum?«

»Schon gut. Lesen Sie weiter«, sagte ich.

Hirtenbergs Finger, knochig und rot, krochen zwischen Hals und Kragen, der viel zu eng war; er zerrte daran, und schließlich bewegte sich sein Zeigefinger innen am Kragenrand entlang, um den Hals herum. Dann rückte er seine Krawatte zurecht und fühlte sich wohler. Unter seinem Kiefer, wo die Haut schlaff herunterhing wie bei einem Hühnchen, erschienen kleine Stoppeln.

Die hellblauen Seiten gaben leise raschelnde Geräusche von sich, als er mit ihnen hantierte.

»Von diesem Brief an«, so Hirtenberg, »las ich fast jede Zeile, die es über ihn gab. Ich machte Mr. Debbs zu meiner Sache, könnte man sagen. Für eine Weile trat er ins Rampenlicht. Hauptsächlich wegen seiner Bewunderung für diesen ›wunderbaren alten Mann‹, aber von dem später. Die Tochter war übrigens Flora, wie Sie vielleicht schon erraten haben.«

Er hob einen Stoß engbetippter Dokumente in die Höhe.

»Es war ein trauriger Fall«, fuhr er etwas geistesabwesend fort, »der traurige Fall von einem nordischen Menschen, der unter orientalischem Einfluß verkommt. Budapest ist orientalisch, oder sagen wir, das Vorzimmer zum Osten, mit seinen Steppen, trägem Lebensfluß, mit materiellen wie auch geistigen Überresten einer asiatischen Vergangenheit und einer langen türkischen Herrschaft. Aber ich will Ihnen keine Vorlesung über Budapest halten. Die Sache war die, daß hier dieser nette, saubere Engländer war, isoliert und krank vor Heimweh. Frühe Berichte belegen das. Mein Assistent in Budapest – Marcel der Süße, wie wir ihn nannten – schreibt hier« – er beugte sich dichter über die Seite –, »daß J-71, das ist Debbs, außer Funktionären und Journalistenkollegen sehr wenige Leute einlädt, keine Freundin hat und nur zweimal betrunken gesehen wurde. Hier die Beschreibung eines normalen Tages von Debbs. Schrecklich eintönig und angelsächsisch. Er stand um acht auf, machte einen flotten Spaziergang zum Rosenhügel, begleitet von einem großen, braunen Hund nicht identifizierbarer Rasse namens Balb. Um neun ging er in irgendein Café, vertilgte ein großes Frühstück, während er, zum großen Amüsement der Kellner, die Morgenzeitungen mit Hife eines kleinen Wörterbuchs dechiffrierte. Danach erledigte er eine Anzahl von Telefonanrufen, unter anderem fragte er bei seinem Assistenten Barkoczy nach, ob es besondere Neuigkeiten gebe. Dann ging er über den Boulevard Margit zur Donau und spazierte am Fluß entlang bis zur Kettenbrücke. Auf dem Weg dorthin machte er zweimal halt, sagt Marcel, beugte sich über das eiserne Geländer und sah hinunter auf die Donau. Er war heiterer Stimmung und pfiff – Marcel schwört es – das Horst-Wessel-Lied, wenn auch ziemlich falsch. Er hielt bei einem Blumenverkäufer an und kaufte sich eine rosa Nelke. Dann stieg er in die Seilbahn und fuhr hinauf zum Auswärtigen Amt, wo er fast eine Stunde verbrachte. Er kam mit zwei Ausländern heraus, die Marcel nicht identifizieren konnte, obwohl er sie für Amerikaner hielt, ›wegen ihrer Röhrenhosen‹. Debbs und seine Freunde gingen in eine Kneipe in der Nähe des Ministeriums und konsumierten vier oder fünf Glas helles Bier, nahmen dann ein Taxi und fuhren in die Stadt zum Mittagessen. Marcel holte sie ein im Garten des Café *Hangli.* Barkoczy und ein Mädchen setzten sich zu ihnen, und es folgte ein lärmendes Mittagessen, wobei sie auffällig englisch sprachen und einige Aufmerksamkeit auf sich zogen. Debbs verließ die Gesellschaft nach dem Kaffee, um Tennis spielen zu gehen. Marcel verfluchte ihn, da es ein sehr heißer Tag war und er durch die halbe Stadt marschieren mußte, um Debbs zur Margaretheninsel zu folgen. Nach diesem Intermezzo begab sich Debbs in den angrenzenden

Swimmingpool und ging dann nach Hause. Zur Abendbrotzeit tauchte er wieder auf und machte sich erneut auf einen Spaziergang. Der erschöpfte Marcel hatte sich inzwischen im Café *Regent,* von wo aus er Debbs' Tür im Auge hatte, einigermaßen erholt. Er folgte ihm wieder hinunter zum Fluß. Debbs setzte sich auf eine Bank gegenüber dem Parlament, zündete sich eine Zigarette an und rauchte. Er saß eine Weile, ›seufzte häufig, als habe er Schmerzen‹, stand dann auf und ging ins Café *Fiume,* ein obskures Etablissement am Kai. Er setzte sich auf die Terrasse und bestellte etwas zu trinken. Ein Zigeuner spielte Geige. Marcel setzte sich neben Debbs. Nach einer Weile bot Debbs ihm einen Drink an, den Marcel natürlich annahm. Sie kamen ins Gespräch, und Debbs fragte ihn, wie er den Fluß finde. Schließlich fragte Marcel Debbs – um seinen Bericht zu würzen –, wie er den Krieg finde. ›Debbs antwortete daraufhin, daß der Krieg irgendwas mit sich selbst machen könne, eine Bemerkung, deren Bedeutung ich nicht verstand.‹ Sie nahmen noch ein paar Drinks und schieden als Freunde.

So lebte Debbs also eine Weile vor sich hin«, fuhr Hirtenberg mit einem Seufzer fort. »Er hatte keine Mädchen, tat seine Arbeit, unternahm erschöpfende Spaziergänge, aß mit Funktionären zu Abend und wurde zu diplomatischen Empfängen eingeladen. Dann schickte ihn dieser Barkoczy auf eine Rundreise durchs Land. Während dieses Ausflugs traf Debbs die wunderbare alte Mischung aus Tolstoi und Thomas Hardy. Keine Ahnung, wer Thomas Hardy ist, aber János Röt, den kenne ich. Haben Sie von ihm gehört?

WAHRSCHEINLICH NICHT«, sagte Hirtenberg, und sein Zeigefinger verschwand für einen Moment in einem seiner Nasenlöcher. »János Röt. Röt heißt rot und ist symbolisch, wenn man Symbole mag. Er ist Bauer, von den Ungarn paraszt genannt, ein schwieriges Wort voller Zischlaute. Irgendwo in der Nähe eines unaussprechlichen Dorfes, wie Debbs sagen würde, nicht weit von Szeged, hat er einen Bauernhof. Dort bestellt er sein Land und schreibt hin und wieder ein Buch oder einen Artikel. János Röt.« Hirtenberg ließ seinen Kopf an der Rückenlehne ruhen und schloß die Augen. »Als ich ihn kennenlernte, sagte er: ›Wissen Sie, Herr von Hirtenberg‹, wobei er die R höhnisch rollte, ›wissen Sie, die beliebteste Beschimpfung in diesem Land ist das Wort Bauer. Ich will, daß es zu einem Kompliment wird.‹

Ich besuchte ihn in jenem Sommer. Meine lange Zeit des Nichtstuns hatte, Gott sei Dank, ein abruptes Ende gefunden. Der alte Admiral war auf Stippvisite nach Budapest gekommen, hatte Michaelis wegen der Erzherzog-Affäre zusammengestaucht und mich über meinen neuen Job aufgeklärt, der darin bestand, ein Auge auf die ›Bauernbewegung‹ zu haben. Nicht, daß mir die Vorstellung sonderlich gefiel. Offen gesagt, hatte ich schon immer einen Horror vor Bauern; sie riechen nach Kühen und Pferdeäpfeln. Andererseits war es besser, als nichts zu tun – und ein schöner Triumph über Michaelis. Ich konnte selbständig arbeiten und meine Berichte direkt an den Admiral schicken. Ich will Sie jetzt nicht mit Einzelheiten langweilen; manchmal war der Job sogar interessant: Ich bereitete eine nette, kleine Kampagne vor, wurde dann aber nach Istanbul versetzt. Ich sehe gerade, die Kampagne ist gescheitert – ein weiterer Schnitzer von Michaelis. Jedenfalls, wie Röt einmal sagte, kann man die Bauern auf Dauer nicht unterdrücken. Persönlich ist es mir völlig schnurz, was die ungarischen Bauern tun oder nicht tun. Ich interessierte mich für János Röt und Flora und Debbs.

In seinem Brief an unsere liebe Eleanor sprach er vom Abstieg und Fall eines Ehemannes. Ich würde eher sagen, es war der Abstieg und Fall eines harmlosen und geistig schlichten Engländers. Er war als desinteressierter Beobachter nach Budapest gekommen, wurde während der fünf Jahre Abschlachterei in Europa hart und zynisch. Seine frühen Artikel – einige von ihnen sind hier abgeheftet – lassen einen stark distanzierten Charakter erkennen, einen Mann, der der menschlichen Spezies zutiefst mißtraut. Ein typischer Liberaler, fügt Bacher hier mit blauem Stift hinzu. Mir ist es egal, was er war, jedenfalls kam er nach Budapest als guter Junge, und bald darauf erschienen lange, chaotische Artikel in obskuren Zeitschriften, in denen Debbs das Gedankengut eines Maturanten verbreitete. Hier ist ein Beispiel für diese Art von Schmiererei, veröffentlicht in der *New Nation* oder wie sie heißen mag.

Dem Bericht einer amerikanischen Agentur über ›Spannungen an der ungarisch-rumänischen Grenze‹ folgend, fuhr ich mit dem Auto vorige Woche hinunter, um mir selbst ein Bild zu machen. Spannungen im Sinne des Berichts gab es natürlich nicht. Stundenlang fuhren wir durch heißes Steppenland, das die Türken vor einigen hundert Jahren von Bäumen befreit hatten. Es ist ein ruhiges Land mit viel Sand und Sonne, die die träge Szenerie beherrschen. Die Städte sind nichts anderes als große Dörfer, aber die meisten Menschen leben in abgeschiedenen Weilern oder auf den wenigen weitläufigen Gütern in niedrigen, langen Hütten mit flachen Dächern um das Gutshaus herum, arbeiten bis zur Erschöpfung, ein paar Lieder singend und ohne zu klagen. Von der Grenze ist nichts zu berichten. Ich sprach mit ein paar Wachen auf beiden Seiten; einer von ihnen wußte nicht einmal, was meine Dolmetscherin mit dem Wort Spannung meinte. Diese Wachen waren freundlich zueinander; sie tauschten Zigaretten, Zeitungen und Getränke aus, redeten in einer beiden vertrauten Sprache. Ihre zu beiden Seiten der lächerlichen hölzernen Grenze so ähnlichen Gesichter schienen mit der Landschaft zu verschmelzen, zu der sie seit mehr als tausend Jahren gehören, und, wie ich glaube, für alle Zeiten gehören werden. Zum Mittagessen fuhren wir zum nahe gelegenen Gut des Grafen P., der von uns gehört und seinen Verwalter, einen kleinen, fetten, mongolengesichtigen Mann, geschickt hatte, um uns einzuladen. Wir fuhren mit ihm eine halbe Stunde über Land: die immer gleiche milde, wellige Steppe mit derselben deprimierenden Stille. Hier würde man die Einsamkeit nicht genießen, dachte ich – es war Ödland, anders als die Wüsten des

Nahen Ostens, die einem Gott nahebringen und die Männer scharenweise dazu inspirieren, in die Stadt zurückzukehren und Seine Botschaft zu verkünden ... Der Graf bewirtete uns mit einem ausgezeichneten Mittagessen, erzählte von seinen Pferden, wovon eins im Jahre neunzehnhundertsowieso ein Derby gewonnen hatte, und befragte mich nach seinen Freunden in England, die er alle mit Vornamen nannte. Aber ich mußte ihn enttäuschen – ich wußte weder, wo Lulu noch Willie, noch der gute alte Stinker waren. Er war natürlich sehr probritisch.

Er war der Meinung, man solle den Nazis das Jagen und Fischen beibringen, aber keinesfalls das Schießen, und daß Sir Samuel Hoare im Gegensatz zu Hitler ein Gentleman sei. Er beklagte sich über den Verfall der Manieren und hoffte auf eine Welt aristokratischer Anarchie, ohne zentrale Amtsgewalt, in der die wenigen ›kultivierten‹ Überlebenden der wahrhaft guten alten Familien die Dinge zu deichseln hätten. Er holte seinen Stammbaum hervor, ein beeindruckendes Stück Kunst, gestickt auf Hundehaut, der bewies, daß er mit praktisch jedem in Europa verwandt war, den ich nicht mochte. Der Graf zeigte uns seine schönen Pferde und seine noch schöneren Kühe, die alle in zentralbeheizten Ställen und Schuppen mit fließend heißem und kaltem Wasser untergebracht waren. Meine Dolmetscherin konnte nicht umhin zu fragen, ob es einen Fernseher gebe, aber der Graf war nicht amüsiert. Als wir die Tiere hinter uns hatten, sagten wir, wir würden gern ein paar der Arbeiter sehen. Der Graf war verblüfft und sagte, daß es da nichts zu sehen gebe, aber wenn wir darauf bestünden... Woraufhin er ins Haus zurückging und uns der Obhut des Verwalters überließ. Wir gingen über grobe, sandige Wege, die von den Ställen hinunterführten in ein kleines Tal, das kaum mehr als eine Landsenke war, wo die Unterkünfte der Gutsarbeiter lagen. Der Verwalter bat uns, nicht hineinzugehen; es könnte die Frauen in Verlegenheit bringen, die auf ›so elegante Besucher‹ nicht vorbereitet seien. Aber ich bestand darauf, und wir betraten eine der Hütten. Darin waren zehn ›Wohnungen‹ mit etwa drei Meter breiten Räumen, die elendeste Slumbehausung, die ich je gesehen hatte. Alle arbeiteten draußen auf den Feldern, außer der Großmutter, die unsere Fragen mit schleppender Stimme beantwortete, während sie die Augen starr auf ihre Stiefelspitzen geheftet hielt. Der Raum stank in der Erinnerung an zehn Körper, die hier Nacht für Nacht schliefen – ein saurer Geruch. Sie hätten einen harten Winter gehabt, sagte die Großmutter, und die Männer hätten pro Tag im Schnitt zwei Heller verdient, außer im Dezember, als es nichts gab. Zwei der Kinder seien an der ›Halskrankheit‹ gestorben – wahrscheinlich Diphtherie –, und ein Mann, Pista Rácz, hätte seinen besten Freund ohne jeden Grund abgeknallt. ›Sie werden nervös‹, sagte die Großmutter. ›Sie führen lautstarke Reden, und letzten Monat ist im Nachbardorf der Gendarm gelyncht worden.‹ Dann gingen wir hinaus auf die Felder. Sie waren still, diese Felder, und als wir vorbeikamen, sahen wir eine lange Reihe von Frauen, die große Körbe auf den Köpfen trugen, in rhythmischer Würde dahinschreiten, die Hüften in vollkommenem Gleichklang wiegend. Sie waren ärmlich gekleidet, ganz und gar nicht wie die farbenprächtigen Einheimischen, die man in Operetten und Reiseprospekten sieht. Wir kamen zu einem großen Maisfeld; die Männer sahen ihre Frauen mit den Vesperkörben kommen und gingen auf sie zu, einer nach dem anderen, langsam und freudlos. Sie aßen nicht gemeinsam; die Paare verteilten sich und saßen für sich. Die Männer hockten sich hin und warteten, die Frauen stellten die Körbe auf den Boden, holten eine große Suppenschüssel hervor, die Männer starrten hinein, kratzten sich am Kinn, und es war keine Freude in ihnen. Ich hatte nie ein so stilles Mahl gesehen – niemand sagte ein lautes Wort. Die Männer aßen still ihre Suppe, während die Frauen leise murmelnd mit ihnen sprachen. Natürlich bemerkten sie uns, waren aber weder neugierig noch beeindruckt. Einige hatten eine abweisende Miene, in den Augen eine seltsame Mischung aus Verachtung und tiefer Demütigung. Der Verwalter versuchte uns abzulenken, indem er einen Vortrag über verschiedene Seuchen und Insekten hielt, die dem Mais schadeten, aber es gelang mir, mich davonzustehlen und auf die Männer und Frauen zuzugehen. Mit einemmal war ich bei einem abseits sitzenden Paar, das etwa fünf Meter von den anderen entfernt mit dem Rücken zu mir im Schatten des Maises saß. Es bemerkte mich nicht. Ich ging näher heran und hörte den Löffel gegen den Teller klappern; der Mann schmatzte beim Essen. Er strich sich befriedigt über den Schnäuzer, und ich starrte und starrte noch einmal und sah, daß seine Schüssel leer war, daß sie die ganze Zeit leer gewesen war. ›Sie sind so dumm‹, sagte der Verwalter, als wir davongingen. ›Sie sind dumm und stolz und verstellen sich. Gott sei Dank gibt es nicht viele wie sie.‹ ›Nein‹, sagte meine Dolmetscherin, ›nur etwa drei Millionen.‹

IST DAS NICHT RÜHREND?« fragte Hirtenberg verächtlich und ließ das Dokument sinken. »Mr. Debbs, der Freund des Volkes, der große Kreuzfahrer, der plötzlich entdeckte, daß es in Osteuropa arme Bauern gab! Hoffnungslos, diese Romantiker. Das muß Sie alles schrecklich langweilen – wie es mich gelangweilt hat. Ach, nichts ist öder als die selbstgerechte Empörung der Linken. In ihrer Rührseligkeit wollen sie nicht einsehen, daß es immer Führer und Geführte geben wird und daß die Führer selbstverständlich in der Minderheit sein müssen. Die einzige Ausnahme, so weit ich weiß, ist die chilenische Armee, die mehr Offiziere als Männer hat. Keine sehr gute Armee übrigens. Aber ich schweife ab. Worum es bei diesem schäbigen Artikel vor allem geht, ist die Person der Dolmetscherin – Flora. Sie zerrte den lieben armen Debbs unter den scheußlichsten Umständen quer durch das Land. Er mußte in Weilern und Dörfern hausen, in Staub und Dreck. Doch kam er ungebrochen zurück. Ich habe eine große Bewunderung für die Härte des englischen Erziehungssystems. Nicht nur, daß Debbs diese unendlich weite landwirtschaftliche Gosse überlebte, sondern er kehrte so gestählt zurück wie ein deutscher Jugendbundführer. In dieser Gemütsverfassung war er, als ich ihn in jenem Sommer bei János Röt kennenlernte.

Im Zuge meiner neuen Aufgabe wurde beschlossen, daß eine persönliche Bekanntschaft vonnöten sei, und ich bekam den Auftrag, mit János Röt in Verbindung zu treten. Der Admiral schrieb mir einen langen freundschaftlichen Brief und bat mich, in Erfahrung zu bringen, was man mit dem alten Narren anfangen könne und ob er auf unsere viel praktischere Radikalvariante umzupolen sei. Marcel sicherte die erforderliche Einführung zu: als Mitglied der Weltverschwörung Homosexueller stand er auf intimem Fuß mit einem jungen Adligen, der den Verstand verloren hatte und Sozialist geworden war und der mir einen freundlichen, an Röt adressierten Brief mitgab, in dem er mich als ›prominenten Flüchtling‹ und ›fähigen Streiter für die Sache der Freiheit‹ pries. Woraufhin ich von Budapest nach Szeged aufbrach.

Es war ein sehr heißer Tag«, fuhr Hirtenberg seufzend fort, »ein sehr heißer Tag. Der Zug war überfüllt, und die Vorstellung, etliche Stunden mit diesen Bauern verbringen zu müssen, schmeckte mir gar nicht. Ich hatte Röt zuvor ein Telegramm geschickt, worin ich mich auf das Empfehlungsschreiben bezog, und er hatte einen mit Schreibmaschine geschriebenen Brief zurückgeschickt, worin er den genauen Weg beschrieb, den ich von Szeged aus nehmen mußte, und mir versicherte, daß er über die Aussicht, mich kennenzulernen, hoch erfreut sei. Szeged war schlimmer als der Zug. Es roch nach Essen, und ich brach mir fast das Genick, als ich auf einer Wassermelone ausrutschte. Dennoch gelang es mir, einen einigermaßen ehrlich wirkenden Kutscher zu finden, mit dem ich mich über den Fahrpreis einigte. Dann folgte eine der schlimmsten Fahrten meines Lebens. Der Karren, gezogen von zwei anämischen, bösen Kleppern, holperte über den staubigen Weg, bis die karge Ortschaft von Szeged aus dem Blick verschwand und ich mich inmitten der berühmten Puszta wiederfand – einer trübseligen Landschaft. Es dauerte zwei oder gar drei Stunden, bis wir im Dorf angekommen waren, und inzwischen fühlte ich mich tatsächlich wie das edle Opfer der Verfolgung. Der Kutscher fragte, zu wem ich wolle, und ich sagte, zu János Röt, was er trotz meines sehr primitiven Ungarisch zu verstehen schien. Sein Gesicht hellte sich auf, als hätte ich ihm eine wunderbare Botschaft übermittelt; er klopfte mir auf den Rücken und weigerte sich, das Fahrgeld anzunehmen. Endlich gelang es mir, seine Freude zu bändigen, damit er mich zu Röts Haus fahren konnte, was er im Schweinsgalopp auch tat, während das ganze Dorf aufzutauchen schien und den aufgelösten Fremden, der sich an seinen Sitz klammerte, begaffte. Röts Haus stand oben auf einer kleinen

Anhöhe, umgeben von einem Garten. Es war ein kleines, weißes Haus, und Flora erwartete mich am Tor.

Ja, Flora. Als erstes fiel mir auf, daß sie am völlig falschen Platz zu sein schien, wie sie dort gegen das Holzgatter gelehnt stand, hinter sich den Staub und die Sonne und die heillosen Felder. Ich wußte schon von ihr; in einem der frühen Berichte gab es einen vagen Hinweis auf sie; der Agent hatte sie als ›hübsches Mädchen‹ beschrieben. Sie war alles andere als hübsch. Natürlich hielt Debbs sie für das Schönste auf Erden, den Comer See inbegriffen. Aber schön war sie auch nicht.

Ich hatte ein dralles Mädchen mit roten Backen erwartet, kichernd und mit der Art von Haut, die jeden Moment zu platzen droht – meine Vorstellung vom ungarischen Bauernmädel, die von Kontakten mit Köchinnen und Dienstmädchen stammte. Dort stand sie also verlegen, in einem weißen Leinenkleid, sah aus wie ein kleiner Farbtupfer, ausgeführt mit unendlich vorsichtigem Pinselstrich, ein kleiner Farbklecks vor der einförmigen Leinwand von Himmel und Feldern. Sie war groß, hatte breite Schultern und eine knabenhafte Figur. Sie sah nur halb auf, als sie ihre Hand ausstreckte und mich in gutem Deutsch begrüßte, aber als sie dann doch hochsah, blickte ich in ein slawisches Gesicht mit hohen Wangenknochen, die ihm eine dreieckige Form gaben. Sie hatte kastanienbraunes Haar, grünliche Augen, eine flache Nase und einen großen Mund. Alles an ihr war von peinlicher Sorgfalt. Ich konnte sie nicht näher betrachten, während wir langsam in den Garten gingen, aber die feinen blauen

Adern an Schläfe und Stirn, die Wimpern und kleinen Linien an den Mundwinkeln entgingen mir nicht – Einzelheiten, die man für gewöhnlich bei einem ersten Kennenlernen nicht wahrnimmt. Sie war schüchtern und sprach zögernd, und auf ihren Wangen lag eine ständige leichte Röte, als wäre das Leben ein schmutziger Witz, dessen man sich schämen müsse. Ich weiß nicht, warum Debbs sich in sie verliebte – die Hormone von Engländern reagieren rätselhaft. Zugegeben, irgendwie war sie beeindruckend, aber ich bevorzuge den dunklen, urwüchsigen Typ, der effizient und bereitwillig Lust verschafft. Flora war das genaue Gegenteil: Sie war die delikate Kompliziertheit per se; der Typ, der vor allem Mitleid hervorruft – das verabscheuungswürdigste menschliche Sentiment überhaupt.

Langsam gingen wir den staubigen Weinberg hinauf. Die Sonne brannte hartnäckig. Flora sagte schüchtern, daß ihr Vater auf mich warte und sie Eiswein bereit hätten. Ich dankte ihr und versuchte dann, sie genauer zu mustern. Sie ging langsam, die Hände hinter dem Rükken verschränkt, blickte zu Boden, auf köstliche Weise verlegen.

Aus dem Weinberg traten wir auf eine kleine Lichtung. Dort standen eine paar Bäume und schirmten das kleine, weiße Haus mit den urigen grünen Fensterläden ab. Im Schatten der Bäume an einem vollbeladenen Tisch saßen János Röt und ein junger Mann, der sich als Debbs herausstellte.

Flora stellte mich vor. Ich konzentrierte mich auf Röt, als er aufstand und seine große, rote Hand ausstreckte. Er war in Hemdsärmeln, ohne Kragen und Krawatte. Sein ziegelroter Hals endete in einem weißen Streifen, wo das Hemd begann. Ein typischer Bauernhals. Er sprach, und seine Augen lächelten höflich, aber ohne besondere Überzeugungskraft. Ich glaube nicht, daß er mich auf den ersten Blick mochte, aber Mißtrauen spürte ich nicht in ihm, und als er mich zum Sitzen aufforderte, dachte ich, vielleicht würde es nicht allzu schwierig sein, seine Sympathie zu gewinnen. Dann, als ich mich gerade setzen wollte, fügte er hinzu: ›Dies ist Mr. Ronald Debbs, ein Engländer.‹

Debbs erhob sich halb und murmelte etwas, wie Engländer es zu tun pflegen. Wir schüttelten uns die Hände. Er sah mich ohne Interesse an, als wäre ich ein Stück Landschaft im Regen. Auch er war ohne Mißtrauen, was mich erleichterte. Dann setzte ich mich; Flora trat mit einem Krug hinter mich und goß Wein in ein dickes Glas. Auf dem Tisch lagen auf Bauerntellern belegte Brote, ein paar mit Salami. Merkwürdig, an welche Einzelheiten man sich erinnert.

Die Unterhaltung begann vergleichsweise locker. Röt fragte mich nach meiner Fahrt. Ich gab meinen breitesten Wiener Dialekt zum besten und versuchte, humorvoll und locker zu sein. Er lachte nie, nur seine Augen lächelten. Flora lachte einmal – als ich den Kutscher beschrieb –, und es klang wie – na ja, wie das Lachen von Flora.

Während wir über neutrale Themen plauderten, wobei Debbs hin und wieder etwas in schlechtem Deutsch murmelte, taxierte ich die drei. Ich brauchte zwei Minuten, um festzustellen, daß Debbs in das Mädchen verliebt war. Immer wenn sie ihm nahe kam, sah er weg und nahm einen angespannten Gesichtsausdruck an. Über sie konnte ich mir nicht klarwerden – war sie tatsächlich schüchtern oder nur in seiner Gegenwart? Einmal erwischte ich sie, wie sie ihn voll ansah – tatsächlich war es das erste Mal, daß sie überhaupt irgend etwas voll ansah. Ihre Augen weiteten sich und füllten sich mit einem Leuchten, das nur Kinder haben.

Ich wollte Röt auf das richtige Thema lenken und machte eine Bemerkung über die Puszta, die sich flach und weit von dem kleinen Hügel aus erstreckte und im heißen Dunst endete. Bald wandten wir uns der Politik zu.

Ehrlich gesagt, erinnere ich mich an kaum etwas von dem Blödsinn, der geredet wurde. Aber hier ist eine Zusammenfassung von jenem Nachmittag, die übliche intensive Debatte, die überall in Europa ausgetragen wurde, während wir handelten. Ich lese hier – ja, jetzt weiß ich es wieder: Debbs drückte seine Zweifel an den Vorteilen des kollektiven Lebensstils aus, den Röt zu befürworten schien, und ließ wahllos Phrasen wie ›individuelle Freiheit‹ und ›die Freiheit des Privaten‹ vom Stapel. Das einzige, an das ich mich wirklich erinnere, ist Röts Gesicht: die halbgeschlossenen Augen, der sardonische Schnäuzer und wie er mich und Flora ansah, während Debbs redete und seine Wirkung auf uns abschätzte, was ich für sehr unhöflich hielt. Als Debbs fertig war, räusperte sich der alte Mann und fragte – ja, hier steht es in meinem Bericht: Röt fragte Debbs, ob er glaube, daß das, was er ›Freiheit‹ nennt, in England existiere. Debbs bejahte dies und fügte hinzu, daß die politischen Freiheiten immer noch großzügig seien, während die ökonomischen Bedingungen offenbar weitreichende Beschränkungen gebracht hätten: man könne sagen, schreiben, denken, was man wolle. ›Ja‹, erwiderte Röt, ›und ihr freut euch so über diese politischen Freiheiten, daß selbst diejenigen von euch, die sich der ökonomischen Sklaverei bewußt sind, selbstzufrieden mit den Achseln zucken und glauben, letztlich sei der Handel gar nicht so übel. Täuschen Sie sich nicht‹, fuhr Röt sardonisch fort –, ›ganz gewiß stehe ich für Menschenrechte und persönliche Freiheit ein, aber ohne die entsprechenden wirtschaftlichen Freiheiten gibt es auch keine politischen. Unter diesem falschen Freiheitsbegriff lebt nicht nur der angelsächsische Underdog – grob geschätzt etwa sechzig bis siebzig Prozent der Bevölkerung –, auch wenn er doch nichts anderes ist als ein entlohnter Sklave. Selbst die Ober- und Mittelschicht lebt in dieser Illusion von Freiheit. Die rücksichtslose Diktatur des modernen Produzenten unterdrückt sowohl die Freiheit der Gedanken wie auch alle anderen Freiheiten ziemlich effektiv. Denken Sie an die Cornflakes-, die Automobil-, die Coca-Cola-Führer, die mit raffinierten Überredungskünsten dem ›freien‹ Individuum ihre Wünsche aufzwingen. Mr. Smith aus London steht jeden Morgen zur gleichen Zeit auf, liest die gleiche Zeitung, nimmt den gleichen Zug, geht in dasselbe Büro, unterschreibt die gleichen Schriftstücke, ißt sein Mittagessen im selben Restaurant, raucht die gleichen Zigarren ad nauseam, bis er beim Einschlafen das immer selbe Kissen umarmt. Obwohl Sklave seiner eigenen Welt, hält man ihn für einen glücklichen Bourgeois. Oder nehmen Sie die sogenannte Oberschicht‹, fuhr Röt fort, ›die angeblich alle Möglichkeiten besitzt, die Freiheit zu ihrem Wohle zu nutzen. Auch sie ist in ihrer eigenen Welt gefangen; nur daß ihr Mittagessen einen zusätzlichen Gang hat, die Zigarre dicker ist und die Geliebte blonder. Wieso also diese schreckliche Angst vor der kollektiven Lebensweise, Mr. Debbs? Die Menschheit hat vor etlichen tausend Jahren ihre Individualität verloren, und es ist sinnlos, zu versuchen, den Menschen in seine Privatheit auf Baumwipfel zurückzutreiben.‹ An dieser Stelle war ich so angeödet, daß ich mich an Flora wandte und nach ihrer Meinung fragte. ›Selbst Gott war kein Individualist‹, sagte sie. ›Schließlich hat er den Menschen erschaffen, weil er einsam war.‹

Ich frage Sie, Borst! Lieber habe ich mit dem gesamten Geheimdienst, der GPU und dem Deuxième Bureau zu tun als mit dieser Art von Diskussion. Was für ein Schmarrn! Freiheit und Sklaverei, Gott und Kollektivität, nichts als Blabla. Geben Sie mir eine Maschinenpistole, und das Himmelreich ist unser. Der Himmel ist sowieso voller fünfter Kolonnen, hat Marcel einmal gesagt. Jedenfalls war dies der Nachmittag, den ich in János Röts Haus durchleiden mußte. Die Argumente gingen stundenlang hin und her, und eigentlich interessierten mich nur Floras Lachsaugen und ihre merkwürdige Mischung aus biedermeierlicher Sittsamkeit und Marxismus. Röt, hart, sardonisch, sachlich, ging mir wahnsinnig auf die Nerven, und Debbs machte sich hin und wieder zum Narren. Er wurde ziemlich heftig, wahrscheinlich nicht so sehr seiner Überzeugungen wegen, sondern weil er dem Mädchen imponieren wollte. Wir verließen Röt gemeinsam nach dem Abendessen – etwa um acht –, obwohl er uns eine Art besseren Kuhstall als Gästezimmer anbot, was sowohl Debbs als auch ich höflich ablehnten. Wir kehrten gemeinsam in einem dieser Karren nach Szeged zurück. Der Tag war lang gewesen. Um zehn kam der Mond heraus und beleuchtete die Landschaft. Meine Leber war total am Ende. Debbs saß mürrisch da, den Hut über die Augen gezogen. Wir erwischten den Halbelf-Uhr-Zug nach Budapest. Als wir ankamen, bot Debbs mir die Mitfahrt in einem Taxi an, was ich akzeptierte, und nahm mir das Versprechen ab, ihn ›in nächster Zeit‹ anzurufen.

Das tat ich. Einmal ging ich durch diesen unaussprechlichen Park zu seiner Wohnung und trank dort Kaffee. Er war sehr freundlich und erkundigte sich nach meinen Plänen. Ich lieferte ihm eine Glanznummer, indem ich von meiner jüdischen Großmutter berichtete, deretwegen man mir in Wien den Garaus machen wollte. Ich ließ eine Bemerkung fallen über meine Verbindung zu den Legitimisten und tischte ihm auf, daß ich mich um ein palästinensisches Visum bemühe. ›Weg von hier und vielleicht Apfelsinen anbauen, bis die Krise vorbei ist‹, fügte ich hinzu. Er bot seine Hilfe an. Ich war zunächst angemessen zurückhaltend, erklärte mich aber schließlich bereit, ihm mitzuteilen, falls ich seine Empfehlung beim Konsulat benötigte. Ich traf ihn noch ein paarmal: Er war immer freundlich und reserviert, und als ich ihn einmal nach den Röts fragte, wurde er rot, richtig süß. Das war alles.

Alles bis auf das, was Marcel, der ihm auf den Fersen blieb, berichtete. Es gelang uns, sein Telefon anzuzapfen. Eine Weile geschah nichts, und ich war mit meinen stinkenden Bauern beschäftigt. Dann fingen wir ein Telegramm von der *Daily News* an Debbs ab mit dem Auftrag, ›sofort nach Istanbul‹ zu gehen, um Branton zu ersetzen, der sich Typhus geholt hatte und zum Krankenurlaub nach Hause zurückkehren sollte. Zwei Tage später erschien Marcel mit einer langen Aufnahme eines Telefonats zwischen Debbs und Flora. Ein recht amüsantes kleines Dokument.

Nebenbei gesagt, war es dieser üble Winter im Jahre 1940. In Budapest lag viel Schnee. Ich erinnere mich jetzt wieder ganz gut: Ich saß im Bett, umgeben von Wärmflaschen, Aspirin und erotischer Literatur und las den Bericht, den Marcel eines Vormittags anbrachte. Hier ist er:

> Der Anruf wurde angemeldet am 21. Februar um zehn Uhr abends von dem Budapester Teilnehmer der Nummer 267-376. Budapest verlangte Szeged und dort die Nummer 49. Der Anruf wurde um elf Uhr durchgestellt. Die Verspätung entstand aufgrund schwerer Schneefälle. Die Verständigung

war ziemlich schlecht, aber wir setzten einen Verstärker ein. Sie sprachen nur englisch. Hier ist der genaue Text der Aufzeichnung, gezeichnet und mit allem Drum und Dran.

Debbs: Hallo? Szeged neunundvierzig?

Fräulein Röt: Ja. Wer spricht da?

Debbs: Ach, hallo, Miss Röt. Hier spricht Ronald Debbs.

Fräulein Röt: Wer?

Debbs: Debbs. D-E-B-B-S, Ronald Debbs.

Fräulein Röt: Oh.

Debbs: Können Sie mich hören?

Fräulein Röt: Ja. Guten Abend, Mr. Debbs.

Debbs: Wie geht es Ihnen?

Fräulein Röt: Sehr gut, danke.

Debbs: Wie geht es Mr. Röt?

Fräulein Röt: Ihm geht es auch sehr gut. Es ist sehr kalt hier.

Debbs: Ja, ist es nicht schrecklich? Wir sind hier völlig zugeschneit.

(Pause)

Debbs: Miss Röt, ich habe Neuigkeiten für Sie.

Fräulein Röt: Ja?

Debbs: Ich verlasse morgen abend Budapest.

(Pause)

Fräulein Röt: Ja?

Debbs: Ja. Ich habe soeben ein Telegramm von meiner Zeitung bekommen, ich soll in die Türkei.

Fräulein Röt: Tut mir leid, das zu hören.

Debbs: Mir tut es auch sehr leid.

Fräulein Röt: Kommen Sie zurück?

Debbs: Miss Röt, ich wollte eigentlich herunterkommmen zu Ihnen und allen auf Wiedersehen sagen. Aber ich habe es einfach nicht geschafft. Ich bin in schrecklicher Eile, verstehen Sie. Ich muß die Dinge hier in Gang setzen. Visa und so weiter, wissen Sie.

Fräulein Röt: Ja, Visa.

Debbs: Ich hätte Sie gern gesehen, bevor ich abfahre.

Fräulein Röt: Ja, Mr. Debbs.

Debbs: Ich bin schrecklich dankbar für alles, was Sie für mich getan haben. Und bitte danken Sie auch Ihrem Vater in meinem Namen. Sie waren beide wunderbar.

Fräulein Röt: Ach, Unsinn. Wirklich. Ich meine, das war doch nicht der Rede wert. Wir mögen Sie einfach.

Debbs: Miss Röt, die Verbindung ist miserabel. Ich kann Sie kaum verstehen. Können Sie mich verstehen? Es gibt ein paar Dinge, die ich Ihnen sagen möchte. Ich wünschte, ich könnte sie Ihnen persönlich sagen. Die Verbindung ist sehr schlecht.

Fräulein Röt: In der Tat, sehr schlecht.

Debbs: Miss Röt, ich will mich natürlich nicht einmischen, aber ich finde, Sie sollten hier raus.

Fräulein Röt: Raus? Wo?

Debbs: Aus Ungarn. Ich meine, es sieht ziemlich schlimm aus. Ich finde, Sie sollten das Land verlassen.

Fräulein Röt: Das kann ich nicht.

Debbs: Natürlich können Sie. Vielleicht möchten Sie für uns arbeiten. Ich meine, ich könnte Ihnen irgendeinen Job bei meiner Zeitung besorgen. Vielleicht in der Türkei.

Fräulein Röt: (lacht) Vielen Dank, Mr. Debbs. Aber ich kann nicht weg.

Debbs: Warum nicht?

Fräulein Röt: Das würden Sie nicht verstehen.

Debbs: Ich verstehe eine ganze Menge. Ich finde, Sie sollten das Land verlassen. Die Türkei ist ein schöner Ort, wissen Sie.

Fräulein Röt: Ich mag keine schönen Orte.

Debbs: Das glaube ich Ihnen. Trotzdem...

Fräulein Röt: Also, ich hoffe, Sie werden uns schreiben.

Debbs: Das werde ich bestimmt.

(Pause)

Vermittlung: Drei Minuten sind um. Wollen Sie weitersprechen?

Debbs: Ja, bitte.

Fräulein Röt: Das wird wahnsinnig teuer.

Debbs: Hören Sie. Ich reise morgen ab. Es klingt albern, aber wahrscheinlich werde ich Sie nicht wiedersehen – ich muß Ihnen etwas sagen. Sie dürfen mich nicht unterbrechen, versprechen Sie es, ich meine, Sie dürfen schon, aber versuchen Sie nicht, mich davon abzuhalten, das zu sagen, was ich sagen will. Ich wollte es schon vor langem sagen, aber ich hatte nicht den Mut. Ich würde es überhaupt nicht sagen, aber ich reise morgen ab, und in diesen Zeiten abzureisen heißt vor allem mourir un peu. Auch hätte ich es Ihnen nicht ins Gesicht sagen können, aber dieses kleine Ding aus Bakelit hier vor mir ist geduldig. Wissen Sie, wie ich mich fühle? Nein, das können Sie nicht. Aber vielleicht kennen Sie das Gefühl, wenn man mit seinem Chef telefoniert, und auch wenn er Tausende von Meilen entfernt ist, steht man auf, verbeugt sich höflich, rückt seine Krawatte zurecht und macht ein höfliches Gesicht. So etwas mache ich gerade. Ich rutsche auf meinem Stuhl hin und her und knipse sogar das Licht aus: im Dunkeln ist es leichter. Draußen auf den Hügeln liegt Schnee, ein weißer Schein fällt in mein Zimmer und erfüllt es mit einem wunderbaren Glanz. Hören Sie, Flora, ich sehe Sie vor mir, wie Sie mit Ihrem ernsten Gesicht am Telefon im Arbeitszimmer Ihres Vaters sitzen. Ich hoffe, er ist nicht da. Ich hoffe, Sie sind allein, so wie ich mit dem hellen Schnee draußen. Ich wünschte, ich könnte Ihnen dieses Gefühl für die Einsamkeit und die Nacht vermitteln. Aber das geht wohl nicht, denn zwei Menschen können zur selben Zeit nicht dasselbe empfinden. Ich wünschte, wir hätten beide Zahnschmerzen; das wäre zumindest ein starkes Gefühl, das uns verbindet. Aber Sie sind viele Meilen entfernt von mir, und Sie machen Ihr ernstes Gesicht. Ich weiß: das Ganze erfüllt Sie mit Skepsis, dieser jähe nächtliche Anruf von einem aufgeregten Fremden, der dummes Zeug redet. Aber das macht nichts. Ich muß es mir von der Seele reden, weil ich morgen abreise und Sie nicht kommen wollen. Gott, wenn

Sie wüßten, wie sehr ich mir wünsche, Sie würden kommen. Ich war immer einsam – vielleicht ist das der Grund, warum mich die Vorstellung Ihres Vaters von der Menschheit, die vor sechzigtausend Jahren die Einsamkeit verlassen hat, so beeindruckt. Mich hat die Einsamkeit nie verlassen. Ich war die ganzen letzten sechzigtausend Jahre einsam. Es wäre wunderbar, wenn Sie kommen und mir packen helfen würden; dann würden wir in einem dunklen Taxi gemeinsam durch den Schnee zum Bahnhof fahren. Ich würde zwei Fahrkarten lösen, mit Ihnen in den Zug steigen, in einem dämmrigen Abteil sitzen und unseren Mitreisenden Gesichter schneiden. Es wäre wunderbar, Sie am nächsten Morgen zu sehen, zerzaust, mit roten Flecken im Gesicht und all den anderen Spuren einer beschwerlichen Reise – und dann anzukommen in einem weißen Hotel und zusammen zu frühstücken und zusammen allein durch eine unbekannte Straße zu gehen und irgendwo einen Drink zu nehmen, Souvenirs zu kaufen und dann, vielleicht am Abend, auf einem weißen Hügel stehenzubleiben und hinunter auf die Stadt zu sehen und nie mehr einsam zu sein. All dies klingt töricht, aber ich meine es todernst. Der Gedanke abzureisen, ohne es Ihnen zu sagen, war einfach zu schrecklich. Sie müssen es wissen. Fragen sollte man nicht aus dem Wege gehen, hat Ihr Vater gesagt. Jetzt, in diesem Moment, sitze ich mit dem Rücken zur Tür. Es ist schön, sich vorzustellen, daß Sie vielleicht schon aufgelegt und das erstbeste

Flugzeug bestiegen haben und tatsächlich die Treppe heraufkommen, oder daß ich, wenn ich aufhöre mit diesem Gefasel, noch immer Ihre Stimme hören kann. Ich frage mich, was Ihre ersten Worte sein werden, wenn ich fertig bin. Aber jetzt mache ich wirklich Schluß. Ich zähle bis fünf, und dann, bitte, sagen Sie etwas Schönes.

Und dann zählte er bis fünf, und sie sagte: ›Wann geht Ihr Zug morgen?‹, und er stieß eine Art Geheul aus, bis er es schließlich fertigbrachte, ›Halb zwölf‹ zu sagen, und sie sagte, ›Ich werde versuchen, dort zu sein‹, was sie war.

An jenem Abend, als Debbs seinem Fräulein all diesen Schmäh erzählte, saß ich in Rockers Büro. Man hatte uns soeben mitgeteilt, daß wir innerhalb der nächsten paar Monate nach Rußland vordringen würden. Wir saßen bei Kaffee und Zigarren, und ich dachte an die langen, breiten Kolonnen, die nach Osten marschieren würden. Diese Nacht war voller Dramatik und Bedeutung – nur Debbs säuselte mit seiner Liebsten. Die Welt um ihn herum begann sich nach einem grandiosen Plan zu drehen und beeinflußte Millionen Menschenleben, die Erde, die Flüsse, die Berge. In dieser besonderen Nacht entwickelte sich in uns ein Gefühl der Wichtigkeit für die Geschichte, das nicht einmal Rockers häßliches Büro und die noch häßlicheren Zigarren zunichte machen konnten. Aber Debbs turtelte, und für Turteltauben ist unter den gegenwärtigen Umständen kein Platz. Marcel folgte ihm, als er Budapest verließ.

Hier ist der Bericht.

J-71, das ist Debbs, verließ Budapest mit Zielort Istanbul via Belgrad mit dem Mitternachtszug. Er wurde verabschiedet von Frank O'Mallorey, einem amerikanischen Journalisten, Barkoczy, Debbs' Assistenten, und später Flora Röt.

Debbs war um elf am Bahnhof. ›Eine halbe Stunde zu früh‹, schreibt Marcel. ›Er trug einen neuen Kamelhaarmantel, den ich noch nicht kannte‹, fügt er hinzu. Er suchte seinen Schlafwagen, verstaute sein Gepäck, tauchte dann wieder auf, plauderte mit O'Mallorey und Barkoczy, sah immer wieder nervös auf seine Armbanduhr, sagte nach etwa zehn Minuten seinen Freunden ›Auf Wiedersehen‹ und bat sie, zu gehen, was sie auch taten. Barkoczy gab ihm noch ein kleines Päckchen. Jedenfalls erschien Flora etwa zwanzig Minuten vor Abfahrt des Zuges. Marcel schreibt: ›Sie war ohne Hut. Sie eilte auf Debbs zu, und dann gingen sie auf dem Bahnsteig auf und ab. Ich versuchte, mich heranzupirschen, aber das erwies sich als schwierig, und so konnte ich nicht jedes Wort verstehen.‹ Tatsächlich machte Marcel nur Gesprächsfetzen aus, die sehr wenig Sinn ergaben. Offenbar versuchte Debbs erneut, Flora zu überreden, das Land zu verlassen. Marcel schreibt:

›Leise antwortete sie etwas und schüttelte leicht den Kopf. Sie gingen weiter auf und ab. Er schien immer nervöser zu werden. Weitere Reisende kamen und standen in Grüppchen beisammen, und es gab die übliche Aufregung, die diejenigen befällt, die wegfahren, und diejenigen, die zurückbleiben. Debbs und Fräulein Röt standen vor mir. Sie war ernst, aber weder aufgeregt noch traurig. Dann küßte sie ihn mit einer schnellen Bewegung und lächelte. Er sagte etwas, das ich nicht verstehen konnte. Sie schob ihn sanft auf den Waggon zu, und schließlich stieg er ein und erschien gleich darauf an einem der Fenster. ›Sie werden schreiben, ja?‹ fragte er. Er war sichtlich bewegt. Sie nickte. Der Zug setzte sich in Bewegung. Debbs starrte sie an, als wolle er sie hypnotisieren. Sie wandte mir jetzt den Rücken zu und folgte dem Zug langsam mit den Augen, als er, Dampfwolken ausstoßend, verschwand. Sie lief weder mit dem Zug mit wie andere, noch winkte sie mit dem Taschentuch. Als sie sich zum Gehen wandte, war ihr Gesicht so ernst wie zuvor. Langsam verließ sie den Bahnsteig. Ich folgte ihr. Sie ging die breite Treppe vor dem Bahnhof hinunter, blieb am Bordstein stehen und sah sich um – wohl nach einem Taxi. Dann überlegte sie es sich anders und ging zu Fuß. Ich folgte ihr die Rakoczi ut entlang. Sie ging gleichmäßigen Schritts; offenbar hatte sie es nicht besonders eilig. Dann bog sie in eine der Seitenstraßen ein, die zu einem Park führen. Dort setzte sie sich, obwohl es immer noch schneite und naß war, auf eine Bank und blieb eine Weile sitzen, unbeweglich und ernst. Zuerst konnte ich sie weder sehen noch hören. Ich ging langsam an ihr vorbei und wieder zurück. Sie saß noch immer da, unbeweglich und ernst. Vielleicht weinte sie.‹

Abgang Mr. Debbs«, sagte Hirtenberg. »Und Ende eines Kapitels. Langweile ich Sie auch nicht? Jedenfalls geht die Geschichte ihrem Ende zu. Er kam in Istanbul an; seine Anwesenheit wurde dokumentiert und von Schmidt-Dumont, dem Presseattaché, vorschriftsmäßig gemeldet; es gab einen kurzen Vermerk über ihn in einem von Marwitz' Berichten. Debbs verhielt sich eher unauffällig, und ein paar Wochen hörte ich nichts über ihn. Dann griffen wir Jugoslawien an, und ich hatte sehr viel zu tun, da ich Merger unterstützen mußte, der eigens aus Wien heruntergekommen war – vielleicht kennen Sie Merger –; er war in den Münchener Tagen mit E. zusammen. Außerdem hatte ich fürchterliche Zahnschmerzen und verbrachte meine Freizeit bei einem Zahnarzt namens Schwarz. Ende April wurde ich für ein paar Tage nach Belgrad geschickt, anschließend nach Athen. Der Admiral entschied, ich solle nach Istanbul gehen. Ich verbrachte eine Nacht in Smyrna, wurde von Insekten zerstochen, wie immer in Smyrna, überlebte aber irgendwie und fuhr weiter nach Ankara, wo ich mich einige Stunden aufhielt. An einem wunderschönen Maimorgen kam ich in Istanbul an und begab mich auf direktem Weg ins Hotel *Londra.*«

Zum ersten Mal seit seinem Abendessen stand Hirtenberg auf. Er zog den Mantel aus. Er blieb am Kamin stehen, um sich den Rücken zu wärmen.

»Gewiß kennen Sie die Herrlichkeit des ersten Morgens in einer fremden Stadt. Alles erscheint einem wunderbar während der Taxifahrt zum Hotel, und man murmelt vor sich hin, ›Dies also ist das berühmte Paris oder Olmütz oder Istanbul‹. Aber Krieg hin, Krieg her, ich werde diesen ersten Morgen, als ich aus dem Haydarpasha-Bahnhof trat, zerstochen und halb tot vor Blähungen, nicht vergessen. Da war diese breite Wasserstraße mit all ihren Blauschattierungen, wo der Bosporus in das Goldene Horn und das Marmarameer mündet. Da war das Hellblau des Marmarameeres mit seinen Inseln, die sich weiß und rein, fast lebendig, erhoben, und zu meiner Rechten die dunkleren Schatten der Meerengen, rasch und gefährlich und ganz unorientalisch mit ihren grünen Hügeln und frischen Blumen – fast wie am Rhein. Normalerweise langweilen mich Meeresblicke, erschreckend und endlos, wie sie sind. Aber hier waren Himmel und Meer gestaltet, gebrochen und gezähmt, sowohl von Gott wie von den Menschen. Da waren die von Zypressen grünen Hügel, und da klebten die Villen, weiß und rosa und blau, dicht nebeneinander wie Weintrauben an den Hängen. Und hier und da reckten sich ein paar Moscheen und Minarette elegant und heiter in den Himmel, zerteilten den Horizont wie ein Ausrufezeichen. Als wir mit der Fähre hinüber zur Galatabrücke fuhren, rückte die Stadt langsam ins Blickfeld. Jetzt ist sie schmutzig, staubig, irritierend, läßt an Streits mit Taxifahrern, Kellnern, an gestohlene Unterwäsche, Sandfieber und klamme Bettücher denken, aber an diesem Morgen war sie wie die verspätete Erfüllung eines Jugendtraums. Natürlich ist Istanbul auch falsch, wie jede Schönheit, aber diese Falschheit wurde in jahrhundertelanger Arbeit sorgsam perfektioniert. Es ist der einzige geschichtsträchtige Ort, der mir echt vorkam. Vor

Meer und Himmel standen die alternden Dome und Türme, und als wir uns der Landungsbrücke näherten, konnte ich die Geschichte riechen wie nie zuvor. Rom ist dagegen ein häßliches Museum mit einigen erlesenen Ausstellungsstücken und viel zu viel Frömmelei, während Paris, Wien oder Den Haag eine schmerzliche Touristenmiene zur Schau tragen. Aber dort, an diesem ersten Morgen, hatte ich endlich das Gefühl, längst vergangene Zeiten kennenzulernen. Ich spürte, wie die Steine bröckelten, die Mauern zerfielen und Moos zwischen den Steinen der Höfe wuchs – so zerfielen sie schon seit Jahrhunderten und existierten immer noch. Mein Fahrer, ein schielender Kurde, haute mich übers Ohr, indem er den längsten Weg nahm, den man zum *Londra* nehmen kann, aber was soll's. Die Straßen glänzten vom nächtlichen Regenguß, spiegelten Meer, Sonne und Himmel wider, rochen nach Gewürzen und Kaffee und Schmutz und, vor allem, nach langsam vergehender Geschichte.

DAS LONDRA war ein zweitklassiges Hotel. Ich wohnte vor allem deshalb dort, weil die besseren Hotels mit jener neuen reizenden Spezies, den britischen Flüchtlingen, die vom Balkan herunterströmten, überfüllt waren. Außerdem war Signor Barbia, der Besitzer des *Londra,* ein alter, zuverlässiger Spitzel von Marwitz, und ich konnte sicher sein, vom Feind unbehelligt zu bleiben. Dazu kam das besondere Essen, das Signor Barbia für uns alle kochte, und der zusätzliche Vorteil, eine Anzahl von schäbigen britischen Vizekonsuln und

Ölexperten in der Nähe zu haben, die mir, dem edlen Streiter für die Freiheit und so weiter, einen angemessenen Hintergrund verliehen.

Barbia war von meiner Ankunft informiert worden und hatte ein nettes, aber etwas heruntergekommenes und insektenverseuchtes Zimmer für mich bereit, mit eigenem Bad und Blick auf das Goldene Horn. Dieses Paradies war etwas beeinträchtigt durch die Existenz eines Lokals namens *Yenitze,* direkt unter meinem Balkon, wo sich jede Nacht die Jeunesse dorée versammelte, um einer fetten, dunklen Dame zu lauschen, die die unglaublichsten Töne hervorbrachte. Der Ausblick jedoch entschädigte für alles. Jeden Morgen, wenn ich aufstand, wurde ich von einer Farborgie begrüßt.

Ein, zwei Wochen war nicht viel zu tun. Barbia, fett, parfümiert, mit sorgsam manikürten, weißen Händen und einem herzförmigen Mund mitten in einem großen, grauen Gesicht, fungierte als Verbindungsmann zwischen Marwitz und mir. Marwitz schickte etwas Geld und einen freundlichen Brief, in dem er sich entschuldigte, mich nicht treffen zu können, da er nach Ankara müsse. Er teilte mir mit, daß unsere arabischen Freunde nicht vor Monatsende ankommen würden, und sagte, ich solle es mir gutgehen lassen, die Stadt besichtigen und ihn benachrichtigen, falls ich etwas brauche. Außerdem sagte er, ich solle, wenn mir daran liege, Elvira kennenlernen: auch sie wohnte im *Londra.*

Ach, Elvira! Die Menschen, mit denen man es damals zu tun hatte! Sie werden nicht von ihr gehört haben, obwohl sie eine Zeitlang in Sofia war. Elvira, Elvira Hinz – ja, das war ihr voller Name. Wir nannten sie Elvira die Jungfer. Nebenbei bemerkt, war sie die übelste Hure, der ich während meiner langen Karriere begegnet bin, und dazu ein durchtriebenes Aas, da sie mit den Männern nicht ins Bett ging, sondern nur ihr Geld nahm und ihr Hormonsystem ruinierte. Sie begann, glaube ich, als Seiltänzerin in Schanghai, wo sie eines Tages im Alter von fünf Jahren mit ihrem Vater, einem Sachsen aus Transsylvanien, und ihrer Mutter, einer Zigeunerin aus Jassy, ankam. Sie war ein paarmal um die Welt gekommen und machte sich mit fünfzehn selbständig, als es ihr in Madras gelang, einen britischen Polizeisergeanten zu provozieren, sie zu vergewaltigen, woraufhin sie ihn anzeigte, was ihr eine große Summe Bargeld einbrachte. Schließlich verschlug der Krieg sie als Freundin eines Leutnant-Colonels, nebenbei gesagt, eines unserer Agenten, nach Wien. Irgendwann wurde sie auf den Balkan geschickt und leistete seitdem ausgezeichnete Arbeit. In Sofia, wo sie als Diseuse im *Imperial* angestellt war, lachte sie sich einen amerikanischen Journalisten an, der sie aus der Gosse holte und zu seiner Sekretärin machte. In dieser Eigenschaft gelang es ihr, ihn nach Griechenland zu begleiten, aber sie baute irgendwelchen Mist und wurde ausgewiesen. Sie ging direkt in die Türkei, stieg im *Londra* ab und machte sich sehr beliebt. Die Art von Kurort-Beliebtheit, Sie wissen schon. Es gibt ja immer Menschen, die zu Lieblingen der Kursalons werden. Elvira wurde von allen geliebt, angefangen bei Signor Barbia bis hin zum halbgriechischen Nachtportier Lucas. Ihr Zimmer war immer voller Blumen, sie brauchte für keine Mahlzeit zu zahlen, und in dem winzigen Hinterzimmer unter der Treppe, wo sich die Flüchtlinge jeden Abend trafen, um Bier zu trinken, Pfeife zu rauchen und den BBC zu hören, wurde sie mit stürmischem Jubel begrüßt. Was sie den Leuten vom Himmel herunterlog, hätte genügt, um eine Division zur Rebellion zu führen. Alsbald bebte das *Londra* vor frustrierter angelsächsischer Libido, und morgens sah ich bleiche junge und mittelalterliche Männer mit tiefen Rändern unter den Augen hinunter zu ihrem Frühstück wanken. Das war Elviras Werk, und, wie Marwitz einmal scherzhaft bemerkte, schon dadurch leistete sie einen enormen Beitrag zum Sieg. Ich weiß nicht genau, wie sie es tat. Sie gefiel sich in der Maske des jungen unschuldigen Dinges, maskuliner Gelüste gänzlich unbewußt. Normalerweise trug sie eine schlichte weiße Bluse – an bestimmten strategisch entscheidenden Punkten verdammt eng –, einen dunkelblauen Plisseerock und kurze weiße Söckchen, die ihre rosigen Grübchenknie appetitlich frei ließen. Sie hatte große blaue Augen, eine Stupsnase und schürzte beim Sprechen die Lippen. Sie war die verkörperte Unschuld; niemals duldete sie ein unschickliches Wort, und bald entwickelten die Männer ihr gegenüber einen gefährlichen Vaterkomplex, der allmählich in einen Wahnsinnshunger überging. Sie wählte ihre Opfer sorgfältig aus; einige waren junge Konsulatsbeamte, übersättigt vom Nachtleben des Balkans. Ihnen erschien sie wie ein Tropfen Lavendel, sauber, frisch und ach so begehrenswert. Manchmal suchte sie sich einen Wirtschaftsattaché oder gar einen Vizekonsul aus, irgendeinen stumpfen, schmallippigen Diener

Seiner Majestät. Sie starrte sie mit weit aufgerissenen Augen an, bis sie fast dem Schlag erlagen. Was in diesem rauchgeschwängerten Hinterzimmer vor sich ging – mein lieber Herr Gesangverein! Nachdem sie die Neun-Uhr-Nachrichten gehört hatten, ließen sich die britischen Flüchtlinge an der Wand nieder, tranken Bier, gaben obszöne Geschichten zum besten und warteten auf Elvira. Sie erschien, frisch und sauber, und provozierte Bemerkungen wie ›Meine Liebe, Sie sollten schon längst im Bett sein‹, woraufhin sie errötete und am Suchknopf des Radios drehte. Dann erwählte sie das Opfer des Tages; die anderen entfernten sich langsam und verfluchten ihre Hormone und Elvira. Um Mitternacht tauchte das Opfer wieder auf, rot, zerzaust, einem Wutausbruch nahe, aber Elvira beorderte ihn kühl und jungfräulich in sein Bett und blieb zurück mit Lucas, um mit ihm zu pokern oder sich zum Nutzen des deutschen Sieges Notizen zu machen.

Ich weiß nicht, wo Elvira enden wird – vielleicht wird sie in bester Mata-Hari-Tradition erschossen oder sich in ein transsylvanisches Landhaus zurückziehen. Wahrscheinlich werde ich sie nie wiedersehen. Aber damals war sie noch obenauf – und für uns sehr nützlich. Eines Morgens kam sie mit einer Nachricht von Marwitz in mein Zimmer; wir plauderten angenehm, und sie machte den Eindruck einer sehr tüchtigen jungen Dame. Ich erinnere mich an diesen Morgen nicht Elviras, sondern Debbs' wegen, der an diesem Tag auch ins *Londra* umzog. Mittags lief ich ihm in die Arme. Er war ganz verblüfft. Er errötete, und sein Gesicht drückte ganz augenscheinlich den Gedanken aus: hier ist ein

Mensch, der Flora kennt. Er schien erfreut, mich zu sehen, lud mich zum Mittagessen ein, plauderte über Istanbul, erzählte, warum er seine Wohnung aufgegeben hatte, und stellte nach zehn Minuten die Frage, die er gleich zu Beginn hatte stellen wollen: hatte ich Flora gesehen? Ich verneinte, und das brachte ihn etwas auf den Boden zurück. Aber unsere Freundschaft war hergestellt.

Beruflich hatte ich nichts mit ihm zu tun, aber ich war menschlich an ihm interessiert, wie ein Professor, der nach längerer Zeit einem alten Schüler wiederbegegnet. Barbia sagte ich später, er solle Debbs im Auge behalten. Sein Zimmer wurde regelmäßig durchsucht. Nichts von Interesse für das Dritte Reich. Außerdem ließen wir sein Telefon anzapfen. Debbs sprach mit dem Berner Büro seiner Zeitung und manchmal mit Flora. Er rief sie regelmäßig an und war sehr hartnäkkig. Zuerst ließ sie kein Zeichen des Nachgebens erkennen. Aber irgendwie ließ ihr Widerstand nach, und im Mai war sie einverstanden zu versuchen, ›auf Besuch zu kommen‹. Ende des Monats klang sie geradezu erpicht darauf, und in der ersten Juniwoche sagte sie zu Debbs, sie sei ›sehr unglücklich‹, daß ihr Antrag auf ein Ausreisevisum erneut abgelehnt worden sei. Ich weiß nicht, woher dieser Sinneswandel kam, es sei denn, sie war eine jener widerlichen Weiber, die man Ewigkeiten umwerben muß, bis sie sagen und tun, was sie von Beginn an hätten sagen und tun wollen. Nebenbei gesagt, hier ist ein Transkript einer dieser abendlichen Anrufe, die Debbs aus dem *Londra* machte.

Nun ja, für den Fall als solchen ist es ohne Belang, wird Sie aber amüsieren. Marwitz rüstete den alten Barbia mit einem kleinen Tonbandgerät aus – einem jener, die Tonmeister beim Rundfunk benutzen –, und Barbia war entzückt, mit diesem wunderbaren Gerät herumspielen zu dürfen. Er setzte es ziemlich wahllos ein und nahm jeden noch so belanglosen Anruf auf, der ins *Londra* hinein- oder hinausging. Diese Aufzeichnung hier ist datiert vom 27. Mai: Istanbul befand sich mitten im Frühling, was durch dieses dürftige Dokument tatsächlich hindurchscheint. Der Modergeruch vermischte sich mit den reichen Gerüchen einer wiedergeborenen Welt. Der Hafen unten war voller Fischerboote, und unter meinem Fenster gingen Frauen mit großen offenen Körben entlang, in denen Gemüse und rohes Fleisch war und, ach ja, Blumen, und die Hintern der blutjungen griechischen Verkäuferinnen wackelten wie Gelee unter ihren engen Kleidern. Der Wind wechselte ständig – einmal kam er vom Schwarzen Meer, scharf und stürmisch, dann wieder vom Mittelmeer mit dem lauen Geschmack nach Wasser. Die Nächte wurden heißer, und ich ließ meine Fenster offen, trotz der schrecklichen Sängerin im *Yenitze*. Ja, die Nächte waren heiß und schwer und mit Elvira in der Nähe auf schwüle orientalische Weise erotisch. Vor diesem Hintergrund sprach Debbs mit seiner Turteltaube. Manchmal spät abends, ich hörte seine Stimme aus dem Zimmer über mir, gleichmäßig, aber hartnäckig. Ich konnte ihn kaum verstehen, aber sein Tonfall sagte alles. Jedenfalls saß Barbia fett, mit grauem Gesicht und Doppelkinn, in seinem Büro, fummelte mit seinen weißen, dicklichen Händen an seiner Krawatte herum und nahm alles auf, was gesagt wurde:

Was gibt's Neues?

Nichts.

Hast du Barkoczy gesehen?

Nein.

Warum nicht?

Ach Gott, Ronnie, ich konnte nicht, Vater ging es nicht sehr gut, und ich kam nicht in die Stadt.

Flora, bitte triff dich mit Barkoczy. Es sind jetzt zwei Wochen und immer noch keine Nachricht vom Visum.

Es ist nicht meine Schuld, Ronnie. Das weißt du.

Ich weiß, aber ich will, daß du bald kommst.

Ja, Ronnie.

Wirst du kommen?

Ich werde alles versuchen.

Es ist wunderschön hier, wirklich herrlich. Ich hoffe, du kommst, bevor der Frühling endgültig vorbei ist. Im Sommer wird es heiß – nicht unerträglich heiß, aber trotzdem, ich hätte dich gern hier, bevor der Juni vorüber ist. Alles wird bereit sein. Ich bin noch immer in diesem miesen Hotel, aber wenn du kommst, werde ich eine Villa in Uskudar haben. Das Haus ist groß; O'Mallorey könnte bei uns wohnen, und du könntest für uns kochen.

[Sie lachte.]

Wie geht es O'Mallorey?

Gut, er war neulich bei uns. Hat seine Hilfe angeboten. Du, wir sprechen jetzt schon mehr als drei Minuten; es wird wahnsinnig teuer.

Macht nichts. Du ahnst nicht, wie gut es mir tut, mit dir zu reden.

Doch, Ronnie, danke. Ich versuche, so bald wie möglich zu kommen.

In Ordnung, ich warte.

Und er wartete. Ich habe viele Menschen in meinem Leben warten sehen, und ich selbst habe auch ein paarmal gewartet. Ich habe Leute auf Busse und auf Beförderung warten sehen, auf Visa und, Gott weiß, auf Mädchen. Manche werden nervös und hibbelig, andere werden wütend, wieder andere warten gern, entspannen sich dabei und nutzen die Mußezeit zum Träumen. Aber ich hatte noch nie dergleichen erlebt, wie Debbs wartete. Er wartete permanent, als würde Flora im nächsten Moment das *Londra* betreten. Oft aßen wir zusammen Mittag, und plötzlich stand er auf und lief hinaus, sah die Straße hinauf und hinunter und kehrte, Entschuldigungen murmelnd, zurück. Oft bemerkte ich, wenn ich mit ihm redete, daß er überhaupt nicht zuhörte. Wir gingen ziemlich häufig zusammen aus: ins Kino oder ins *Taxim's* auf einen Drink und sogar zum Floriya-Strand. Eben noch war er ganz normal, interesssiert, lebendig, und dann plötzlich veränderte er sich, sagte nichts mehr, sondern strömte dieses schreckliche Warten aus.

Er schwieg sich darüber aus. Der arme Kerl hatte keine Ahnung, daß ich jedes Wort kannte, das er an sie richtete. Ein- oder zweimal brachte er die Röts aufs

Tapet – formell und unverbindlich, als wären sie vage Bekanntschaften. ›Interessanter Bursche‹, sagte er über ihn, ›nettes Mädel‹ über sie. ›Ich fand sie ganz schön‹, forderte ich ihn einmal heraus. Er wandte sich einen Moment ab, klopfte seine Pfeife an der Schuhsohle aus. Seine Stimme war leicht belegt. ›Hm, irgendwie schon‹, antwortete er.

Sein Zimmer lag fast direkt über meinem. Nacht für Nacht hörte ich dasselbe gräßliche Ritual: Er zog einen Stuhl ans Fenster, setzte sich, suchte nach etwas und knipste das Licht aus. Wahrscheinlich hatte er sich eine Pfeife angezündet, starrte hinaus in den berühmtesten Sonnenuntergang der Welt mit all den winzigen Fenstern Istanbuls, die nur Bruchstücke der untergehenden Sonne einfingen und sie zu Hunderten von kleinen Juwelen werden ließen. Eine ganze Weile rührte er sich nicht; dann kam das Ausklopfen der Pfeife, und dann begann er, auf und ab, auf und ab zu gehen und zu warten. Unnötig zu erwähnen, daß ich selber ganz nervös wurde: es war, als lausche man einem tropfenden Wasserhahn. ›Hören Sie, Debbs‹, sagte ich eines Morgens zu ihm, ›würde es Ihnen etwas ausmachen, Ihre nächtlichen Spaziergänge einzustellen?‹ Er wurde rot und entschuldigte sich, und eine Woche war Ruhe. Irgendwie war das viel schlimmer als sein Aufundabgehen. Ich lag da und lauschte, und da war nichts – außer kleinen Geräuschfetzen, einem Seufzer, einem Räuspern oder dem Eingießen eines Drinks. Er saß einfach da, Nacht für Nacht, wenn er nach dem Abendessen in sein Zimmer hinaufging. Wenn er Szeged anrief, bekam ich das ganze Drama mit. Zuerst die schweren Schritte von

Lucas, dem Nachtportier, und seine knurrige Stimme: ›Monsieur Debbs, Szeged.‹ Nach dem Anruf warf er sich meist aufs Bett; die Sprungfedern quietschten, und manchmal pfiff oder summte er leise.

Dann war der Frühling vorbei, und Flora war nicht gekommen. Es wurde heiß, und die satten Gerüche und Farben des Frühlings wurden aufdringlich. Es regnete nicht, die Stadt lag unter einer Dunstglocke. Tagelang ging ein heißer Wüstenwind, der jedermann halb tot und benommen machte – nur Debbs blieb unglaublich aktiv. Die Schritte begannen von vorn, Nacht für Nacht, aber ich beschwerte mich nicht mehr. Einmal nahm er mich mit nach Uskudar, um mir die von ihm gemietete Villa zu zeigen. Sie war ein großes, rötliches, etwas baufälliges Gebäude am Rande eines Abhangs, der zum Bosporus hinunterführt, fast direkt hinter Leanders Turm. Sie stand in einem großen, vernachlässigten Garten, umgeben von Unkraut und einigen Zypressen. Sie gehörte einer alten Dame des Ancien régime – ihr Vater war Sultanatsminister oder dergleichen gewesen, vor vielen Jahren verstorben und hatte ihr dieses Erinnerungsstück vergangener Pracht hinterlassen. In den Sommermonaten vermietete sie das Haus, und Debbs hatte bereits zwei Monate umsonst gezahlt. Er wollte nicht einziehen, bevor Flora da war. Innen war sie sehr hübsch, diese Villa in Uskudar: altmodisch und türkisch, mit herrlichen Teppichen und niedrigen Diwanen und zartem Porzellan. Sie hatte riesige Zimmer und einen perfekten Ausblick auf alles, das zu sehen sich lohnte. Dann war der Juni verstrichen, und immer noch keine Flora.

Debbs flog in der Zwischenzeit nach Ankara, um einen griechischen Anwalt aufzusuchen, der vielleicht hätte helfen können. Er kehrte düster und niedergeschlagen zurück. Dann gab ihm jemand den Tip, ins Café *Vienna* zu gehen, ein zweifelhaftes Etablissement hinter der Istiklal Caddesi, wo sich die echten Flüchtlinge trafen und einen Schwarzmarkt für Visa eingerichtet hatten. Auch das war erfolglos. Übrigens sorgte ich dafür, daß Flora das Ausreisevisum nicht bekommen würde. Marwitz schrieb an Michaelis und riet ihm, die ungarische Polizei dahingehend zu informieren, daß wir es für höchst riskant hielten, der Tochter von János Röt, einem gefährlichen Radikalen, zu gestatten, ins spionverseuchte Istanbul zu fahren. Schließlich war Debbs ein Feind. Sein nächtliches Leiden, sein Warten und Aufundabgehen glich – in aller Bescheidenheit – dem Leiden unseres Volkes, nicht wahr? Schließlich waren wir im Krieg, und für private glückliche Ausgänge war kein Platz – vor allem nicht für den Feind. Nein, ich war entschlossen, dafür zu sorgen, daß das Haus in Uskudar leer blieb.

Der August kam mit Hitze und Fieberschüben und einer kleinen Ruhrepidemie, der ich nur mit Hilfe Gottes und Marwitzens seltsamen Pillen entging. Ich hatte ziemlich viel zu tun: unsere arabischen Freunde bereiteten mir Kopfschmerzen. Es war erschöpfend, mit solch hitzigen Menschen zu arbeiten. Marwitz hatte mehrere Wohnungen zur Verfügung, wo diskrete Treffen, unbeobachtet von der Polizei, arrangiert werden konnten. Es fiel mir ziemlich schwer, die Maske des armen alten Flüchtlings beizubehalten, aber ich tat, was ich konnte, begab mich sogar zur britischen Botschaft und beantragte ein Visum für Palästina. Sie waren außerordentlich höflich und voller Empathie. Aber etwas später erklärte mir Marwitz, daß ich im September womöglich für eine Weile nach Berlin zurückkehren müsse und meine Arbeit in der Türkei beendet sei – und basta mit dem ›Flüchtlingsschmu‹, fügte er hinzu.

Unterdessen gab Debbs seine Zurückhaltung allmählich auf. Schließlich war ich das einzige lebende Verbindungsglied zu den Röts. Er schloß mich immer mehr ins Herz und schickte sogar ein warmes Empfehlungsschreiben an seinen Konsul, in dem er ihn bat, die Ausstellung meines Visums zu beschleunigen. Er lud mich auch zum Essen ein. Meistens fuhren wir nach Bebek oder Arnautkoy, um Hummer zu essen und dem schnell dahineilenden Wasser zuzusehen. Ein-, zweimal betrank er sich, auf ruhige, unauffällige Art. Und dann sprach er von Flora, obwohl er keinen Namen nannte. ›Ein gewisses Mädchen‹, fügte er dann hinzu.

Elvira leistete uns ein paarmal Gesellschaft. Sie mochte Debbs und probierte ihre Tricks an ihm aus, aber ohne Erfolg. Offenbar hatte er ihr ruhig, aber bestimmt klargemacht, daß ›mit ihm nicht zu rechnen‹ sei oder etwas in der Richtung. Elvira dramatisierte immer die Antworten, die ihr die Männer gaben. Aber es schien sie nicht zu kränken. Eines Abends meinte sie sogar, wir beide seien eine Wohltat für sie nach all den stürmischen Kerlen, die ihr nachsetzten. Gelegentlich besäuselte auch sie sich, ließ ihre Unschuldsmiene fallen und erzählte uns, in dichterisch einfacher Sprache, alles über die Männer, mit denen sie geschlafen hatte. ›Ein knochiger Bankdirektor namens Kelemen‹, begann sie oder ›Er war Grieche, hieß Lapasisos, ihm fehlte ein Lungenflügel‹ und so weiter. Debbs amüsierte sich und ließ einmal vorsichtig etwas verlauten, sie solle doch vielleicht Schriftstellerin werden. Elvira war wahnsinnig geschmeichelt. An einem Abend der folgenden Woche erschien sie mit dem ersten Kapitel ihrer Autobiographie, die sie ›In den Betten‹ nennen wollte. Sie las uns daraus vor, aber irgendwann wurde es sehr monoton.

Dann eines Abends kam auf phantastischen Umwegen O'Mallorey aus Budapest zu uns. Sie wissen ja, der amerikanische Journalist, Debbs' Freund. Auch er stieg im *Londra* ab. Offenbar brachte er eine Nachricht von Flora. Die abendlichen Anrufe nach Szeged hörten auf, und Debbs war erkennbar glücklich. Elvira und ich wollten beide in Erfahrung bringen, welcher Art die Nachricht war, aber es gelang uns nicht. Dann – warten Sie – ja, dann kam dieser Tag in Moda, als wir alle segeln gingen. Ich erinnere mich noch sehr gut. Der perfekte Sommertag, nicht zu heiß, und das Meer war glatt und freundlich mit kleinen Kräuselwellen, die wie Gänsehaut aussahen. Ich bin kein besonderer Freund des Sports – drinnen oder draußen –, aber es war hübsch, an der Küste entlangzusegeln, zu schwimmen, mittags zu picknicken und Elviras Geplauder zuzuhören. Unsere arabischen Freunde gingen mir allmählich auf die Nerven, und ich hatte einen freien Tag dringend nötig.

O'Mallorey kam mit. Er war ein seltsamer Mensch wie die meisten Amerikaner. Irgendwo hatten wir eine kleine Akte über ihn, aber da er eher harmlos war, verschwendeten wir nicht viel Zeit an ihn. Er war, wenn ich mich recht erinnere, presbyterianischer Geistlicher in Kansas gewesen, aber irgend etwas war ihm im letzten Krieg zugestoßen, und er ging nie mehr in die Heimat zurück, sondern blieb in Paris, heiratete eine Mulattin, ließ sich scheiden, machte einen Nachtclub auf und ging, nachdem er Pleite gemacht hatte, zu einer Nachrichtenagentur, wo er seitdem arbeitete. 1934 wurde er von Göring empfangen. Er war ein kleiner, vierschrötiger Mann, ziemlich jung, etwas über vierzig. Der sauberste und ordentlichste Mann, den ich je gesehen hatte, mit einem vollkommenen, rosigen Teint, klaren blauen Augen und einer kurzen, scharfen Nase. Jeder seiner Gesichtszüge war deutlich ausgeprägt. Das einzige, was an ihm nicht stimmte, war, daß er sich die letzten zwanzig Jahre in einem Dauerrausch befunden hatte. Ich habe viele Trinker in meinem Leben gesehen, glauben Sie mir, aber niemand konnte O'Mallorey das Wasser reichen. Er trank nicht hastig, gefühlshaft oder gar gierig. Sein Trinken war wie eine ernsthafte, zweckgerichtete Beschäftigung, eine Art Job. Er trank nach einem ausgeklügelten wissenschaftlichen System, das so kalkuliert war, daß er sicher sein konnte, nicht für einen einzigen Moment Gefahr zu laufen, nüchtern zu werden. Er eckte nie an oder wurde laut – im Gegenteil, er war einer der stillsten Männer auf Erden. Er redete einfach nicht. Er saß stundenlang bei uns, sauber, rosig und ordentlich, und ich brauchte

Tage, um zu merken, daß er die ganze Zeit sturzbetrunken war. Ich erkannte es an seinem starren Gesichtsausdruck. Es war, als hätte er sich irgendwann vor zwanzig Jahren, für ein Foto posierend, hingesetzt, wäre nie wieder aufgestanden, sondern hätte seine steife Pose beibehalten. Hin und wieder nickte er und sagte unerwartet irgend etwas wie ›Tatsächlich‹ oder ›Übrigens, nein, doch nicht‹ – Worte, die mit unserer Unterhaltung nicht das geringste zu tun hatten. Sehr seltsam, kann ich Ihnen sagen.

An diesem Tag in Moda sah Elvira wie ein Mädchen aus, das soeben das Sacré-Cœur oder irgendeine andere würdige Institution für junge Damen verlassen hat. Debbs trug weiße Flanellhosen und pfiff die ganze Zeit vor sich hin. O'Mallorey war vollendet, aber ziemlich deplaziert gekleidet in einen dunkelblauen Winteranzug mit einer weißen Nelke im Knopfloch, saß im Heck des Bootes, trank ruhig und systematisch. Alles was er von sich gab, als er eine Möwe erblickte, war ›Genau‹. Auf dem Rückweg blieb Elvira mit ihm hinter uns. Debbs und ich schlenderten am Meer entlang und wollten gerade auf einen Drink in den Moda-Club gehen, als Debbs sich plötzlich an mich wandte: ›Tolle Neuigkeiten, Hirtenberg. Endlich kommt sie.‹ Ich gratulierte ihm und stellte ein paar zweckdienliche Fragen. Er lachte nur und wollte nicht mehr sagen. Ich war ziemlich verärgert, wie Sie sich denken können. Am selben Abend traf ich Marwitz in einer seiner diskreten Wohnungen, und im Verlaufe unserer Diskussion sagte ich, er möge sich mit Michaelis in Budapest in Verbindung setzen und in Erfahrung bringen, ob Flora wirklich abreise und falls ja, sie aufhalten. Drei Tage später schickte Michaelis eine seiner typischen Botschaften: ›Fragliche Person leider abgängig!‹ Natürlich gab es für mich keinen Grund, in Berlin Krach zu schlagen, aber Marwitz mochte Michaelis genausowenig wie ich, und so sandte er einen scharfen Bericht an den Admiral, worin er Nachforschungen forderte. Dann schickte Michaelis seinen Bericht, voller Geschwätz und ohne Tatsachen. Der Punkt war der, daß Flora, obwohl die ungarische Polizei versprochen hatte, ihr kein Ausreisevisum auszustellen, offenbar doch weggefahren war – Michaelis wußte nicht, wohin. Der alte Röt wurde nach Budapest zitiert und befragt, aber er machte ein ausdrucksloses Gesicht und sagte, seine Tocher sei schon erwachsen und er habe keine Ahnung, wohin sie gegangen sei. ›Vielleicht eine Tante besuchen‹, fügte er blasiert hinzu. Allen möglichen Hinweisen wurde nachgegangen; an unsere Grenzagenten in Bulgarien, Griechenland und Rumänien ergingen Warnungen – ohne Resultat. Flora war verschwunden. Michaelis konnte nur vorschlagen, daß wir die Ungarn dazu bewegen sollten, den Vater festzunehmen. Marwitz sagte ihm, er solle sich zum Teufel scheren.

Um es kurz zu machen, später merkten wir, daß unsere errötende kleine Puszta-Blume durchtriebener war, als ich angenommen hatte, oder vielleicht hatte Barkoczy ihr auch ein Licht aufgesteckt. Etwa zwei Wochen nach Moda lud mich Debbs, jetzt strahlend und voller Energie, ins *Taxim's* zum Abendessen ein. Die Vorahnung eines Erlebnisses lag in der Luft. Er sagte, er werde in allernächster Zeit in die Villa in

Uskudar ziehen. Ich fragte nach dem Grund. ›Nun‹, sagte er, ›jetzt kann ich es Ihnen ja sagen. Schließlich werden Sie sie bald sehen, und ich würde dumm dastehen mit meiner Diskretion. Es handelt sich um Miss Röt – Sie erinnern sich doch an Sie? Sie ist das Mädchen, auf das ich gewartet habe. Jetzt kommt sie also. Morgen abend, hoffe ich. Per Schiff aus Rumänien‹, fügte er hinzu.

Das Schiff aus Rumänien war ein Frachter namens *Regina.* Es kam erst drei Tage später an, weil es auf dem Schwarzen Meer in einen schlimmen Sturm geraten und beinahe gekentert war. Debbs war wie im Delirium. Er zerrte mich durch die ganze Stadt, um Einkäufe zu machen, und jeden Abend mußte ich mit ihm nach Buyukdere fahren, nahe der Mündung des Bosporus ins Schwarze Meer, um Fisch zu essen, Weißwein zu trinken und auf Floras Schiff zu warten. Er benahm sich wie ein Kind, aber er war unwiderstehlich. Zweimal täglich fuhren wir – in der Augusthitze – nach Uskudar, um nachzusehen, ob alles getan wurde, um das Haus sauberzuhalten und womöglich noch behaglicher zu machen. Wir gingen zum Großen Basar, um nach allem möglichen Plunder zu stöbern, Teppichen, Bestecken, Vasen und Gott weiß nicht was. Alle Blumen Allahs wurden in die verdammte Villa gebracht – es roch wie auf einer Gartenausstellung. Ein altes Paar, beide Armenier, war für die Hausarbeit angestellt, und ausgerechnet ich war ausgewählt worden, um ein paar glotzäugigen jungen Damen auf den Zahn zu fühlen, ob sie als Stubenmädchen für Flora in Frage kämen. Alle meine Proteste waren vergeblich. Ich versuchte es mit dem Argument, daß sie an solchen Luxus nicht gewöhnt sei und es ein Jammer wäre, sie zu verderben. Debbs lachte nur schallend, klopfte mir auf die Schulter und eilte davon, um etwas Neues zu erwerben: ein Teegeschirr, einen Schwamm oder, sehr geheimnisvoll, einen Reiseteppich. Außerdem mußte ich ihn zum Schneider, einem buckligen Griechen, begleiten, der ihm in aller Eile zwei Sommeranzüge anfertigte. Dazu kaufte er sich Hemden, Krawatten, einen Hut und, etwas scheu, einen neuen Morgenrock.

Und jeden Abend platzten er und O'Mallorey in mein Zimmer, und wir mußten zu diesem Fischrestaurant rausfahren. Drei Abende hintereinander mußte ich Fisch essen, obwohl ich Fisch nicht ausstehen kann. Dort saßen wir in der Abendkühle und beobachteten die Einfahrt zum Schwarzen Meer: Debbs, vor Aufregung etwas fieberhaft, befummelte den Kragen eines seiner neuen Hemden, das viel zu groß für ihn war; O'Mallorey, rosig, ordentlich, still im Hintergrund und einmal Elvira, wie elektrisiert durch das plötzliche Ausmaß an romantischer Spannung. Einmal wurden wir von einem Polizisten festgenommen, weil Debbs sein Fernglas mitgebracht hatte und hinaus aufs Schwarze Meer und zufällig auf einige militärische Objekte starrte.

Die *Regina* lief an einem Samstagabend ein. Ich erinnere mich, daß wir spät dran waren; noch bevor wir in diesem verfluchten Fischrestaurant angekommen waren, entdeckte Debbs das Schiff, hielt an und wäre wohl, hätten wir ihn nicht zurückgehalten, in den Bosporus gesprungen und hinausgeschwommen, um Flora zu begrüßen. Irgendwie beruhigte er sich, und als das Schiff näher kam, fuhren wir langsam zurück in die Stadt, wobei wir in Intervallen unterwegs anhielten.

Die *Regina* sah nicht sehr nach Schiff aus. Ich kenne mich nicht aus mit Schiffen, mit Frachtern schon gar nicht, aber selbst für mich sah die *Regina* wie eine alte Badewanne aus, als was sie sich auch herausstellte. Wie wir später entdeckten, war sie mehr als fünfzig Jahre alt und hatte einen Motor, dem es gerade noch gelungen war, von Konstanza herüberzukeuchen. In dem Moment, als sie in den Hafen von Istanbul einlief, schnaufte er einmal tief und gab dann seinen Geist auf. An Bord waren siebenhundert Flüchtlinge, obwohl nur für hundertfünfzig Menschen Platz war.

Wir wissen noch immer nicht genau, wie Flora auf das Schiff gekommen war. Die meisten Flüchtlinge waren Juden, hauptsächlich aus Rumänien und Polen, die wir nur zu gern loswurden. Ich weiß nicht, wie es Flora schaffte, sich bis nach Konstanza durchzuschlagen und auf das Schiff zu gelangen. Aber da war sie.

Noch am selben Abend versuchten wir, an Bord zu kommen. Die *Regina* ankerte in der Nähe des alten Palastes. Wir gingen auf direktem Weg zu den Hafenbehörden, wo Debbs seinen Presseausweis und Paß vorzeigte und Gott weiß was noch: nichts zu machen. Da war ein alter Türke mit kartoffelförmigem Schädel, der uns ruhig erklärte, daß wir eine Sondergenehmigung brauchten, die man nur in Ankara bekam. Zuerst diskutierte Debbs mit ihm, dann verlegte er sich aufs Bitten, bis er schließlich in einen fein gewählten arabischen

Fluch ausbrach. Vergeblich. Alles was der Türke sagte, war ›yok‹, was ›nein‹ heißt. Schließlich trat O'Mallorey vor und präsentierte eine Zwanzig-Dollar-Note, woraufhin wir höflich an die Luft gesetzt wurden.

Wir fuhren hinaus zum alten Palast, um die *Regina* noch einmal zu sehen. Es war nichts zu erkennen im Dunkeln: das Schiff war nicht beleuchtet. Debbs erklärte, er würde an Bord gehen und wenn es das letzte wäre, was er tue. Ich sagte, das wäre die reine Torheit und könnte ihn und Flora in ernste Schwierigkeiten bringen. Wir beschlossen, in die Stadt zurückzufahren: Debbs würde jemanden in der Botschaft aufsuchen und um Hilfe bitten. Also fuhren wir zurück ins *Londra*. Debbs führte ein paar Telefongespräche, während O'Mallorey, Elvira und ich in das verräucherte Hinterzimmer gingen, das ausnahmsweise mal leer war. Debbs kam in der nächsten halben Stunde deprimiert und fluchend nach. Er nannte alle Idioten und Gauner und gebrauchte Wörter, die ich noch nie gehört hatte. Kurz, es war nichts zu machen. Das Schiff stand unter einer Art Quarantäne; niemand durfte ohne Genehmigung an Bord, und niemand durfte an Land ohne ein türkisches Visum, was niemand hatte. Eigentlich hofften sie, nach Palästina zu kommen, aber im Moment, so sagte Debbs, gab es wenig Hoffnung auf eine Einreise.

Später gingen wir alle vier hinüber ins *Park*-Hotel und saßen auf der Terrasse, von wo aus wir die *Regina* im Hafen liegen sehen konnten. Es war ein hübscher Anblick – der Hafen, meine ich, unter dem Sternenhimmel, mit all den erleuchteten Schiffen, geradezu märchenhaft. Die *Regina* sah dunkel und gedrungen aus, wie ein häßliches Entlein.

Gegen Mitternacht meinte Debbs, der finster eine Zigarette nach der anderen rauchte, er habe einen Geistesblitz und rannte in eine Telefonzelle. Ein paar Minuten später kehrte er zurück und verkündete, daß der amerikanische Marineattaché, ein Freund von ihm, sich bereit erklärt habe, uns in einer Motorbarkasse hinaus zur *Regina* zu fahren, wo wir wenigstens herumkreuzen und vielleicht sogar Flora sehen könnten. Wir fuhren also hinaus nach Bebek. Der Amerikaner wartete auf uns; wir stiegen in die Barkasse und tuckerten los.

Viel zu sehen war nicht: das Schiff lag in völliger Dunkelheit. Wir fuhren ziemlich nahe heran und sahen ein paar Leute, die dicht nebeneinander an Deck standen, aber wir konnten sie kaum erkennen. Debbs wollte hinüberrufen und nach Flora fragen, aber der Amerikaner erklärte ihm, dies verletze eine Anordnung, und wir könnten alle Ärger bekommen. Also kehrten wir um.

Ich glaube nicht, daß Debbs in dieser Nacht schlief, obwohl ich ihn nicht auf und ab gehen hörte. Er sagte uns vor dem Hotel gute Nacht und erklärte, er wolle sich noch die Beine vertreten. Vielleicht ging er zurück nach Uskudar oder zum Hafen. Ich sah ihn erst am nächsten Mittag wieder. Er sah eingefallen aus.

Er erzählte mir, er habe jeden wichtigen Mann in der Stadt aufgesucht. Die Angelegenheit sei heikel, hätten sie ihm erklärt, und niemand wisse, was aus dem Schiff werden würde. Es könne nicht lange bleiben, obwohl an der Maschine Reparaturarbeiten vorgenommen werden müßten und auch der Kessel geborsten sei. Niemand wußte, ob es nach Palästina weiterfahren würde, da offenbar keiner der Pasagiere einen gültigen Paß und deshalb auch kein Visum hatte. ›Niemand will sie‹, sagte Debbs. Die Türken räumten eine Frist ein; war sie abgelaufen, würde das Schiff umkehren müssen.

Das alles interessierte Debbs kaum. Er wollte nur Flora vom Schiff holen. Die Botschaft erklärte ihm, er solle nach Ankara gehen und sich einen Bordpaß besorgen; sie würde ihn unterstützen.

Nach dem Mittagessen gingen wir wieder hinüber zum *Park*-Hotel, um das verdammte Ding zu betrachten. Bei Tageslicht sah es noch erbärmlicher aus. Wie bereits gesagt, ich verstehe nichts von Schiffen, aber dieses war unübersehbar eine jämmerliche Schaluppe, zerbeult und verdreckt; es hätte schon vor langem ausrangiert werden müssen. Debbs starrte es, allen Polizisten trotzend, stundenlang durch sein Fernglas an. Er konnte nicht viel sehen. Ich auch nicht, als er mir endlich das Glas gab. An Deck standen viele Menschen dicht zusammengedrängt und blickten nach Istanbul hinüber. Sie sahen wie das Schiff aus: gedrungen, dunkel, schmutzig. Sie bewegten sich kaum. Standen einfach da und starrten hinüber. Flora sahen wir nicht.

Debbs flog am nächsten Morgen nach Ankara. Am dritten Tag kehrte er zurück, erschöpft, aber etwas zuversichtlicher. Die Türken hatten ihm die Genehmigung erteilt und, was Flora betraf, geraten, sie möge ein Visum beantragen, das sie berücksichtigen würden. Sie brachten ihn in Kontakt mit dem Istanbuler Vertreter der Jüdischen Agentur, der auch an Bord gehen durfte.

Am selben Tag gegen fünf Uhr nachmittags gingen wir wieder zu dem alten Türken, der uns hinausgeworfen hatte. Der Mann von der Jüdischen Agentur erschien auch. Er war klein und hatte so viele Falten im Gesicht, daß man zweimal hinsehen mußte, bevor man Augen und Nase erkennen konnte. Ich glaube, er hieß Gherson, und er war ungemein feierlich.

Natürlich erinnerte sich der alte Türke an uns. Debbs präsentierte ihm seine Genehmigung; der Türke lächelte zuvorkommend und sagte: ›Evet Effendim‹, was ›Ja, Herr‹ bedeutet, und fügte hinzu, er sei einverstanden, daß ich mitgehe. Übrigens weiß ich nicht, warum Debbs das wollte. Ich protestierte, da ich nicht das Verlangen hatte, mich auf einmal zwischen siebenhundert Juden wiederzufinden. Aber es half nichts, und wir fuhren los in einem kleinen Motorboot, Debbs, Gherson und ich, begleitet von einem türkischen Polizeioffizier.

Es spricht für Debbs, daß er sich jetzt, als die Sache sich zuspitzte, anständig aufführte. Er war ernst, aber ruhig, sprach leise mit Gherson. Gherson sagte, es bestehe wenig Hoffnung auf Visa, ›wie gewöhnlich‹, fügte er hinzu. Inzwischen versuche er, Nahrungsmittel und medizinische Hilfsgüter an Bord zu bekommen.

Das Schiff, nun ja! Leider langweilt mich menschliches Leid, wenn es massiert auftritt, und ich blieb ungerührt. Wir stoppten an der *Regina,* wo eine kleine Strickleiter für uns angebracht war, und kletterten hinauf, Debbs zuerst, dann Gherson, dann ich und als letzter der türkische Polizeioffizier. Ach, das hätte ich beinahe vergessen. Die Rosen. Debbs, der liebe Trottel, hatte einen großen Strauß Rosen bei sich, was total lächerlich aussah – als wolle er sich einem braven Bürgermädchen erklären. Ihm fehlten nur noch Cut und Zylinder.

DAS ERSTE, WAS WIR SAHEN, waren etwa zweihundert Kinder, die in einer langen ordentlichen Reihe an Deck lagen. Sie waren, schätze ich, im Alter zwischen fünf und zehn. Anfangs glaubten wir, sie seien alle tot. Sie lagen absolut bewegungslos in dieser langen ordentlichen Reihe, als seien sie so für uns arrangiert worden. Sekundenlang hatte ich die lächerliche Vision, daß dies eine Marineparade war und daß Debbs und ich an den Reihen entlangmarschierten, die Kinder inspizierten, mit einigen plauderten und andere dekorierten. Dann bemerkten wir, daß die Kinder nicht tot waren. Alle sahen uns an. Sie wandten die Köpfe nicht, nur ihre Augäpfel folgten uns. Es war vollkommen still.

Ich habe diese Kinder nicht angesehen. Ehrlich gesagt, hasse ich Kinder – oder besser gesagt, wie in dem alten Witz liebe ich sie, wenn sie brüllen, weil sie dann aus dem Zimmer geschickt werden. Sie waren dreckig und trugen außer Hemden nichts. Das Auffälligste an ihnen waren ihre dünnen Beine, die unter den Hemden hervorstaken. Wie tote Hühnchen sahen sie aus. Offenbar hatten sie nicht viel gegessen. Einige hatten riesige Bäuche. Sie weinten nicht – sie beobachteten uns aus den Augenwinkeln.

Den Kindern gegenüber, in einer dichten Menge, standen etwa dreihundert Männer und Frauen an der Reling. Es war wenig Platz: wie Menschen in einer überfüllten Straßenbahn am Samstagabend standen sie dicht hintereinander. Auch sie rührten sich nicht; vielleicht weil kein Platz war.

Die Szene hatte etwas Statisches. Wir blieben stehen, als wir an Deck kamen, und starrten die Menschen an. Sie starrten zurück. Eine Weile rührte sich niemand; dann kam eine kleine Brise auf, erfaßte die Haare einiger Frauen. Auch die Hemden einiger Kinder bewegten sich. Aber dann flaute der Wind ab, und es war wieder absolut still.

An die Gesichter kann ich mich nicht erinnern. Ich weiß noch, daß ich versuchte, Ghersons linkes Ohrläppchen zu fixieren. Er hatte ganz hübsche kleine Ohren, und es war tröstlich, sie anzusehen. Aber natürlich konnte ich nicht die ganze Zeit sein Ohrläppchen anstarren.

Ich erinnere mich noch an ein paar Augen, die tief in ihren Höhlen lagen und uns still beobachteten. Ich war froh, als der türkische Polizeioffizier aus unserer Reihe zu einem Mann trat, der in der ersten Reihe stand, und fragte, wo der Kapitän sei.

Der Kapitän kam fast sofort aus dem unteren Deck. Ein Rumäne, glaube ich, ein großer, hagerer Mann mit rötlichem Haar und Bart. Er humpelte und sah aus, als würde er seinen eigenen Vater verkaufen, obwohl ich bezweifle, daß er je einen hatte. Er betrachtete uns argwöhnisch. Dann kam er zu uns und stellte sich vor. Gherson redete als erster mit ihm und fragte, was sie am nötigsten brauchten und ob es Kranke an Bord gebe.

Die ganze Zeit über stand Debbs ruhig da und hielt diesen albernen Strauß in der Hand. Ich weiß nicht, was diese Menschen über die Rosen dachten, aber der Kapitän warf ein paarmal einen Blick darauf, und schließlich erklärte ihm unser Türke, daß der englische Gentleman eine Freundin an Bord habe und sie sofort sehen wolle.

Debbs sagte, schon gut, er könne warten – der Kapitän solle seine Angelegenheit mit Gherson zu Ende bringen, während er in der Zwischenzeit nach seiner Freundin suchen werde. Der Kapitän schüttelte nur den Kopf. ›Wie heißt sie?‹ fragte er. ›Miss Flora Röt‹, antwortete Debbs. Der Kapitän dachte eine Weile nach. ›An den Namen erinnere ich mich nicht‹, sagte er, ›aber ich werde Sie gleich herumführen.‹

Gherson sprach weiter mit dem Kapitän, und wir standen herum und warteten. Einmal fing ich Debbs' Blick auf: Er war noch immer gelassen, aber eine Spur bleicher. Er schien nicht nervös zu sein. Er stand geduldig da, wartete und umklammerte die Rosen.

Wir spürten, wie sich allmählich die Stille mit leisen Geräuschen füllte. Wir hörten einen Schlepper hinter der *Regina* tuten, und in der folgenden Leere war schweres Atmen zu hören. Dann folgten ein paar Seufzer; ein Mann hustete, und jemand, am anderen Ende, schien sich zu übergeben. Aber niemand rührte sich.

Dann setzten wir uns in Bewegung. Ein ganz interessantes Experiment, denn es gab keinen Platz, wo man hätte gehen können, keinen Platz zwischen den Beinen der Kinder oder den vier oder mehr Reihen von Frauen und Männern. Der Kapitän bahnte uns den Weg und brüllte etwas. Die dunklen Augen folgten ihm, in die Reihen kam Bewegung, sie wichen ein wenig zurück und machten uns einen schmalen Pfad frei. Gherson folgte dem Kapitän und machte im Weitergehen ein paar Bemerkungen, auf jiddisch, glaube ich, aber niemand antwortete. Dann kam der Gestank. Er war sauer, nicht allzu streng, aber hartnäckig und allgegenwärtig. Ach, was für ein seltsamer Kontrast: Als wir auf der kleinen Fläche zwischen den Beinen der Kinder und den Erwachsenen losgingen, sah ich zufällig zum Hafen. Die Sonne ging unter und verströmte alle Herrlichkeit der Welt. Die Stadt war klar und heiter, in Blau und Gold getaucht mit den dunkelgrünen Wasserläufen und dem Himmel, der die Abhänge einrahmte. Wie eine Ansichtskarte, die man aus dem Urlaub nach Hause schickt. ›Lieber Onkel, es ist wunderschön. Schade, daß du nicht hier bist. Das Fenster mit Kreuzchen ist mein Zimmer, alles Liebe.‹ Sie wissen schon. Und vor all dieser verschwenderischen Schönheit stand dieses dreckige Schiff.

Ich versuchte, mich dicht hinter Debbs zu halten, um zu vermeiden, mit einer dieser Kreaturen in körperlichen Kontakt zu kommen. ›Entschuldigen Sie‹, sagte ich zu einem Mann, der mir im Weg stand. Er ging zur Seite. Ich sah ihn an, und er sah zurück. Auch seine Augen waren dunkel in ihren Höhlen. In ihnen war weder Bosheit noch Argwohn. Sie waren ausdruckslos.

Jedenfalls sahen für mich alle gleich aus: Sie standen still in Reihen und beobachteten uns. Debbs hatte die

Lippen zusammengepreßt; seine Hände hielten die Rosen umklammert – woran er guttat, bedenkt man den zunehmenden Gestank. Ich fragte mich, ob es nicht besser wäre, an Land zurückzukehren, aber mir war nicht danach, allein durch diese Reihen zurückzugehen. Also ging ich weiter. Debbs hielt weiter Ausschau nach Flora. Manchmal blieb er stehen, sagte ›Entschuldigung‹ und reckte den Hals. ›Sie macht sich bemerkbar, wenn sie Sie sieht‹, flüsterte ich ihm zu.

Als wir am Ende des Decks angekommen waren, konnten wir einen Blick nach Steuerbord werfen. Auch dort lagen, gegenüber dichten Reihen Erwachsener, Kinder. Sie sahen aus wie zum Lüften ausgelegte Bettücher, jedenfalls rochen sie so. Aber das war das reine Vergnügen im Gegensatz zu dem, was uns unten erwartete. Der Gestank traf uns in dicken Wogen, als wir die schmale Treppe hinunterstiegen.

Unten war es dunkel. Ich konnte nicht erkennen, wie groß der erste Salon war – man konnte nicht bis zum anderen Ende sehen. Er war, würde ich sagen, sehr geräumig, wenn die Menschenmenge nicht gewesen wäre. Gott weiß, wie viele es waren. Am Fuße der Treppe war ein kleiner freigebliebener Kreis, daneben jeder Zentimeter besetzt. Die Menschen saßen oder lagen im Halbkreis so nahe wie möglich an der Treppe. Im ersten Moment sahen wir nur ein paar Köpfe, Männerköpfe. Und wieder dieselben schmutzigen, ausdruckslosen Gesichter und dunklen Augen in tiefen Höhlen.

Der Kapitän blieb stehen und brüllte auf französisch, ob eine Mademoiselle Röt anwesend sei. Keine Antwort. Dann wurde einer der Köpfe größer, und ein Mann, schwarz und weiß wie eine Radierung von Daumier, trat in den Lichtkegel und sagte: ›Mademoiselle Röt ist im Lazarett.‹

Hier blieb Gherson wieder stehen. Wir gingen weiter, und irgendwie gelang es dem Kapitän, uns zwischen schemenhaften Leibern hindurch zu einer Tür zu führen. Wir traten ein, erst der Kapitän, gefolgt von Debbs mit seinen Rosen, und dann ich selbst.

Der Salon, in den wir kamen, war etwa zehn Meter lang und vielleicht fünf Meter breit. Er war von zwei altmodischen Öllampen schwach erleuchtet. Er hatte kein Bullauge, und es roch wie im Leichenschauhaus, nachdem der Eisnachschub ausgeblieben ist. Er war gerammelt voll; die Menschen lagen gedrängt auf Dekken und Strohmatten. Ich weiß nicht, wie viele es waren: sechzig oder vielleicht mehr.

Eine Frau auf der linken Seite weinte, und ihr schwaches Schluchzen begleitete uns, bis wir den elenden Ort verlassen hatten. Sonst gab es kaum Geräusche, nur schweres Atmen und ein paar Huster. Als wir eintraten, fielen mir sofort ein paar Menschen in Weiß auf, die am anderen Ende umhergingen.

Der Kapitän brüllte: ›Doktor Herz, Doktor Herz‹, und ein kleiner, fetter Mann mit Bart kam auf uns zu, offenbar der diensthabende Arzt. Ich konnte sein Gesicht nicht erkennen, bis er in den grünlichen Kreis der Lampe trat. Er sah sehr erschöpft aus und sagte: ›Guten Abend, Kapitän, ist Mr. Gershon gekommen?‹

Gherson trat vor, und der kleine, fette Mann, der offensichtlich bewegt war, schluckte hart. Er sagte: ›Gott sei gedankt, Gott sei gedankt; wir brauchen dringend ein paar Sachen, Mr. Gherson: Morphium, Chinin, Gaze, Baumwolle, Jod und mehrere andere Dinge.‹ Der Kapitän unterbrach ihn und fragte, ob er eine Miss Röt kenne, und der Doktor sagte ja, Miss Röt helfe ihm, er wandte sich um, rief etwas, und im nächsten Augenblick sahen wir Flora auf uns zukommen.

›Ja, Doktor Herz‹, sagte sie, ›Sie haben mich gerufen?‹ – ›Ein paar Freunde wollen Sie besuchen‹, erwiderte der Doktor, und dann sagte Debbs: ›Hallo, Flora‹, und es war still. Flora trat näher, und ich sah, daß sie viel dünner war als beim letzten Mal. Ihr Gesicht schimmerte gelblich, und ihr Haar war mit einem Schal hochgebunden. Sie trug einen weißen Kittel. Natürlich war sie verändert; etwa wie eine Frau, die man zuerst stark geschminkt gesehen hat und dann ohne Rouge und Lippenstift. Ihre Nase war schärfer, ihre Augen größer und die hohen Wangenknochen ausgeprägter.

›Ach, hallo, Ronnie‹, lächelte sie. ›Gott sei Dank‹, sagte Debbs. ›Ich dachte, ich würde dich nie finden. Du mußt sofort weg von hier.‹ – ›Ja, Ronnie‹, sagte sie geistesabwesend, als hätte sie ihn nicht verstanden. ›Was für wunderschöne Rosen.‹ – ›Ja‹, sagte er verlegen. ›Du mußt sofort weg von hier. Ich werde dafür sorgen.‹ – ›Ja, Ronnie‹, sagte sie, ›hast du eine Zigarette?‹ Debbs hielt ihr seine Zigarettendose hin; langsam und sorgfältig zündete sie sich eine an. ›Ich habe seit Tagen nicht geraucht‹, fügte sie hinzu. Es klang töricht und noch immer geistesabwesend. ›Alles in Ordnung mit dir,

Flora?‹ fragte er. – ›O ja, es geht mir gut‹, sagte sie. ›Aber hier sind viele, denen es gar nicht gutgeht, viele sind seekrank, manche hatten einen Nervenzusammenbruch, und manche sind einfach erschöpft. Ein kleiner Junge hat schwere Ruhr, drei Männer haben Malaria, ein junger Mann ist verrückt geworden, und zwei Frauen erwarten Babys.‹ Sie sprach mit einer gleichmäßigen, ruhigen Stimme ohne jeglichen Klageton.

›Du mußt hier raus‹, sagte Debbs. Seine Stimme wurde lauter, als er sich an den Kapitän wandte und sagte, sie müsse hier raus. ›Ja‹, sagte der Kapitän, ›wir müssen alle hier raus‹, und spuckte aus.

›Liebling, erinnerst du dich an Hirtenberg?‹ fragte Debbs. ›Du weißt doch, er war einmal bei euch zu Hause?‹ Sie lächelte und sagte: ›Ach ja, Herr Hirtenberg, wie geht es Ihnen?‹, und wir schüttelten uns die Hände. ›Mir geht es gut‹, sagte ich, ›aber Sie sehen nicht sehr gut aus.‹ – ›Sie muß hier raus‹, sagte Debbs.

›Ja‹, sagte sie. ›Ich wünschte, du hättest etwas Chinin mitgebracht. Wir haben ein paar Malariafälle, weißt du.‹ – ›Mr. Gherson wird sich darum kümmern‹, antwortete Debbs. ›Aber du mußt hier raus.‹ – ›Ja‹, wiederholte sie und lehnte sich, noch immer geistesabwesend, an die Tür. ›Es tut gut, dich zu sehen, Ronnie. Manchmal dachte ich, wir schaffen es nicht. Es war so schwierig. Unser Schiff ist überladen, weißt du, und es gibt nicht viel zu essen. Es war eine schreckliche Überfahrt, Ronnie‹, sagte sie und zog hastig an ihrer Zigarette wie ein Halbwüchsiger, der sich noch nicht aufs Rauchen versteht. ›Dann ist der Kessel explodiert‹, fuhr sie fort,

›und zwei Tage lang wurden wir herumgeworfen. Fast alle waren seekrank. Ständig drang Wasser ein, und alle mußten an die Pumpen, aber sie funktionierten nicht. Ich dachte, wir würden nie ankommen.‹ – ›Nun, die Hauptsache ist, du bist hier‹, sagte Debbs. ›Mach dir keine Sorgen, ich hole dich so schnell wie möglich von diesem Schiff, vielleicht schon morgen.‹ – ›Ja, Ronnie‹, sagte sie. ›Da ist ein junger Mann‹, fügte sie hinzu, ›ach, es ist schrecklich. Er dachte, er ertrinkt, als der Sturm kam, und das denkt er immer noch. Wir versuchen ihm zu erklären, daß wir in Sicherheit sind, aber er will uns nicht glauben. Er bleibt in seiner Ecke hokken, ringt nach Luft und wiederholt ständig, daß er versucht, an die Oberfläche zu kommen, es aber nicht schafft und daß er es nicht länger als drei Minuten unter Wasser aushalten kann. Ich wünschte, du hättest etwas Morphium mitgebracht, das würde ihm helfen.‹ – ›Sprich jetzt nicht davon‹, sagte Debbs, ›du wirst alles bekommen. Wo schläfst du?‹ – ›Ach, irgendwo‹, antwortete sie. ›Wir wechseln uns ab, an Deck zu gehen. Ich war vor zwei Tagen ein paar Stunden oben. Wie ist Istanbul?‹ fragte sie, ›sag doch! Noch immer so schön? Doktor Herz war heute oben, weil sich jemand das Bein gebrochen hat, und er hat mir gesagt, wie schön die Stadt ist, genau wie du sie beschrieben hast. Ich habe sie nur ganz kurz gesehen.‹ – ›Ja, sie ist wunderschön, Flora‹, sagte Debbs. ›Das Haus ist fertig. O'Mallorey wartet auf dich.‹ – ›Ach, schön‹, sagte sie. ›Wie geht es O'Mallorey?‹ fragte sie und kippte um.

Debbs fing sie auf, als sie an der Wand zusammensank; wir legten sie hin, Doktor Herz kühlte ihr die

Schläfen, und bald kam sie wieder zu sich. Ich hatte Debbs die ganze Zeit nicht angeguckt, aber jetzt sah ich sein Gesicht. Er sah ganz elend aus, und ich hatte Angst, auch er könne in Ohnmacht fallen.

›Machen wir, daß wir hier rauskommen‹, sagte ich. ›Ja‹, sagte er, kniete neben Flora nieder und sprach mit ihr. Dann gingen wir – Gherson, der Türke, der Kapitän, Debbs und ich. Es war eine große Erleichterung, wieder an Deck zu sein. Die Menschen standen noch immer da, in dichten Reihen zusammengedrängt, und schwiegen.

›Hören Sie‹, sagte Debbs zum Kapitän, ›können Sie ihr nicht eine bessere Unterkunft beschaffen?‹ Der Kapitän starrte ihn an. Er war häßlich, seine Augen flackerten unstet, und er sagte: ›Hören Sie, was glauben Sie eigentlich, wer Sie sind? Auf diesem Schiff gibt es keine gute Unterkunft.‹ – ›Klappe‹, sagte Debbs, und Gherson mußte dazwischengehen. ›Schon gut, schon gut‹, sagte er, ›wir haben schon genug Ärger.‹

Wir gingen weiter. Bevor wir die Strickleiter hinunterkletterten, schrie einer der Männer etwas: Es war ein lauter, gleichmäßiger Schrei, aber ich konnte nichts verstehen. Debbs blieb stehen und lauschte, doch nichts geschah, und dann war es wieder still.

Auf dem Rückweg redeten wir nicht viel. Debbs war noch immer grün im Gesicht, und sein Hemd hatte dunkle Schweißflecken. Der einzige, dem es außer mir gutging, war der Türke. Er hatte einen leeren Gesichtsausdruck und sprach kein Wort. Gherson sagte: ›Nun, wie gefällt Ihnen das Traumschiff, Mr. Debbs?‹

›Ich finde Sie gar nicht komisch‹, sagte Debbs. ›Soso‹, sagte Gherson. ›Gut. Und was werden Sie unternehmen?‹ – ›Ich werde sie von diesem Schiff holen‹, sagte Debbs wild. ›Und die anderen?‹ fragte Gherson höflich. ›Was soll mit denen sein?‹ fragte Debbs. ›Ich kann nicht alle runterholen, oder?‹ – ›Nein, das können Sie wohl nicht‹, sagte Gherson. ›Sie werden bleiben. Der Kapitän sagt, er wird nicht mehr auslaufen; der Kessel ist geborsten, und die Maschine ist wieder kaputt.‹ – ›Na, dann werden sie nicht auslaufen können‹, sagte Debbs, ›und an Land gehen müssen.‹ – ›Ja, das sollten sie‹, sagte Gherson, ›aber das werden sie nicht.‹ – ›Reden Sie kein Blech‹, sagte Debbs, ›sie können nicht bis zum Jüngsten Tag bleiben.‹ – ›Sie können nicht zurück, sie können nicht weiter, und sie können nicht bleiben‹, sagte Gherson. ›Dann protestieren Sie doch!‹ sagte Debbs. ›Bei wem?‹ fragte Gherson und lachte. Alle seine winzigen Falten waren zu einem breiten, tonlosen Grinsen hochgezogen: nur seine Augen weinten.

Die Schritte gingen wieder los. Eine Woche lang hörte ich Debbs auf und ab gehen; das dumpfe, monotone Geräusch begleitete meine Träume bis in die Morgenstunden. Eine Weile sah es nicht gut aus für ihn, und alles, was seine Freunde, die hohen Tiere sagten, war: ›Heikle Sache, alter Knabe‹, und sie zuckten mit den Achseln. Dazu gab es Gerüchte, die *Regina* müsse umkehren. Eines Tages dann bekam Debbs einen neuen Tip, ausgerechnet im Café *Vienna,* wo ein Mann mit Pekinesengesicht namens Braun ihm vorschlug, Flora an jemanden mit einem ›guten‹ Paß zu verheiraten. Debbs selbst kam nicht in Frage, da seine Scheidung noch lief, aber er überredete O'Mallorey. Außerdem erhielt er einen weiteren Bordpaß. Es war ein Dienstag, glaube ich, und wieder bat er mich, ihn zu begleiten, Gott weiß, warum. Vielleicht hatte er Angst, wieder dieser Masse von Menschen zu begegnen oder Flora in diesem Dreck und Gestank wiederzusehen.

Wir mußten noch einmal den gleichen Hokuspokus über uns ergehen lassen, suchten denselben alten Türken auf, der uns Kaffee und Zigaretten anbot und seine Anteilnahme ausdrückte, gefolgt von einem kurzen leidenschaftslosen Vortrag über die semitische Frage. Debbs hörte zerstreut zu. Er trug einen seiner neuen Anzüge – einen taubengrauen Sommeranzug, sehr schick, kann ich Ihnen sagen –, der aber etwas deplaziert wirkte, was ihm bewußt war.

Der Kapitän erwartete uns. Diesmal war es etwas anders an Deck. Nur die Kinder waren da, lagen in einer langen, stummen Reihe; einige krochen herum und spielten mit dreckigen Lumpen. Die Männer und Frauen seien unter Deck, sagte der Kapitän, da es irgendwelchen Ärger gebe. Richtig, wir sahen drei oder vier türkische Polizisten herumlungern – stämmige Burschen mit Revolvern in den Gürteln. ›Was für Ärger?‹ fragte Debbs, als wir an den Kindern vorbeigingen. ›Na, was glauben Sie?‹ fragte der Kapitän, der härter, unsteter und erschöpfter wirkte als beim letzten Mal, ›diese armen Hunde verlieren allmählich die Nerven, stehen den ganzen Tag da und glotzen nach Istanbul hinüber. Sonntag haben zwei versucht, über Bord zu springen. Ein dritter hat sich die Pulsadern aufgeschnitten. Ich kann die Disziplin nicht aufrechterhalten‹, fügte er traurig hinzu, ›verdammt noch mal, ich kann die Disziplin nicht aufrechterhalten; ich bin schon froh, daß ich nicht selbst verrückt geworden bin.‹

Es gab nur einen Zwischenfall: Bevor wir an der Treppe nach unten waren, kam ein alter Mann auf uns zu, gekleidet in schäbiges, aber würdevolles Schwarz. ›Entschuldigen Sie‹, sprach er uns auf englisch an. ›Sind die Herren Vertreter der Regierung Seiner Majestät?‹ Er klang sehr höflich, aber der Kapitän sagte, er solle sich trollen. ›Lassen Sie ihn doch‹, sagte Debbs. ›Nein, das sind wir nicht‹, fügte er hinzu, ›aber kann ich Ihnen irgendwie helfen?‹ Der alte Mann räusperte sich und sagte: ›Sir, ich möchte nicht aufdringlich sein, aber offenbar liegt ein Mißverständnis vor.‹ – ›Was für ein Mißverständnis?‹ fragte Debbs. ›Nun‹, sagte der alte Mann in Schwarz, ›wir sind in Konstanza an Bord dieses Schiffes gegangen, und man hat uns versichert, es führe direkt nach Haifa und alles sei organisiert. Jetzt sieht es so aus, als ob ein Mißverständnis vorläge.‹ Debbs sah den Kapitän an, der mit dem Zeigefinger kleine Kreise an seiner Schläfe beschrieb und damit andeuten wollte, daß der alte Mann nicht ganz bei Sinnen sei. ›Nun‹, sagte Debbs, ›ich kenne mich natürlich nicht aus, aber mir scheint, Sie haben keine Visa, um in Palästina oder irgendein anderes Land einzureisen, und müssen warten, bis sich irgend etwas tut.‹ – ›Ach ja‹, sagte der alte Mann, ›aber die Zustände auf diesem Schiff lassen zu wünschen übrig.‹ – ›Jetzt reicht es‹, sagte der Kapitän, ›verziehen Sie sich.‹ – ›Tut mir leid‹, sagte Debbs zu dem alten Mann. ›Wir tun, was wir können.‹ Der alte Mann lächelte und begann plötzlich zu zittern, und der Schweiß brach ihm aus. So etwas hatte ich noch nie gesehen; es war sehr aufschlußreich. Irgendein nervöses Leiden. Da stand er, aufrecht und stolz, höflich lächelnd, heftig zitternd, während ihm dicke Schweißperlen Gesicht, Arme und Hände hinunterliefen. Er machte eine verlegene Geste, holte von irgendwo ein Taschentuch hervor und versuchte, den strömenden Schweiß abzutupfen, aber ohne großen Erfolg. ›Was ist los?‹ fragte Debbs, ›sind Sie krank?‹ Es klang albern. Debbs' Stimme war inzwischen ziemlich schrill geworden. ›Es geht ihm gut, kommen Sie‹, sagte der Kapitän. Der alte Mann antwortete nicht, lächelte nur und zitterte.

Wir stiegen hinunter. Diesmal war es noch voller. Sie müssen übereinandergelegen haben. Es war ziemlich dunkel, und man konnte nur ein paar Gesichter erkennen oder besser gesagt, Gesichtsteile: hier eine Stirn, dort eine Nase oder eine Hand. Wir mußten durch sie hindurchwaten wie durch flaches, schlammiges Wasser. Einmal trat ich jemandem aufs Gesicht und sagte: ›Entschuldigung‹, aber das Gesicht gab keine Antwort.

Diesmal kam Flora mit an Deck; ich konnte sie gründlich betrachten. Sie bewegte sich unter Schwierigkeiten, streckte die Glieder und blinzelte im Tageslicht. Sie war noch dünner geworden, die hohen Wangenknochen schimmerten durch ihre Haut, ihre Nase war ganz scharf und unattraktiv; ich glaube, sie roch sogar etwas. Aber im Grunde hatte sie sich nicht verändert. Die Wirkung sorgfältiger Pflege war geblieben, bis auf eines:

sie errötete nicht mehr. Sie sah genauso ernst und zuweilen angespannt aus wie früher. Wir zündeten uns eine Zigarette an, und ich bot ihnen an, sie allein zu lassen, aber Debbs sagte: ›Nein, nein, bleiben Sie, Hirtenberg.‹ Dann begann er die Schwierigkeiten zu erklären, den letzten Stand der Dinge, und schließlich erzählte er ihr von dem Heiratsplan. Sie hörte zwar durchaus interessiert zu, aber es war irritierend, wie sie ständig ruhelos zwischen dem Schiff und dem Horizont hin- und herblickte, als langweile sie Debbs' Bericht und sie höre nur aus Höflichkeit zu. Zuerst sprach sie kaum, murmelte nur ›aha‹ und ›äh‹ und ›Ja, Ronnie‹ und ›Nein, Ronnie‹. Dann blieb ihr Blick auf Istanbul hängen; sie drehte sich in alle Richtungen, um alle Teile der Stadt betrachten zu können, unterbrach Debbs einmal und fragte, wie die große Moschee zur Linken heiße. Debbs erklärte alles geduldig, wies mit dem Finger auf die Villa in Uskudar, die deutlich sichtbar im Zwielicht lag, und auch auf das *Park*-Hotel. ›Da sitzen wir jeden Abend und beobachten dich‹, sagte er mit schiefem Lächeln. Sie nickte, sah lange zu dem Hotel hinüber und sagte nichts.

Nachdem Debbs seine Geschichte beendet hatte, dachte ich, sie würde etwas Wesentliches sagen – zumindest ihm danken oder Hoffnung oder Elend zum Ausdruck bringen. Aber sie tat nichts dergleichen, was meinen früheren Verdacht bestätigte, daß von einem Bauernmädchen nichts Rechtes zu erwarten ist.

›Ach, es ist so schwierig‹, sagte sie plötzlich. ›Gherson hat sich so bemüht, aber wir haben kein Morphium bekommen. Gherson hat gesagt, die Vorräte sind sehr knapp, und die Apotheker erwarten neue Lieferungen aus Deutschland erst nächsten Monat. Wir haben ein junges Mädchen hier, das sich während der Überfahrt den Knöchel gebrochen hat, und wir haben nichts, um ihre Schmerzen zu lindern.‹ Debbs tätschelte ihren Arm. ›Armer Liebling‹, sagte er, ›bald bist du hier raus und wirst den ganzen Alptraum vergessen haben.‹

Sie strich ihr Haar aus dem Gesicht. ›Hm, was? Ja‹, sagte sie. Wieder schien sie nicht zuzuhören. ›Ja, bald‹, fügte sie hinzu. ›Die Leute sagen, wir werden die Reise nicht fortsetzen können und zurückkehren müssen.‹ – ›Blödsinn‹, sagte Debbs ungeduldig. ›Alles wird gut. Auf keinen Fall wirst du zurückkehren oder diese Fahrt fortsetzen. Das Haus dort drüben wartet auf dich.‹

Sie wandte uns den Rücken zu und musterte die Villa in Uskudar noch einmal. Dann fing sie an zu reden, ohne sich auch nur einmal zu uns umzudrehen. ›Es ist ein wunderschönes Haus, Ronnie, wirklich wunderschön. Gut ausgesucht von dir. Man überblickt den Hafen, und wahrscheinlich kann man von dort aus die ganze Stadt und die Küste sehen. Aber meinst du wirklich, daß ich je da hinkomme? Ich nicht. Oh, ich meine nicht das Visum. Ich weiß, du tust, was du kannst, und bist so gescheit, Ronnie. Aber ich fürchte, ich kann dieses Schiff nicht verlassen. Misère – wie Vater den alten Spruch abgewandelt hat – oblige. Wir haben eine schwierige Zeit zusammen verbracht, diese Menschen und ich; Leid, Gefahr und der Gestank haben uns zusammengeschweißt. Wir haben beieinander gesessen und wurden schrecklich durcheinandergeschüttelt. Und manche haben geschrien und andere gebetet oder geflucht oder die Propheten zitiert. Es war die Art Erfahrung, die unter die Haut dringt und einen nie mehr losläßt. Es war kein Alptraum: Ich weiß es jetzt, es war eine sehr reale Erfahrung, diese Überfahrt. Schließlich leben die meisten Menschen ähnlich, seien es die Bauern in Szeged oder in China oder die Juden in Galizien. Ich weiß: Du hast die wunderbare Gabe, die Dinge leicht zu nehmen und die richtige Perspektive zu behalten; du warst immer ein guter Beobachter, aber ich bin es nicht. Ich stecke drin in dieser Sache, habe immer dringesteckt, bis zum Hals. Ach, Ronnie, diese Fahrt hat mir so viele Dinge bestätigt, die Vater gesagt hat. Ich kann dieses Gefühl nicht abstellen, auch wenn du mich für dumm hältst. Auch Vater hat mir oft den Vorwurf gemacht, ich hätte ein übertriebenes Über-Ich und strebte die höchste Form des Leidens an. Ich würde nicht sagen, daß ich es anstrebe, aber ich weiß, es ist mein Element, weil es das Element der meisten Menschen ist. Es wäre wunderbar, in dem Haus in Uskudar zu leben: gut zu frühstücken, ein langes heißes Bad zu nehmen, schöne Kleider zu tragen, gute Bücher zu lesen und auf intelligente und zivilisierte Art die Dinge zu regeln, an die man glaubt. Aber die Erinnerung an diese Fahrt würde immer über uns schweben und unser Leben infizieren, als wäre ich eine Aussätzige. Ich weiß, es handelt sich nur um siebenhundert unbedeutende und nicht besonders angenehme Menschen. Sie haben wenig gemein mit mir, außer diesem Martyrium. Sie haben viel Ärger gemacht, manche haben sich nicht gut benommen, und was sie hassen und worauf sie hoffen, ist mir fremd. Aber sie sind die

Bestätigung all dessen, was ich manchmal angezweifelt habe. Vater sagt immer, ich beschäftige mich zu sehr mit Theorien, anstatt mich der Realität zu stellen. Vielleicht will ich deshalb bei ihnen bleiben, bis sie in Sicherheit sind. Vielleicht auch, um zu sehen, wieviel der Mensch ertragen kann. Ich weiß, für dich klingt das verrückt. Aber da ist dieser junge Mann, von dem ich dir erzählt habe: Er glaubt, daß wir ertrinken, und er kämpft immer noch darum, an die Oberfläche zu kommen. Vielleicht ist er der einzige Gesunde von uns.‹

Sie redete noch eine Weile weiter, und Debbs versuchte, sie zu unterbrechen; eine lange Auseinandersetzung folgte. Debbs war ziemlich verzweifelt und wurde sogar böse. Er sagte, sie sei undankbar – sie mache Schwierigkeiten, während er sich bei den Behörden ein Bein ausreiße, um sie von diesem verdammten Schiff zu holen. Schließlich könne sie, sagte er, wenn sie unbedingt die Samariterin spielen wolle, zum Roten Kreuz oder Ähnlichem gehen und trotzdem unter menschenwürdigen Bedingungen leben.

Ich begann, mich zu amüsieren, aber wir mußten aufbrechen. Schließlich versprach Flora, ›vernünftig‹ zu sein, und wir verließen sie. Auf dem Rückweg trafen wir den alten Mann in Schwarz; er schwitzte und zitterte noch immer, und als wir an ihm vorbeigingen, sagte er: ›Auf Wiedersehen, die Herren, auf Wiedersehen.‹

Dann sah ich Debbs ein paar Tage nicht. Er war nach Ankara geflogen; als er zurückkam, hinterließ er mir eine kleine Nachricht im *Londra*, daß alles ziemlich mies aussehe, er aber eine neue Idee habe. Unterdessen verabredete ich mit Marwitz, ihn beschatten zu lassen. Er tat nichts Ungewöhnliches; er war noch ein drittes Mal auf dem Schiff, zweimal im Café *Vienna* und fuhr viel in Taxis herum. Eine Woche später stürmte er plötzlich in mein Zimmer, aufgedreht, fröhlich grinsend, umarmte mich, bot mir eine Zigarre an und wollte unbedingt Elvira und mich zum Abendessen nach Uskudar einladen. Ich fragte ihn, was geschehen sei, aber er lächelte nur geheimnisvoll und sagte, er habe eine Überraschung für mich. Als hätte ich die nicht schon gekannt. Aber ich versprach zu kommen. Dann ging ich zu Marwitz, erledigte ein paar Dinge und kehrte dann ins *Londra* zurück, wo Debbs auf uns wartete.

Er und O'Mallorey trugen weiße Smokingjacken mit roten Nelken im Knopfloch. O'Mallorey stank nach Whiskey und Debbs nach Haarwasser; offenbar hatte er sich gerade die Haare schneiden lassen und ein Bad genommen und Gott weiß was sonst noch. Elvira ließ zur Abwechslung mal das Unschuldslamm beiseite und hatte ein Abendkleid ausgegraben, das selbst die Kundschaft eines Schanghaier Nachtclubs schockiert hätte. Es war ein verschwindend kleines Stück schwarzer Spitze, das alle die Teile frei ließ, die es nicht hätte frei lassen sollen. Sogar O'Mallorey brach sein Schweigen. ›Oh, oh‹, sagte er oder ähnlich Tiefsinniges.

Wir nahmen ein paar Drinks im Hinterzimmer zu uns, während Debbs mit rotem Gesicht und schlecht verhohlener Erwartung immer wieder seine Uhr zu Rate zog. Um etwa neun Uhr ging es in einer Atmosphäre des Geheimnisvollen endlich los. Wir nahmen ein Taxi und fuhren zur Galatabrücke, wo wir in ein kleines Motorboot stiegen, das Debbs zuvor gemietet haben mußte, und fuhren hinüber nach Uskudar. Direkt unterhalb der Villa war ein kleiner Strand mit Landungssteg. Von dort aus marschierten wir nach oben. Es war ein wunderschöner Abend.

Das Haus war ein Blumenmeer, und das armenische Paar erwartete uns lächelnd mit Kerzen in der großen dämmrigen Halle. Flora, wie Sie geahnt haben mögen, wartete oben, gekleidet in etwas völlig unflorahaft Ausgeflipptes. Wir taten alle so, als wären wir wahnsinnig überrascht. Selbst O'Mallorey legte seinen starren Blick ab und setzte ein Lächeln auf, das er für den Rest des Abends beibehielt. Debbs errötete und kicherte in einem fort, und Elvira quietschte vor Vergnügen. Ich drückte meine Glückwünsche aus, und die fröhliche kleine Runde begann, enorme Mengen von Alkohol zu konsumieren.

Folgendes war geschehen: Debbs hatte den rumänischen Kapitän bestochen – ein Kunststück, das nicht so schwierig war, wie es klang, als er es uns erzählte -, und Flora war vom Schiff geschlüpft, als die türkischen Polizisten zum Abendessen an Land waren. Es war nicht sehr schwierig: Die *Regina* wurde von der Hafenpolizei nicht sonderlich gut bewacht – schließlich wußte sie, daß nicht alle siebenhundert an Land gehen konnten und daß vereinzelte Flüchtlinge sogleich erwischt werden würden. Debbs hatte ein Motorboot gemietet, wartete längsseits der *Regina* auf Flora und brachte sie direkt nach Uskudar.

Was Flora betrifft, beobachtete ich sie gründlich in Erinnerung an ihren lächerlichen kleinen Auftritt, den sie uns neulich abend geboten hatte. Debbs schien es gelungen zu sein, sie zu überzeugen, daß der Kampf gegen brutale Gewalt, Aggression und was sonst nicht noch alles auch ohne ihr übertrieben persönliches Opfer ausgetragen werden konnte. Jedenfalls sah sie glücklich aus. Sie schien ihren neuen Luxus zu genießen; schließlich gab es in der Villa ein riesiges, rosafarbenes Badezimmer. Debbs hatte ihr, ich weiß nicht, woher, ein paar Kleider besorgt. Dann waren da die Blumen, die aufmerksamen Armenier, die Drinks, das Essen, der Ausblick und nicht zuletzt Debbs, der vor Glück schier zu bersten schien.

Sein Plan war rührend einfach. Er hatte einen diskreten Schweizer Geistlichen gefunden, der Flora und O'Mallorey am nächsten Vormittag trauen sollte, nachdem O'Mallorey – keine Ahnung, wie – den amerikanischen Vizekonsul überzeugt hatte, daß ›seine lang erwartete Braut gerade aus dem besetzten Polen gekommen sei‹, und er war bereit, die Trauung vorzunehmen, ohne zu viele Fragen zu stellen oder auf Urkunden zu bestehen. Nach der Zeremonie würden sie den Türken das Fait accompli präsentieren, und alles hätte seine Ordnung. Debbs und ich sollten als Trauzeugen fungieren.

Es gab Borschtsch, warme Vorspeisen, Hummer und einen besonderen armenischen Hochzeitskuchen, den die alte Frau selbst gebacken hatte und zitternd hereinbrachte. Sie bestand darauf zu bleiben, bis er aufgegessen war. Und es gab Champagner, roten Burgunder und Whiskey. Flora war ziemlich aufgeregt; das Erröten hatte sich wieder eingestellt. Sie und Debbs schauten sich immer wieder in die Augen, er drückte ihre Hand, sie drückte seine, und ich brachte einen kleinen Toast auf ›ihr dauerhaftes Glück und den Sieg‹ aus, und dann hielt Debbs eine kleine Rede, dankte uns allen ›für unsere entschiedene Unterstützung‹, und O'Mallorey stand auf, um auch eine Rede zu halten, besann sich aber. Flora dankte uns auch, und Elvira fing an zu weinen, weil sie angesäuselt war und plötzlich daran dachte, daß nie jemand sie hatte heiraten wollen; alle versuchten, sie zu trösten. Nach Mitternacht gingen wir in den Garten, standen unter den Bäumen und sahen hinaus aufs Meer und die Stadtsilhouette, und Flora sang eines dieser langweiligen Balkanlieder. Wir wollten, da es kühl wurde, gerade ins Haus zurückgehen, als türkische Polizisten kamen, um Flora abzuholen.

Ich hasse Auftritte; hoffentlich erwarten Sie nicht von mir, daß ich Einzelheiten berichte. Es waren vier, darunter ein diensthabender Offizier. Er war höflich, schlug die Hacken zusammen, fragte nach Debbs und erklärte dann auf französisch, daß Mademoiselle Röt offenbar aufgrund eines Mißverständnisses an Land gekommen sei, was leider gegen die Anordnungen sei, und daß er Befehl habe, die Dame zurück auf ihr Schiff zu begleiten. Er sei sicher, fügte er hinzu, daß es nur eine Frage der Formalität sei und die Sache in Ankara geklärt werden würde – im übrigen wünsche das Sekretariat des Außenministers Mr. Debbs so bald wie möglich zu sehen.

Flora sagte nur: ›Tut mir leid, Ronnie‹ und ging nach oben, um sich umzuziehen. Debbs war zunächst zu verblüfft, um irgend etwas Intelligentes von sich zu geben, und begann, sich mit dem Polizeioffizier anzulegen, gab es aber bald auf, da dieser ungerührt höflich blieb. Debbs folgte Flora nach oben. O'Mallorey bot dem Offizier einen Drink an, vielleicht in der Hoffnung, ihn betrunken zu machen, während Elvira immerzu den Kopf schüttelte und dann versuchte, den Polizisten zu becircen, der ihren Avancen mit einem breiten, ausdruckslosen Lächeln begegnete. Nach etwa zehn Minuten kam Flora mit Debbs zurück. Sie war ernst und beherrscht. Er verlor die Fassung, plapperte Unsinn und wollte sie zum Hafen begleiten, was die Polizisten ablehnten. Sie fuhren in einer Limousine davon. Debbs ging zum Ende des Gartens, und alles, was wir sahen, war das winzige Glimmen seiner Zigarette. ›Chagrin d'amour‹, summte Elvira in schrecklichem Französisch, ›dur-e tout-te-e le vie-e.‹

›La vie‹, korrigierte O'Mallorey. Es war das Vernünftigste, was ich je von ihm gehört hatte.

Drei Tage später kam Debbs morgens in mein Zimmer. Er war kreidebleich – offensichtlich hatte er seit Tagen nicht geschlafen. Seine Augen waren trübe, und er war seit mindestens zwei Tagen nicht rasiert. Ich hatte ihn seit der Nacht in Uskudar, als sie Flora abgeholt hatten, nicht mehr gesehen. Ich glaube, er war dort geblieben.

›Hallo‹, sagte er, ›die *Regina* läuft aus.‹ – ›Wie meinen Sie das?‹ fragte ich. ›Sie läuft aus‹, sagte er und setzte sich. ›Sie läuft aus. Ich weiß nicht, warum. Etwas muß geschehen sein, denn sie hat den Befehl, nach Rumänien zurückzukehren. Gherson hat es mir eben gesagt. Ich gehe jetzt ins *Park* rüber. Sie wollen mich nicht an Bord lassen. Ich habe es zweimal versucht. Es hat Stunk gegeben wegen neulich nacht; jedenfalls werde ich ausgewiesen. Kommen Sie?‹

Ich stimmte zu; wir nahmen ein Taxi und fuhren ins *Park*-Hotel. Die Terrasse war leer, und wir sahen, wie die *Regina* von einem kleinen Schiff in Schlepptau genommen wurde. Um sie herum wieselten vier kleine Patrouillenboote.

›Gherson meint, es sei der reine Wahnsinn‹, sagte Debbs. ›Die Maschine ist kaum funktionstüchtig, und sie wird es nie bis Konstanza machen. Aber trotzdem läuft sie aus.‹

Es war ein sehr sonniger Vormittag. Meer und Hügel waren in einen schwachen Dunst getaucht. Die *Regina* bewegte sich langsam durch den Bosporus. Debbs gab mir sein Fernglas, und ich betrachtete das Schiff. Es war nicht viel zu erkennen. Das Deck war wieder überfüllt: sogar die Kinder standen an der Reling. Alle sahen sehr aufgeregt aus. Einige schienen etwas zu brüllen. Ich konnte gewalttätige Gesichter und Gebärden ausmachen.

Debbs redete ununterbrochen. ›Da fährt sie‹, sagte er. ›Da fährt sie. Ich kann sie nicht aufhalten, niemand kann sie aufhalten. Ich habe versucht, an Bord zu kommen, man hat mich nicht gelassen. Ich habe Ankara angerufen, ich war in der Botschaft, ich habe jeden verdammten Menschen in der Stadt aufgesucht. Ich war unten am Hafen; die Türken haben mich weggeschickt, beinahe hätten sie mich festgenommen. Da fährt sie; nichts kann sie aufhalten. Können Sie Flora sehen? Nein, wahrscheinlich nicht. Sie wird unten sein und diese stinkenden Menschen pflegen. Jetzt kann sie glücklich sein. Ich nehme an, sie ist glücklich. Nun denn, da fährt sie. Sie werden es nie schaffen. Können Sie sie jetzt sehen? Geben Sie das Fernglas her.‹

›Immer mit der Ruhe‹, sagte ich zu ihm. ›Es ist sinnlos, sich so aufzuregen. Sie wird nach Konstanza kommen und dann zurück nach Szeged gehen und in Sicherheit sein, und eines Tages gehen Sie hin und holen sie.‹

›Ja‹, sagte er. ›Ich sehe sie immer noch nicht.‹

Wir saßen etwa eine halbe Stunde dort, während die *Regina* hinter den Hügeln verschwand. Dann kam Gherson mit O'Mallorey und Elvira. Wir nahmen ein paar Drinks, und Debbs schlug vor, langsam hinaus nach Buyukdere zu fahren und der *Regina* nachzusehen.

Gherson sagte, er mache sich Sorgen; die Menschen an Bord seien in einem Ausnahmezustand, und alles mögliche könne geschehen. Vorige Nacht hätten sie versucht, die Maschine zu demontieren, und die Polizei habe einschreiten müssen. Als sie erfuhren, daß sie auslaufen sollten, seien drei über Bord gesprungen, aber wieder heraufgeholt worden. Einer wäre beinahe ertrunken.

Auf der Fahrt nach Bebek wechselte das Wetter. Aus Nord kam ein plötzlicher Wind. Der Dunst löste sich auf. Hügel, Bäume und Villen standen klar vor dem grau werdenden Himmel. Dann färbte sich der Bosporus dunkelgrün; seine Strömung eilte in schnellen Strudeln dahin. Debbs sagte ständig: ›Sie schafft es nie‹; aber da war sie, die *Regina*, direkt unter der Bebek-Biegung, gegen die Strömung anstampfend. Wir stoppten, und Debbs starrte durch sein Fernglas hinüber. Es war nichts weiter zu sehen: dieselben Menschen, dieselben Kinder, die sich an die Reling klammerten, die Fäuste schüttelten und etwas brüllten. Diesmal drangen Fetzen ihrer schrillen Stimmen zu uns herüber, und als Debbs mir sein Fernglas gab, sah ich, wie drei Männer ein großes Schild unter dem Schornstein aufstellten: ›Wir werden alle sterben.‹

Wir fuhren langsam an der Küste entlang, auf gleicher Höhe mit dem Schiff. Die *Regina* kam nie sehr nahe ans Ufer. Dann mußten wir durch die Hügel fahren, da es nach Buyukdere keine direkte Küstenstraße gab. Fünfzehn Minuten sahen wir das Schiff nicht. Als wir wieder zurück ans Wasser kamen, war sie da, ankämpfend gegen die Strömung. ›Jetzt wird es nicht mehr lange dauern‹, sagte Gherson.

Wir stiegen aus dem Auto, setzten uns ins Gras und warteten, daß das Schiff uns einholte. Es brauchte mehr als eine halbe Stunde. Dann stiegen wir wieder ein und fuhren langsam in Richtung Schwarzes Meer.

›Vor zwei Tagen war noch etwas Hoffnung‹, sagte Gherson. Er war zerknitterter denn je, und ich mußte genau hinsehen, woher seine Stimme kam. ›Ja, da war noch etwas Hoffnung. Aber die ist dahin. Es war schrecklich, es ihnen zu sagen. Zuerst wollten sie mir nicht glauben. Sie waren wie vor den Kopf geschlagen, standen nur da, schüttelten die Köpfe und sagten: ›Aber Mr. Gherson, wie ist das möglich?‹, und sie schüttelten die Köpfe und wandten sich einander zu und sagten: ›Hast du gehört? Das muß ein Irrtum sein.‹ Ich ging weg, bevor der Aufruhr losging. Sie schrien und fluchten sich die Seele aus dem Leib. Sie werden es nicht schaffen. Da sind sie, siebenhundert Leichname, seht sie euch an.‹

›Halten Sie den Mund‹, sagte Debbs. Er sah immer noch durch sein Fernglas und wartete, daß Flora endlich erschien. Das tat sie erst auf den letzten vierhundert Metern, als wir wieder in dem Fischrestaurant saßen. ›Da ist sie‹, sagte Debbs, ›da ist sie, ganz allein am Schornstein.‹ Er wollte sich nicht von seinem Fernglas trennen.

›Da ist sie‹, sagte er, ›allein am Schornstein. Sie lächelt, sie weiß, daß ich sie sehe. Sie sieht bleich und mager aus, aber nicht unglücklich. Jetzt winkt sie. Sie hat so schöne Hände, haben Sie bemerkt? So zart, als hätte sie nie gearbeitet. Jetzt streicht sie sich das Haar aus dem Gesicht. Der Wind ist stark, und obwohl sie stillsteht, scheint sie in Bewegung zu sein, weil der Wind an ihrem Kleid zerrt. Sie trägt ein weißes Kleid, das ich nicht kenne. Sie lächelt noch immer und sieht sich um: Ob sie uns sehen kann? Wink doch mal jemand. Ach nein, das bringt nichts. Sie kann uns unmöglich sehen. Aber sie weiß, daß wir irgendwo hier sind. Was sie wohl denkt? Sie kann doch unmöglich glücklich sein. Sie war so froh in jener Nacht in Uskudar – alles war perfekt, außer dieser scheußlichen grünen Vase, die Sie ihr geschenkt haben, O'Mallorey. Ich habe Ihnen gleich gesagt, die wird ihr nicht gefallen.

Sie mochte die alte Beki und ihren Mann, und die mochten sie. Sie sagte, sie würde gern lange in Uskudar bleiben. Der Wind nimmt zu: vielleicht kommt Sturm auf. Sie lächelt noch immer. Wollt ihr sie mal sehen? Also gut. Direkt neben dem Schornstein. Nicht weiter nach unten gucken. Da ist ein Bursche zu ihren Füßen, der aussieht, als hätte er sich aufgehängt.‹

Er hatte wohl Fieber an jenem Morgen. Elvira strich ihm über die Stirn. Sie sprach auf ihn ein, vielleicht wollte sie ihn ablenken. Wir alle drehten uns um, um Flora zu sehen. Sie stand entschlossen neben dem Schornstein und lächelte. Um etwa halb zwei verschwand die *Regina* zwischen den Hügeln ins Schwarze Meer. Sie hatte ein verwittertes Nebelhorn, und der Kapitän ließ es ertönen, kurz bevor das Schiff in die offene See fuhr. Das war das letzte von ihr: das Geräusch des alten Nebelhorns. Es war, als schnaube ein alter Mann sich wehmütig die Nase.

Am nächsten Vormittag mußte ich, Gott sei Dank, nach Ankara. Ich kam erst eine Woche später zurück und fuhr direkt ins *Londra*, wo ich erfuhr, daß die *Regina* noch in der Nacht ihrer Abfahrt gesunken war. ›Tutti morti‹, sagte Signor Barbia.

Ich ging ins Hinterzimmer, wo Elvira und O'Mallorey waren. Ich wappnete mich gegen einen größeren emotionalen Ausbruch, aber ach, sie spielten Poker und tranken Bier. Sie wußten etwas mehr als Barbia. Zwei Stunden nachdem sie den Bosporus verlassen hatte, geriet die *Regina* in einen Sturm, der ihr den Coup de grace gab. Ein türkisches Fischerboot sichtete sie, halb gekentert. Bis Hilfe kam, war es zu spät. Man fand nichts außer ein paar verrottete Spanten und drei junge Männer, die versuchten, an Land zu schwimmen. Zwei von ihnen starben am nächsten Tag im Krankenhaus; der dritte hatte noch nicht das Bewußtsein wiedererlangt.

Am selben Abend kam Debbs in mein Zimmer. Es schien ihm nicht schlechtzugehen. Er war frisch rasiert, und seine Stimme war kräftig. Das einzige, was ihn verriet, war sein ständiges starres Lächeln, das er während des ganzen Essens beibehielt. Er sagte, er fahre am nächsten Tag nach Kairo. ›Ich nehme an, das mit dem Schiff haben Sie gehört‹, fügte er hinzu. Ich sagte ja, und wie leid es mir tue. ›Ja‹, sagte er. ›Ein furchtbarer Jammer‹, fügte er laut hinzu und ging hinaus.

Ich kam, um ihn zu verabschieden, obwohl es sehr früh am Morgen war. Aber ich hatte es versprochen. Er hatte drei oder vier Koffer und fummelte übertrieben an ihnen herum, als wolle er sich ablenken. Als wir zur Fähre fuhren, redete er mit animierter Stimme ohne Unterlaß. Wahrscheinlich wollte er die Stadt nicht mehr sehen. Auch auf dem Schiff faselte er weiter, aber es half ihm nichts: an einem sonnigen Morgen kann man Istanbul nicht ignorieren; die funkelnden Farben, ein paar Schäfchenwolken, der würzige Wind – wie konnte man sich davor schützen? Also hielt er den Mund, Ellbogen auf der Reling, und starrte ins Wasser.

Es war noch etwas Zeit bis zur Abfahrt von Debbs' Zug. Wir schlenderten ins Restaurant und bestellten türkischen Kaffee. Die Sonne versuchte, in gekrümmten Strahlen einzufallen. ›Sie hat einen Brief geschrieben‹, sagte Debbs. Seine nikotingelben Finger suchten in seiner Brusttasche und holten einen zerknitterten Umschlag vor. Er faltete ihn sorgfältig auseinander. ›Ja?‹ fragte ich, denn mir war klar, er wollte, daß ich erfuhr, was sie geschrieben hatte.

›Mein Liebling [las er leise, mit leicht schwankender Stimme], heute geht es los. Ich kann Dir nicht mehr sagen als: ich werde Dich vermissen und vermissen und noch einmal vermissen. Die Zeit ist knapp: sie war immer viel zu knapp, und wir haben nie alles richtig durchsprechen können. Ich habe Dir nie sagen können, daß Du, abgesehen von der Menschheit im allgemeinen, der einzige Mann bist, der mich zum Weinen gebracht hat. Erinnerst Du Dich an Deinen Anruf aus Budapest in der Schneenacht? Du warst so unglaublich wahrhaftig. In dieser Nacht war ich sehr töricht: Ich habe in meinem Wörterbuch das Wort Liebe nachgeschlagen. Wir haben fünf Äquivalente dafür: szeretet und vonzalom und ragaszkodas und vonzodas es szerelem. Sie bedeuten alle etwas anderes, und ich hoffe, Du hast alle gemeint. Dann habe ich weitergelesen und fand Wörter wie Liebe auf den ersten Blick, Kind der Liebe, freie Liebe, Liebesapfel, liebenswert, Liebreiz, Liebesbrief, liebestrunken, liebestoll, Liebesnest und Liebesdienst. Es ist ein wunderbares Wörterbuch. Mein Liebling. [Es hörte sich komisch an, wie Debbs das sagte.] Ich möchte, daß Du vernünftig bist, und bitte, verprügle den Präsidenten oder den Kapitän oder den Erzbischof nicht, wie Du es angedroht hast. Ich möchte, daß Du Deinen Sinn für das Maß behältst und das Richtige tust. Ich meine, Ronnie, so ist der Mensch nun mal; das Schiff fährt nicht zurück, weil irgendwo irgend jemand böse ist. Ich sehe den Beamten, der das Papier mit dem Befehl zur Umkehr unterschrieben hat, vor mir. Wahrscheinlich ist er ein sehr netter Mensch mit rosigem Gesicht, ergrauendem Haar und steifem Kragen, mit Frau, Kindern, Freunden, einem Platz auf einer der vorderen Kirchenbänke und einem Sinn für Barmherzigkeit, und wenn er, in etwa fünfundzwanzig Jahren, auf dem Totenbett liegt, wird er sicher das Gefühl haben, sein Bestes für die Menschheit gegeben zu haben. Bitte, Ronnie, sie sind nur Rädchen im Getriebe, und die Irrfahrt der *Regina* ist eine Episode. Überall wird gelitten, weil die ganze Maschinerie verrottet ist. Früher oder später wird sie von ihrem eigenen eisernen Schicksal zerstört, und dann werden wir, in der Dämmerung, endlich die gierige, wilde Kindheit hinter uns lassen und zu leben beginnen, wie ernste, freundliche Erwachsene, die keine Angst haben, ihren Vorstellungen bis zum Ende zu folgen. Leb wohl, Ronnie, mein Liebling, und grüße die Villa in Uskudar. Es wäre wunderbar gewesen, dort mit Dir zu leben.‹

Meine letzte Erinnerung an ihn ist, wie er sich aus dem Fenster des Abteils beugte und wieder dieses gezwungene Lächeln aufsetzte. ›Sie waren sehr freundlich‹, sagte er. ›Ach was‹, sagte ich. ›Ich habe getan, was ich konnte. Arme Flora.‹ Er sagte nichts. Seine Augen fingen die Sonne ein und glitzerten einen Moment; aber dann blies der Bahnhofsvorsteher in seine Pfeife, und der Zug setzte sich in Bewegung. ›Auf Wiedersehen‹, sagte er und verschwand.«

Die Vollstreckung

»Und jetzt«, sagte Hirtenberg und setzte sich, »sehen wir uns wieder. Tumber Romantiker, der er war, trat er in die Armee ein, wahrscheinlich freiwillig. Und scheitert erneut, der arme Tropf: Offenbar haben sie ihn auf der falschen Seite der Grenze abspringen lassen, und Sie, alter Knabe, haben ihn praktischerweise gefaßt.«

Ich zündete mir eine Zigarette an und betrachtete Hirtenberg.

»Hochinteressant«, sagte ich. »Was meinen Sie damit, die falsche Seite der Grenze?«

Er zuckte mit den Achseln.

»Das weiß ich natürlich nicht genau. Er muß reden, und er wird reden, und dann wissen wir Bescheid. Aber ich vermute, er sollte in Szeged landen. Der alte Röt ist nach einem kurzen Aufenthalt im Gefängnis wieder dort. Mit dem Strom schwimmend, liegt Debbs' Aufgabe, glaube ich, darin, noch eine dieser dummen ›Untergrund‹-Bewegungen aufzubauen.«

»Dann war es ein Versehen«, sagte ich. »Er sollte gar nicht hier abspringen.«

»Nicht genau«, nickte Hirtenberg. »Ein kleines Versehen von etwa 120 Kilometern.«

»Er wird überrascht sein, Sie zu sehen«, sagte ich.

»Und wie«, sagte er. »Schockiert natürlich. Wahrscheinlich verliert er den letzten Rest Hoffnung in die Menschheit.«

»Ja, vermutlich«, sagte ich und stand auf. »Wir gehen jetzt besser schlafen. Es ist spät geworden.«

»Halb eins«, sagte Hirtenberg. »Schrecklich. Ich habe ein ganz schlechtes Gewissen, Sie so lange aufgehalten zu haben. Sie müssen mich für sehr ungehobelt halten.«

»Ganz und gar nicht. Werden Sie die Katze hierlassen?« fragte ich.

»Ja, wenn Sie nichts dagegen haben.« Die Katze schlief noch. »Tomaschek ist ganz harmlos.«

»Gehen wir«, sagte ich. Ich ließ ihn in die Halle vorgehen und knipste das Licht aus. Das Feuer brannte noch und warf ein fiebriges Licht auf den Teppich. Wir gingen hinauf in den zweiten Stock, wo Hirtenbergs Zimmer lag. Das Haus war jetzt still.

»Ich hoffe, ich werde Madame morgen sehen«, sagte Hirtenberg. »Was für eine charmante Frau.«

Wir gingen den langen Korridor bis zum Ende. Ich öffnete ihm die Tür und knipste das Licht an. Dies war das zweite Gästezimmer – kleiner, aber behaglicher. Der Kamin brannte, und Slawko hatte Hirtenbergs Flanellschlafanzug aufs Bett gelegt.

»Wunderbar«, sagte er.

»Das Badezimmer ist die zweite Tür links«, erklärte ich. »Ich hoffe, Sie werden gut schlafen.«

»Ganz bestimmt«, sagte er. »Sie sind der perfekte Gastgeber.«

»Danke«, sagte ich. »Gute Nacht. Frühstück um sieben.«

»Frühstück um sieben«, sagte er und lächelte zufrieden. »Gute Nacht.«

»Oh, übrigens« – ich blieb stehen. »Nur so aus Neugier. Haben Sie die türkische Polizei von Floras Flucht vom Schiff informiert?«

»Natürlich«, sagte er. »Was hätte ich sonst tun sollen?«

»Richtig«, sagte ich. »Also, gute Nacht.«
»Gute Nacht.«
Er zog sein Jackett und seine Weste in einer einzigen Bewegung aus und legte sie über die Rückenlehne eines Stuhls.

Langsam ging ich die Treppe hinunter und zurück ins Arbeitszimmer. Ich knipste das Licht nicht an.

Das Haus war jetzt sehr still bis auf das Geräusch rauschenden Wassers irgendwo in der Wand. Hirtenberg nahm ein Bad. Ich ging zum Fenster und sah hinaus. Die Männer gingen noch immer in Grüppchen herum: dieselben schwerfälligen Schatten wie zuvor.

Nichts als das rauschende Wasser in der Wand. Sonst war das Haus still, und es fühlte sich jetzt leer an, nach allem, was gesagt worden war. Da war ein großes Vakuum, in dem Hirtenbergs Stimme nachhallte.

Die Worte, die er benutzt hatte, und die Bilder, die er wachgerufen hatte, hingen noch im Zimmer. Ich setzte mich ans Feuer, zündete eine Zigarette an und dachte an die Vergangenheit. Mir war, als ginge ich auf toten Zweigen. Wo immer ich stehenblieb, knackte es schwach. Und die ganze Zeit schlief oben dieser junge Mann.

Die Akte lag auf dem kleinen Tisch, wo Hirtenberg sie zurückgelassen hatte. Die Katze schlief in der Ecke. Ich nahm die Akte auf und öffnete sie, mich zum Feuer vorbeugend. Die Seiten glitten durch meine Finger. ›7. März. D. besucht Barkoczy und speist mit ihm im *Tarjan's*.‹ Oder: ›Kopie des Telegramms an *Daily News* geschickt: Was ist mit meinem Diätenkonto? Bin abgebrannt. Und: ›Ich warte, Flora.‹

Die toten Zweige knackten.

Ich legte die Akte zurück auf den Tisch. Frühstück um sieben, dachte ich. Wir würden Debbs wecken. Hirtenberg würde dramatisch eintreten. Debbs würde rot werden, und wir würden zusammen frühstücken. Wir würden auch reden: von Szeged und von Röt. Draußen ein kalter Morgen mit viel Licht und das Tal grün und grau vor Regen. Wir würden hinausgehen. Schwalke würde den Jungen aus dem Gefängnis holen: Banich, den Dorftrottel, der zwei Hütten in Brand gesteckt hatte. Wir würden alle zur Lichtung am westlichen Hang gehen, sechs Männer, darunter Debbs, Hirtenberg, ich und Banich. Wir drei würden im offenen Auto sitzenbleiben. Sie würden Banich an die Eiche binden. Er würde weder brüllen noch schreien: er hatte seit seiner Geburt nichts von sich gegeben außer einem idiotischen Grinsen. Sie würden seine ausgestreckten Arme an zwei starke Äste binden, als wollten sie ihn kreuzigen. Sie würden die Katze nehmen, seine Hose aufmachen und die Katze hineinstecken. Wir würden nicht viel sehen: nur das Gewühle und sein Grinsen. Vielleicht würde Hirtenberg näher herangehen wollen, um sein Gesicht zu sehen.

Er würde auch Debbs' Gesicht sehen wollen.

›Warum sind Sie hier? Wollten Sie nach Szeged? Um Röt zu sehen? Wen sonst noch?‹

Tote Zweige überall, tot oder verrottend: und oben schlief der junge Mann.

Ich stand auf und ging zu dem kleinen Tisch mit dem weißen Tischtuch, wo die Drinks standen, die Slawko am frühen Abend dort hingestellt hatte. Alles schien sehr weit weg. Es war fast zwei Uhr.

Ich nahm einen steifen Drink und stand einen Moment lauschend da. Das Wasser rauschte noch immer in der Wand. Ich ging aus dem Zimmer, durch die Halle und öffnete die Eingangstür.

Es regnete wieder; es klang wie das Mischen von Millionen von Spielkarten. »Schwalke«, sagte ich, und er kam.

»Ja, Herr Major?« fragte er.

»Sie können jetzt alle zu Bett gehen.«

»Ja, Herr Major«, sagte er und machte kehrt.

Einer nach dem anderen kamen die schwerfälligen Schatten vorbei. Ich wartete noch fünf Minuten und ging dann ums Haus zur Garage.

Ich inspizierte den alten Mercedes, der jetzt graugrün lackiert war. Die Reifen waren so gut wie neu, und er war vor drei Tagen aufgetankt worden. Ich suchte nach den Straßenkarten und fand sie in einer der Türtaschen. Ich legte sie auf den Beifahrersitz.

Dann ging ich zurück zum Haus. Als ich näher kam, sah ich Licht in Hirtenbergs Zimmer. Darunter war Nadjas dunkles Fenster.

Ich ging direkt in mein Zimmer. Das Haus war immer noch still; in der Wand rauschte kein Wasser mehr. Wahrscheinlich saß Hirtenberg in der Badewanne und weichte seinen knochigen Körper ein. Ich öffnete den Schrank und holte meine Felduniform, Mantel und Kappe heraus. Ich legte alles auf mein Bett; dann nahm ich den Dienstrevolver aus der Nachttischschublade.

Ich rauchte und wartete weitere fünf Minuten. Dann verließ ich mein Zimmer und ging den Korridor entlang zu Nadjas Tür. Ich lauschte. Kein Laut. Ich drehte langsam den Türknauf und trat ein.

Das Zimmer lag, da die Vorhänge fest zugezogen waren, im Dunkeln. Ich ging auf Zehenspitzen näher und lauschte wieder.

»Nadja«, flüsterte ich. Aber ich wußte, es war sinnlos. Sie gab keine Antwort; ich stand im Dunkeln vor Nadjas Bett; ich war sicher, daß sie aufrecht dasaß, die Knie hochgezogen bis zum Kinn; daß sie dasaß und mich hellwach anstarrte.

Ich wartete eine Weile, ob sie sich bewegte. Ich flüsterte ihren Namen nicht noch einmal; ich wartete, daß sie etwas sagte. Aber ich wußte, es war sinnlos. Sie mochte in einer ihrer Launen stecken. Vielleicht hatte sie der heutige Abend etwas durcheinandergebracht, oder sie schmollte, einfach weil die Gesichtscreme aus Belgrad nicht gekommen war. Ich wußte es nicht.

Ich wußte aber, sie würde in einer Zeit wie dieser kaum helfen können. Sie würde überhaupt nicht helfen können. Was hätte sie sagen sollen: ›Ja, Helmuth?‹, irgendeine schnelle, emotionale Bewegung machen, einen Schluchzer oder einen langen, erregten Bericht von sich geben, der mit einer Phrase wie ›Aber jetzt wird alles ganz anders, nicht wahr, Helmuth?‹ endete? Warum sollte sie das sagen, und was sollte von jetzt ab anders sein?

Nein, es gab im Grunde nichts, was sie hätte sagen können. Vielleicht spürte sie es und war deshalb so demonstrativ still. Vielleicht spürte auch sie die Gefahr und Zerstörung, die der heutige Abend gebracht hatte, konnte aber daraus nicht schlau werden, saß verängstigt im Bett, lauschte auf eingebildete Geräusche und wünschte, der Morgen würde anbrechen.

Oder konnte sie doch helfen? Ich wartete noch immer. Auf irgendein noch nie gesprochenes Wort, eine unerwartete Geste vielleicht? Nichts, was sie hätte sagen können, hätte mich zum Bleiben bewegen können. Es blieb nichts, als einfach wegzugehen. Langsam ging ich rückwärts und blieb noch einen Augenblick auf der Schwelle stehen. Sie machte keine Bewegung und kein Geräusch. Sie saß einfach da, das fühlte ich, mit den Knien hochgezogen zum Kinn, mit geweiteten Augen, in Panik und Verwirrung an den Nägeln kauend, und sah mir nach.

Ich ging zurück in mein Zimmer, um die Kleider zu holen, und dann hinüber zu Debbs' Tür. Auch hier lauschte ich, und auch hier war es still. Ich öffnete die Tür und trat ein. Die Vorhänge waren nicht zugezogen, und im dürftigen Licht sah ich Debbs auf dem Bett liegen, fast in genau derselben Position, in der ich ihn vor wer weiß wie vielen Stunden verlassen hatte.

Ich trat näher an sein Bett und legte die Kleider auf den Stuhl.

»Debbs«, sagte ich, »wachen Sie auf.« Ich schüttelte ihn leicht.

Zuerst rührte er sich nicht: dann murmelte er etwas und schreckte mit einem heftigen Ruck hoch.

»Schon gut«, sagte ich besänftigend. »Ich bin es nur.«

Ich knipste die kleine Nachttischlampe an. Er saß da, schwer auf seine Hände gestützt, blinzelnd, zerzaust, benommen. Fast konnte ich sein Herz hämmern hören. Die linke Gesichtshälfte, auf der er gelegen hatte, war rot. »Was ist los?« fragte er.

»Tut mir leid, daß ich Sie geweckt habe«, sagte ich.

Er rieb sich die Augen.

»Zigarette?« fragte ich.

»Ja, danke«, sagte er. »Ist es schon Morgen?«

»Nein«, sagte ich. »Es ist erst zwei Uhr.«

Er zog tief den Rauch ein und starrte mich an: Er kam langsam zu sich.

»Was ist los?« fragte er wieder.

»Haben Sie Angst?« fragte ich.

»Nein«, sagte er.

Er nahm einen langen Zug und stieß ihn wieder aus.

»Neuigkeiten von Ihrem Hauptquartier?« fragte er.

»Ja«, sagte ich. »Kein Grund zur Sorge.«

»Gut.«

Eine kleine Pause. Sein Hemd war am Hals offen und gab seine weiße Kehle und ein glattes Dreieck seiner Brust frei.

»Sie haben meiner Frau nicht geglaubt, stimmt's?« fragte ich.

Er zuckte die Achseln.

»Ich wußte nicht genau, was sie wollte«, sagte er. »Aber ich war furchtbar müde. Ich hätte nicht gehen können.«

»Was macht Ihr Knöchel?«

Er beugte sich vor und drückte darauf.

»Besser. Nicht mehr so geschwollen.«

»Ein Dummkopf sind Sie trotzdem«, sagte ich. »Als sie Sie bat zu gehen, hat sie es ernst gemeint.«

»Ich verstehe nicht«, sagte er.

»Schon gut«, sagte ich. »Sie gehen jetzt.«

Ich stand auf. »Da sind Uniform, Mantel und Kappe, alles für Sie. Ich bringe Sie zu meinem Auto. Sie können gehen, wohin Sie wollen.«

Er schwang seine Beine über die Bettkante und setzte sich auf.

»Sogar nach Szeged«, sagte ich.

»Szeged«, wiederholte er. »Oh.«

»Kommen Sie«, sagte ich. »Beeilen Sie sich. Es ist nicht viel Zeit.«

Er rührte sich nicht.

»Trauen Sie mir nicht?« fragte ich.

»Ich weiß nicht«, sagte er. »Das ist es nicht. Aber es ist verrückt.«

»Ja, das ist es«, sagte ich. »Kommen Sie.«

Er stand langsam auf und nahm meine Uniform. Dann begann er sich anzuziehen. Zuerst zog er seine Flanellhosen aus und stand einen Moment im Hemd da, ziemlich jung und lächerlich.

Und ich dachte: Natürlich ist es verrückt. Wenn er nach einer Erklärung verlangt, werde ich ihn enttäuschen müssen.

»Beeilen Sie sich«, sagte ich.

Jedes Leben ist ein Kriminalroman, voller nebliger Nächte, falscher Bärte und Spuren, und die Jagd geht im Kreis, denn der Täter ist immer auch das Opfer.

»Im Schrank sind hohe Stiefel. Probieren Sie sie.«

Man macht große Augen, wenn man durch ein Mikroskop blickt oder hinauf zu den Sternen, nur über den menschlichen Geist sollte man sich nicht wundern. Erst haben wir uns zum Trost die Götter geschaffen. Jetzt, aufgeklärt, wie wir sind, machen wir uns unsere

Regeln selbst und ersäufen darin. Ich hatte meine eigenen Regeln, und sie waren wie ein festes Korsett, das einem staunenden Geist hilft, Angst und Zweifel vertreibt. Heute abend ist es geborsten.

»Sehe ich ordentlich aus?« fragte er plötzlich.

Ich drehte mich um und sah ihn an. Meine Uniform stand ihm gut, wenn sie auch ein wenig groß war. Er stand stramm; eine Haarlocke fiel ihm in die Stirn.

»Ja, ganz ordentlich«, sagte ich. »Setzen Sie die Kappe auf, und ziehen Sie den Mantel an.«

»Sie sind sehr anständig«, sagte er, mit dem Gürtel beschäftigt. »Kann ich Ihnen irgendwie helfen? Ich meine –«

»Nein, danke«, sagte ich. »Man kann sich nur selber helfen.«

Das Auto ist abgefahren: es muß in den nördlichen Hügeln verschwunden sein. Sein winselndes Geräusch kam leise um die hohen Kiefern. Ich sah hoch zu Hirtenbergs Fenster: es war dunkel, und es blieb dunkel, kein Zeichen von Bewegung.

Ich lauschte. Jetzt nahm er die zweite Haarnadelkurve; das winselnde Geräusch wurde lauter und verebbte dann wieder.

Er hatte die Uniform, die Karte und meine Papiere. Der Tank war gefüllt, und die Reifen waren gut.

Ich wünschte, ich hätte ihm mehr gesagt. Was dachte er jetzt von mir? Oder anders gesagt, wofür hielt er mich? ›Anständig von Ihnen, Major.‹ Und eines Tages würde er die Geschichte in seinem Club oder seinen Enkeln erzählen.

Er wußte nichts von mir, und ich hatte nichts sagen können. Man sprach Millionen Wörter, völlig bedeutungslose, sinnlose, leblose Wörter. Und wenn es darauf ankam, schwieg man.

Nadja wußte auch nichts. Sie saß im Bett, starrte feindselig in die Dunkelheit. Und eigentlich hatte auch ich bis heute abend nicht viel gewußt.

Überall nichts als diese toten Zweige, sie knackten, als ich durch den Garten zurückging. Ich blieb unter einer kleinen Ulme stehen und kontrollierte meinen Dienstrevolver.

Obwohl es stärker zu regnen anfing und die kleine Ulme wenig Schutz bot, war es sinnlos, ins Haus zurückzugehen. Nichts als tote Zweige und übertretene Regeln. Jetzt war nichts zu tun: alles war starr und unveränderlich bis auf eins. Es ist hochgekommen, als ich ihn wegfahren sah.

Mutter nahm mich bei der Hand, und wir gingen in ihr Zimmer. Alles war weiß. Neben ihrem Bett standen Rosen. »Wo ist der Bruder, den du mir versprochen hast?« fragte ich. Sie antwortete nicht und führte mich zur Wiege, und ich sah sein kleines Totengesicht. Geweint habe ich nie.

Ich lehne an der kleinen Ulme, die keinen Schutz vor dem Regen bietet, ich schieße durch die linke Brusttasche meiner Uniform. Der Schuß macht ein dumpfes Echo.

Ich höre ein Geräusch vom Haus: ein Fenster wird aufgerissen.

»Was ist los? Was ist los?« höre ich Hirtenberg rufen.

»Der Gefangene wurde erschossen«, antworte ich so laut ich kann. »Auf der Flucht«, füge ich hinzu. Ich frage mich, ob der Motor noch einmal aufheulen wird, rutsche langsam am Baum herunter und warte auf den Tod.

Istanbul – Kairo
1942–1943

Nachwort

Der Roman »Das Opfer« ist George Taboris erste Buchveröffentlichung – ein erstaunlicher Erstling, der bei Erscheinen aus gutem Grund für Aufsehen sorgte und nach wie vor von überraschender Aktualität ist. Geschrieben während des Krieges 1942/43 in Istanbul und Kairo, wie am Schluß des Romans vermerkt ist, erschien »Das Opfer« unter dem Titel »Beneath the Stone the Scorpion« 1944 in London bei der T.V. Bordman & Company, London/New York, und ein Jahr später, nun mit dem verkürzten Titel »Beneath the Stone«, in der Riverside Press Cambridge bei der Houghton Mifflin Company, Boston. Diese Ausgabe hat der Übersetzung zugrunde gelegen. Der Londoner Literaturkritiker John Brophy hat den Roman an den Verlag vermittelt, er war ein Freund von Taboris älterem Bruder Paul, der seit 1935 als Publizist und Schriftsteller in London lebte und einige Zeit lang den Exil-PEN-Club leitete. Ein früherer, noch in Ungarn entstandener Roman ist verschollen, ebenso eine erste Komödie, die vor dem Zweiten Weltkrieg von einem Budapester Theater angenommen worden war, aber nicht mehr zur Aufführung kam.

Bei Ausbruch des Krieges war George Tabori Auslandskorrespondent auf dem Balkan. Wien, Sofia und Istanbul waren Stationen seiner Existenz als Kriegsberichterstatter für diverse Zeitungen in den Jahren 1940 und 1941, diese Metropolen kommen auch in seinem ersten veröffentlichten Roman vor, vor allem die Stadt am Bosporus spielt eine wichtige Rolle. In der *Berliner Zeitung* hat man Tabori damals als britischen Meisterspion bloßgestellt, was er, wie er selbst sagte, nicht war. Aber Kundschafterdienste in Istanbul gibt er zu. Und es ist unbestritten, daß er, der gerne Mitglied der britischen Luftwaffe geworden wäre, schon während der Zeit als Kriegsberichterstatter geheimdienstlich tätig war, wie dann wenig später offiziell unter dem Decknamen Captain Turner bei der Propagandaabteilung der BBC in Kairo und Jerusalem. In einem Interview hat er sich der Wirren der Zeit und seiner Rolle darin erinnert: »Ich hatte (in Budapest) ein paar Freunde, die nichtorganisierte Marxisten waren. Mein bester Freund von dort wurde von den Engländern aus Ungarn herausgeschmuggelt. 1941 kam der Feldzug gegen Jugoslawien und Griechenland, und dann war Ungarn auch offiziell auf der Seite der Achsenmächte. Und dieser Freund, Bobby Horvath, ein brillanter Journalist, der hat dann für die Engländer arbeiten sollen, den Widerstand organisieren... Der Bobby Horvath tauchte in Istanbul schon unter einem Decknamen auf – das klingt jetzt romantisch – und sagte, er arbeite für die Engländer, wir werden zusammen den Krieg gewinnen und ein neues, demokratisches Ungarn aufbauen und so weiter. Dann habe ich seinen Chef kennengelernt, der ein guter Freund geworden ist, vielleicht einer der besten Afrikakenner, die es gibt. Er war eigentlich ein schottischer Adliger, dann wurde er sehr links, er war bei Tito in Jugoslawien Offizier. Er war der Chef der ungarischen Abteilung, die in Istanbul eine

Art Vorposten hatte. Da hat er ein paar Sachen organisiert, und eine ging ganz schief. Deshalb wollte er sich umbringen. Dann wollte er aktiven Kriegsdienst leisten, und man hat ihn zuerst nach Italien und dann nach Jugoslawien reinparachutiert. Er wurde auch mein Chef, ein sehr lieber Mensch. Er hat mich aus Istanbul geschmuggelt, was absurd und komisch war, um meine Eltern zu schützen, was ihm aber nicht gelungen ist. Mein Vater wurde zum ersten Mal für drei Tage verhaftet, als die Deutschen erfuhren, daß ich erst nach Kairo, dann nach Jerusalem gegangen war.«

Hier ist das Milieu angedeutet, in dem der Roman zu Teilen spielt, finden wir Vorbilder für Personen des Romans. Er ist George Taboris erste Veröffentlichung in englischer Sprache. Als der in Budapest mit Ungarisch und Deutsch aufgewachsene ungarische Jude Tabori im Herbst 1935 seinem Bruder nach London gefolgt war, »hat mich kein Mensch verstanden. Ich sprach ein noch nie gehörtes Englisch«. Aber schon wenig später hilft er dem Bruder bei Übersetzungen, mit denen man gemeinsam Geld verdiente. Wildwestgeschichten, Krimis, aber auch Bücher Aldous Huxleys wurden ins Ungarische übertragen, wie Tabori wiederholt erzählt hat. Sie sind thematisch und formal nicht ohne Einfluß auf die beginnende Schriftstellerkarriere Taboris geblieben. Das Schachtelprinzip, die Episodenstruktur und häufige Perspektivenwechsel, Kennzeichen der Romane Huxleys, finden wir auch im Roman »Das Opfer« wieder. »Brave New World« war 1932 erschienen, noch heute hält Tabori Huxleys bekanntesten Roman für eine herausragende Leseerfahrung. (Eine andere, nicht weniger einflußreiche, war die der Romane von Graham Greene, von denen Tabori vor allem »Brighton Rock« von 1938 und »The Power and the Glory« von 1940 nennt.) Wer die Essaybände Huxleys aus den Jahren 1936 und 1939 zur Hand nimmt, wird darin eine ganze Reihe von Gedanken und Überlegungen finden, die sich auch in Taboris geistigem, moralischem und literarischem Horizont wiederfinden. Beide versuchen, gesellschaftsanalytische Überlegungen der Linken mit psychologischen Aspekten zu verbinden. Sie setzen den moralischen Impuls der Literatur voraus, dieser Impuls prägt ihre Sicht auf die literarische Moderne. Beide eint eine generelle Sprachskepsis und beide lehnen alle Formen der Abstraktion vom konkreten Menschen rigide und aus gutem Grunde ab – um nur einige Gemeinsamkeiten herauszuheben. Vor allem der letzte Punkt ist hier wichtig. Ein Zitat aus Huxleys Essayband »The Olive Tree« von 1936 mag das verdeutlichen. Ich zitiere nach der dreibändigen Essayausgabe aus dem Piper Verlag, München 1994: »Wir wissen, daß das Verletzen oder Töten von Menschen falsch ist, und es widerstrebt uns, bewußt zu tun, was wir für entschieden falsch halten. Aber wenn besondere Männer und Frauen als bloße Repräsentanten einer Klasse vorgestellt werden, verschwindet das Widerstreben, zu verletzen oder zu töten. Brown, Jones und Robinson werden nicht mehr für Brown, Jones und Robinson gehalten, sondern für Häretiker, Heiden, Juden, Nigger, Barbaren, Hunnen, Kommunisten, Kapitalisten, Faschisten oder Liberale – was immer der Fall sein mag. Wenn sie einmal mit solchen Namen belegt und in die verwünschte Klasse eingereiht worden sind, für die die Namen passen, hören Brown, Jones und Robinson auf, als das betrachtet zu werden, was sie in Wirklichkeit sind – nämlich menschliche Wesen –, und werden für die Benutzer dieser verhängnisvoll unangemessenen Sprache zu bloßen Schädlingen oder, schlimmer noch, Dämonen, die so schmerzhaft und gründlich wie möglich zu vernichten nur recht und billig ist.«

Das ganze Werk George Taboris macht die Probe aufs Exempel. »Das Opfer« ist vielleicht nicht die literarisch und dramaturgisch gelungenste Ausformung dieses Ansatzes, aber doch die politisch kühnste: Der Roman ist noch während des Zweiten Weltkriegs zu großen Teilen aus der Sicht eines hohen Militärs der deutschen Wehrmacht geschrieben, des Majors Helmuth von Borst. Und dieser Offizier aus Hitlers Armee ist alles andere als der Bösewicht vom Dienst, wie er zum Beispiel in den amerikanischen Kriegs- und Propagandafilmen dargestellt wurde. In dem autobiographischen Essay »Unterammergau oder Die guten Deutschen« schrieb Tabori: »Mein erster Roman, den ich 1943 veröffentlichte, hatte einen Deutschen zum Helden. Einige amerikanische Kritiker schalten mich dafür der taktlosen Objektivität. Die war es nicht, vielmehr eine gallebittere Wut über die kriegerischen Zeiten, die den Menschen mit der Dummheit aller Dämonologien zum Stereotyp abstrahieren.«

Die Handlung ist angesiedelt in einem serbischen Dorf im Herbst 1941. Am 6. April desselben Jahres hatte Hitlers Armee Belgrad bombardiert, den Staat

Jugoslawien zerschlagen, das stark verkleinerte Serbien besetzt und einer Militärverwaltung unterstellt, wobei der serbische Widerstand, vor allem von den Kommunisten organisiert, zu rigiden Massenrepressalien führte. Auch davon gibt der Roman Kunde. Er erzählt einerseits von Offizieren und Soldaten der deutschen Wehrmacht in jener gewaltsam befriedeten Region im Krieg auf dem Balkan, bei dem auch jede Menge deutscher Geheimdienstler mitmischen. An der kurzen Leine der Zentrale in der Berliner Wilhelmstraße geführt, gehen sie in den Metropolen im Osten ihrer zwielichtigen, unterirdischen Kriegsführung und Bespitzelung nach und schrecken vor keiner Brutalität zurück. Er erzählt andererseits von unterdrückten Menschen und ihren je nach Völkerzugehörigkeit in dieser Vielvölkerregion divergierenden Interessen in diesem Krieg, von Kriegsberichterstattern und Spitzeln der Gegenseite. Dazwischen »Verräter«, »Kollaborateure«, Opportunisten aus Überlebenswille und Geschäftsgeist. Nicht zuletzt erzählt er von Flüchtlingen, von Juden, die auf einem schrottreifen Dampfer nach Palästina fliehen wollen und schon kurz jenseits des Bosporus an ihr Ende kommen. Wie Tabori berichtet, hat es dieses Schiff gegeben, als United Press-Mitglied hat er es im Istanbuler Hafen betreten dürfen.

Der Roman entfaltet ein breites Spektrum menschlicher Verhaltensweisen vor dem Hintergrund des Krieges, in dem Mord und Totschlag zur Tagesordnung gehören, Massenmord zum Kalkül zählt und Solidarität mit den Menschen im größten Elend nicht vorgesehen ist. Gleichzeitig leben und lieben die Menschen, sie plaudern und trinken Kaffee, sie witzeln und weinen, sie arbeiten und gehen ihren Hobbys nach. Sie reisen, interessieren sich für Literatur, Kunst und Musik, sie essen und trinken. Sie träumen, tanzen, lachen und kaufen ein. Huxley schrieb in einem solchen Zusammenhang 1931 von der »ganzen Wahrheit«, die er gegen die Tragödie und ihre Tendenz zur Verfinsterung stellt. Heiner Müller sprach 40 Jahre später von der »unreinen Wahrheit«. Die Dichter der ganzen Wahrheit sind jene, die alle Fakten zugeben, sich vor nichts drükken. Zu den Fakten zählt, das macht Huxley an Homers »Odyssee« deutlich, »daß selbst der Mensch essen muß, der den grausamsten Verlust erlitten hat; daß Hunger stärker ist als Gram; und daß das Stillen des Hungers sogar noch vor den Tränen kommt«. Zu den Fakten »zählen (auch) die Belanglosigkeiten, die im wirklichen Leben all jene Situationen und Figuren temperieren, auf deren chemische Reinheit tragische Dichter stets bestehen«. Die Dichter der ganzen Wahrheit sind für Huxley Proust, D. H. Lawrence, André Gide, Kafka und Hemingway.

Auch für George Tabori hat es nie eine andere Wahrheit gegeben. Tragödien hat er nicht geschrieben, nicht einmal das einzige Auschwitz-Stück, das der bis heute englisch schreibende – und damit erste fremdsprachige Büchnerpreisträger – der deutschen Literatur geschenkt hat und mit dem er sich 1969 nachdrücklich ins deutsche Theater einschrieb, »Die Kannibalen«, ist eine solche. Zwar findet man in dem Roman »Das Opfer« noch nicht jenen satirischen Biß und den Scherz, der aus der Verzweiflung kommt, wie es im

Motto zum Erfolgsstück »Mein Kampf«, Hölderlin aufgreifend, formuliert ist. Aber man findet den Versuch, die Vielschichtigkeit des menschlichen Wesens auszuloten, wie es Graham Greene versucht hat, selbst und gerade dem damaligen Feind schlechthin, einem deutschen Offizier, Gerechtigkeit widerfahren zu lassen, ohne vor den Abgründen zurückzuschrecken, die sich da zweifellos auftun. Der Blick in den Roman »Das Opfer« ist der Blick in einen Spiegel; wer zu lesen versteht und nicht blind ist für die eigene charakterliche Physiognomie und Mentalitätsgeschichte, wird dabei auch über sich etwas erfahren können.

Der unmittelbare Handlungsrahmen des Romans »Das Opfer« umfaßt gerade einen Tag und eine Nacht. Major von Borst, 45 Jahre alt, macht einen Gefangenen, Captain Michael Fowler. Vor dem Hintergrund des Weltkriegs kommt es zum persönlichen Drama, weil die vergleichsweise harmlose Begegnung an den schlecht vernarbten Wunden eines Lebens kratzt, das aus einem Minderwertigkeitsgefühl heraus wichtige Elemente des menschlichen Seins ignoriert, verdrängt, sich gewaltsam abgetrieben hat, während gleichzeitig andere Elemente in den Vordergrund gerückt wurden. Hier muß jeder Leser selbst seinen Weg finden in die seelischen Abgründe einer Biographie, die so individuell wie exemplarisch ist. Die Skorpione unter dem Stein, die, vom Feuer umgeben, sich selbst töten, dieses Bild von Shelley, das dem Buch als Motto voransteht – es verweist auf den Menschen, der, durch welche Gründe auch immer, auf die Wahrheit seiner Existenz gestoßen wird und die Konsequenz daraus zieht: man entgeht seinem Schicksal, man entgeht dem Tod nicht. Und Freiheit ist immer Freiheit auf Kosten des anderen.

Nach Diskussion zwischen Autor, Übersetzerin und Herausgeber ist der neue Titel »Das Opfer« gewählt worden. »Das Opfer« ist ein Titel, der mehrdeutig zu interpretieren ist, das war uns wichtig. Er ist ein Kompromiß.

Wegen Papiermangels hatte der Roman »Beneath the Stone the Scorpion« in England nur eine Auflage von 5 000 Exemplaren. Aber das *Time Magazin* hatte in den USA über Taboris überraschenden Roman berichtet und die Veröffentlichung dort mit hervorgerufen. Eine irritierte Kritik bewies, wie sehr der Roman ins Zentrum des Widerspruchs traf. Die Frage nach dem Individuum in einer weitgehend normierten, in Freund und Feind, gut und böse polarisierten Welt, nach dem einzelnen angesichts der behaupteten stereotypen Charaktereigenschaften und Verhaltensmerkmale von Völkern und Nationen, nach dem Menschen in einer entmenschten, abstrakten Kriegs- und Vernichtungsmaschinerie – dann aber auch die Frage nach der Ambivalenz und Auswechselbarkeit von Opfer und Täter, diese Fragen werden in Taboris erstem Roman gestellt. Wie dann in den späteren Romanen, überzeugt bereits hier die atmosphärische Dichte des Buches und die differenzierte, den Leser durch ein Wechselbad der Gefühle schickende Menschendarstellung. Helmuth von Borst ist ein Ekelpaket und ein liebenswerter Mensch, ein brutaler Täter und ein empfindsames Opfer. Er scheitert an der Grenzerfahrung, die sein Korsett, von dem er immer wieder spricht, seinen existentiellen, historisch gewachsenen und traditionell verbürgten Anspruch auf sinnvolles und richtiges moralisches Handeln in Frage stellt und ein für allemal erschüttert. Die Begegnung mit Fowler treibt in von Borst das Verdrängte hoch und hält seinem Ich den Spiegel vor, in dem er seine Lebenslüge – den Glauben daran, das Leben ohne schuldhafte Verstrickung bewältigen zu können – und die Verlorenheit an den Tod erkennt. Da spürt man Taboris Nähe zum Existentialismus, die in den folgenden Romanen noch deutlicher wird.

Der Roman »Das Opfer« ist noch ohne die Auschwitz-Erfahrung geschrieben. Schon mit diesem Buch hat Tabori sein Thema eindringlich formuliert. Dem frühen Werk eignet schon die Deutlichkeit einer Jahrzehnte später gemachten Aussage: »Wenn wir nicht über die Tabus und Klischees hinwegsehen und einander als Menschen und nicht als Abstraktionen betrachten können, dann kann man genausogut die Öfen wieder anzünden.«

Wend Kässens